La Lame du Tarot

Nous remercions tout particulièrement les Editions YCA à Quimper pour leur participation (photo de couverture) et vous recommandons leurs magnifiques cartes postales.

Françoise LE MER

La Lame du Tarot

Collection

ENQUÊTES & SUSPENSE

Quadri Signe - Editions Alain Bargain
125, Vieille Route de Rosporden - 29000 Quimper
E-mail : editions.alain.bargain@wanadoo.fr
Site Internet : perso.wanadoo.fr/editions.bargain

<u>*A ma mère.*</u>

REMERCIEMENTS :

- A mes amis médiums et voyants dont l'honnêteté et la compétence ne sont plus à démontrer : Sylvia, Michelle de Saint-Jean,
François de Quimper, Yvonnick Queruel ;

- Au docteur Charles Vaena pour m'avoir prêté sa thèse de médecine "Guérisseurs du Finistère" ;

- A Alice, Frédéric et Pascal.

Rennes, le 29 Septembre 1978.

Rien de tel ne se serait, sans doute, jamais produit, si Monique Barrot (nom de guerre : Madame Lucie) n'avait eu la fâcheuse manie de penser tout haut. En montant l'escalier des quatre étages qui la menait à son deux-pièces cuisine, les bras chargés de victuailles, elle marmottait contre la vie chère, l'Urssaf et les clients au portefeuille frileux. Sur le palier du troisième, elle croisa son voisin dont la voix teintée de bière pâteusa quand il la salua. « Il a encore tété ! » murmura-t-elle. Mais l'homme ne se retourna pas.

Monique Barrot actionna la poignée de sa porte. A son étonnement, elle resta close. Elle sonna…

— Mais c'est moi ! Ouvre !

Elle sonna à nouveau, agacée. Elle s'apprêtait à fourrager dans son cabas à la recherche de sa clef, quand le déclic du verrou se fit, sans qu'elle eût entendu, chose curieuse, le bruit familier des pas sur le plancher.

— Qu'est-ce que tu fichais, ma parole ! Tu faisais la planque derrière la porte ou quoi ? Aide-moi plutôt à porter un sac dans la cuisine.

L'autre s'exécuta sans un mot.

Après avoir rangé la dernière boîte de cassoulet dans

le placard, “Madame Lucie” s’autorisa un petit remontant, juste un doigt de martini, qui l’aiderait à supporter tout à l’heure son premier client de la journée : un raseur hypocondriaque.

Son verre à la main, elle pénétra dans le salon-salle à manger-cabinet de consultation dont elle avait conçu l’agencement avec soin. Dans cette pièce, elle se sentait bien… ou moins mal.

Les murs tendus de tissu rouge reflétaient sa vie. Elle jeta un coup d’œil sur la reproduction de Sainte-Thérèse de l’enfant Jésus qui dévoilait son cœur égratigné en levant les yeux vers un monde meilleur. Elle lui dit quelques mots amicaux. Ce n’était pourtant pas la carmélite qui tenait la place d’honneur sur ces murs mais un crucifix janséniste entouré d’images d’angelots et veillé sur un guéridon par une vierge lumineuse. Il lui réfléchit un visage encore jeune mais marqué, ni beau ni laid, d’une insignifiance raisonnable. Elle humecta ses doigts de salive et remit en place une mèche rebelle.

— Si tu as faim, ouvre-toi une boîte. Moi, je ne déjeunerai pas.

N’obtenant pas de réponse, elle haussa les épaules et ferma le rideau de velours noir. La lumière du jour se heurta au tissu et l’ombre se fit. Au jugé, elle alluma la lampe de verroterie de son bureau. Une toute petite fille, dans son cadre d’argent, lui souriait. Monique Barrot s’empara du portrait et le serra un instant contre elle. Puis, elle le reposa et brûla un bâton d’encens.

Elle observait les yeux rieurs de l’enfant à travers les volutes de fumée.

— Mon ange, mon amour, cinq ans aujourd'hui que tu es partie…

Pour ne pas se laisser gagner par l'angoisse, elle se racla la gorge et raffermit sa voix.

— J'irai au cimetière en fin d'après-midi. Tu viendras avec moi ?

Face à ce mutisme auquel elle s'était habituée, la femme ouvrit son courrier et chercha son coupe-papier. Elle souleva une carte du ciel, déplaça un pendule qui servait de presse-papiers à une dizaine de thèmes zodiacaux et, dans son énervement, bouscula sa boule de cristal. En vain…

Pour se calmer, elle but une gorgée de martini et décida de déchirer les enveloppes. Rien d'important. Une facture d'eau, une lettre de remerciement pour le retour d'affection d'un mari volage : la routine.

Elle s'adressa à la petite fille du cadre :

— Tu vois, Léna, comme maman est désordonnée ! Tu serais si gentille de me retrouver mon coupe-papier ! C'était un cadeau de papa. Tiens, je ferme les yeux… Dis-le moi, mon ange.

Quelques secondes plus tard, madame Barrot fouilla le dernier tiroir de son bureau et le referma.

— Tu dois être fatiguée, ma chérie ; il n'y est pas. Mais je ne t'ennuie plus avec ces bêtises. Repose-toi.

Elle-même alla s'allonger sur un divan, dans l'encoignure de la pièce. Avant de recevoir un client, il lui fallait s'étendre un moment et faire le vide en elle. Elle ferma les paupières. Déjà, elle se sentait plus réceptive à l'atmosphère ambiante, à la lueur rouge révélée par la lampe qu'elle percevait à travers ses cils clos, et à la lourde senteur de l'encens.

Tout, dans “sa” pièce, tenait dans le délicat équilibre de l'austérité mystique et du luxe tapageur d'un bordel.

Monique Barrot se laissait envahir par Madame Lucie car, tout à l'heure, elle aurait besoin de toutes ses lumières pour ne pas décevoir ce consultant difficile. Une chose la tracassait cependant... Un détail qu'elle aurait dû remarquer. Mais quoi ? Qu'avait-elle oublié ?

Soudain, elle se leva et se dirigea vers son bureau dont elle ouvrit un à un les tiroirs d'une main fébrile. Elle en était sûre... elles étaient là ce matin encore. Avant qu'elle n'aille faire les courses, elle les avait vues...

Sa voix se fit colère :

— Viens ici tout de suite ! Tu as encore touché à mes cartes ! Je te l'ai pourtant assez défendu ! Où les as-tu mises ?

Un pas traînard parcourut le court chemin de la cuisine au salon.

— Elles sont là... sous la revue *Astro*.

Monique Barrot se précipita à l'endroit indiqué et se mit à compter les cartes.

— Je te l'ai répété mille fois. Si tu les touches, tu les démagnétises et je ne peux plus les lire. Zut, il m'en manque deux. Où sont-elles ?

Au paroxysme de l'énervement, Monique Barrot se mit à quatre pattes et souleva le tapis à la recherche des cartes disparues.

— Tiens, regarde... j'ai trouvé ton coupe-papier. Tu l'avais laissé sur la table de la cuisine.

La femme releva un visage congestionné par l'exaspération.

— Je me fous du coupe-papier ! C'est bien le moment ! Aide-moi plutôt…

Tandis qu'elle inspectait le dessous du buffet Henri III, un chagrin aussi violent que soudain la submergea :

— Oh, ma petite fille, hoqueta-t-elle, aide ta maman ! Ma chérie, mon doux trésor, retrouve ces deux cartes, j'en ai besoin tout à l'heure.

— Mais, maman, ne pleure pas. Elle ne peut pas t'aider, Léna. Elle est morte ! Regarde-moi un peu… Je t'ai dit que j'avais retrouvé ton coupe-papier…

Monique Barrot ne jeta pas même un coup d'œil sur l'enfant qui, pourtant, lui tendait l'objet. A croupetons, elle explorait toujours les moindres recoins de la pièce. L'enfant, désirant capter l'attention de sa mère, s'avança vers elle, le bras tendu. Mais elle continuait à parler à “l'autre”.

— Ma fille… ma douce… si tu étais là, tu saurais… tu es si fine, si intuitive. Le Bon Dieu m'a bien punie… Qu'ai-je fait pour mériter ça ? Je sais qu'il a besoin de petits anges là-haut. Tu es le plus éclatant de tous. Ce sont toujours les meilleurs qui partent les premiers…

— Maman, tais-toi ! hurla l'enfant qui, se bouchant les oreilles, laissa tomber le coupe-papier.

Madame Barrot ne fit pas attention au timbre de la voix devenu étrangement suraigu. Sur le tapis cramoisi, la lame de l'objet, étroite et affilée, scintillait. Sous une pile de revues posées à même le sol, dépassaient quelques centimètres d'un carton orange.

Toujours accroupie, la femme l'aperçut et tenta de l'extirper.

— Voilà la Maison-Dieu, ma chérie… L'autre doit être à côté… Merci, mon ange ! Comment pourrais-je vivre sans toi ! Merci ma toute douce… Maman va pouvoir travailler et elle t'achètera les plus belles fleurs que…

Monique Barrot, alias Madame Lucie, ne termina jamais sa phrase. Projetée en avant, elle sentit dans le dos et au cou comme d'atroces morsures. Sa bouche s'emplit de sang. Elle réussit à tourner la tête et, à travers un brouillard rouge, perçut un jeune corps qui s'acharnait sur elle.

Que lui criait-on… « Maman… Aime-moi… Je suis là… » Où l'enfant avait-il trouvé un couteau ?…

La dernière image qu'elle distingua fut le portrait de Sainte-Thérèse de l'Enfant Jésus. Le cœur à nu de la religieuse bat si fort… Et son visage… Celui d'une petite fille aux boucles blondes… Elle rit… rit… « Mais oui, ma chérie, maman t'aime… Elle arrive…».

Brest, vingt ans plus tard, le 14 Septembre.

Devant la porte d'entrée d'un grand immeuble, Augustin Lafargues et Philippine Leroy discutaient, convenant de la meilleure attitude à adopter. La jeune fille paraissait plus enthousiaste que son compagnon. Elle le prit par le bras et l'entraîna vers le pub le plus proche.

— Je te dis que pour un homme et une femme qui vont ensemble consulter, il vaut mieux se faire passer pour un couple stérile ! fit-elle, mutine.

— Oui, mais il faut être à l'aise. Et ce rôle, je ne le sens pas. Enfin… pour moi !

— Espèce de macho ! hurla-t-elle, en pinçant son coéquipier.

Attablés devant qui une bière, qui un café, les jeunes gens devisaient à présent de façon plus sérieuse. Tandis qu'il relevait les adresses sur son calepin, Philippine observait son vis-à-vis, en prenant soin de ne pas afficher sur son visage tout l'amour qu'elle lui portait. Certes, elle l'avait déjà dans son lit. Au demeurant, la chose était fort agréable, mais ce qu'elle désirait par-dessus tout ressemblait à une bague, genre anneau de préférence.

Tous deux journalistes dans un grand quotidien, ils s'étaient vu confier par leur rédacteur en chef, Bernard

Anzo, une mission qui, lorsqu'elle leur fut exposée, les laissa perplexes. Il s'agissait d'enquêter sur les voyants et médiums de Brest ; non pas pour jeter sur eux forcément l'anathème, attitude systématique dans l'hexagone depuis quelques années, mais plutôt pour connaître l'origine de leurs dons - si tant est qu'il y eût don - et s'informer des préoccupations de leur clientèle.

« Ces préoccupations sont le baromètre de notre société », avait décrété Bernard Anzo.

Augustin Lafargues but la dernière goutte de son café et prit une cigarette.

— Il est bien gentil, Bernard, de nous donner carte blanche. Il ferait mieux de nous filer sa carte bleue ! S'il croit qu'on va pouvoir faire le tour de ces charmantes pythonisses en leur offrant les pièces jaunes du train de l'espoir collectées au bureau !

— Tu en as combien sur ta liste ? demanda Philippine.

— Huit déclarées, ayant pignon sur rue et, voyons… quinze travaillant au black. Renseignements pris auprès de mes petites amies… fit-il dans un clin d'œil à sa compagne. Ce qui nous en fait vingt-trois. Vaste programme ! Par qui commence-t-on ?

Ils décidèrent de “se faire la main” sur les voyants déclarés : deux hommes et six femmes. Les autres, pensaient-ils, seraient plus soupçonneux à leur égard. Dans la crainte d'un représentant du fisc, ils désireraient sûrement savoir qui les recommandait.

Le projet des journalistes consistait à mettre au défi les spécialistes des arts divinatoires en leur soumettant un problème plausible mais faux. A ceux qui seraient capables de détecter la supercherie, Augustin et Philippine demanderaient, dans un second temps, une collaboration plus étroite.

Fiers de leur plan de bataille, les jeunes gens sortirent du pub. Un vent, très frais pour la saison, les piqua. Augustin tapa du pied pour se réchauffer.

— On prend ta voiture ou la mienne ? dit-il en frissonnant.

— Tu plaisantes ! Tes parents t'ont fait complet ou quoi ? Ils n'ont pas pris : option jambes ? Allez, viens ! ajouta-t-elle en le tirant par la manche. La première de nos sibylles habite à deux rues d'ici.

☆

Brest, le 16 Septembre.

— Je suis désolée, Pauline et Marc, mais là, je ne vois rien… Il faudra revenir ; enfin… si vous le désirez. Quand aviez-vous pris rendez-vous ?

— Avant-hier, fit la femme d'une voix perplexe. Un de vos clients s'était désisté… Mais, excusez-moi, reprit-elle. Comment pouvez-vous nous dire que vous ne voyez rien à notre sujet alors que nous venons à peine d'arriver ? Vous n'avez même pas sorti vos cartes !

Sylvia Nathan regarda, songeuse, le couple qui lui faisait face. Elle : vingt-cinq ans environ, une très jolie rousse aux yeux bleus. Aussi assurée que ravissante, ou plutôt : aussi assurée parce que ravissante. Lui : un grand brun au regard noir, profond, la trentaine épanouie. Ils formaient un joli couple. Le seul problème était que Sylvia ne ressentait rien pour eux. Elle essaya de le leur faire admettre. Elle prit une cigarette et en offrit à ses clients. L'homme accepta.

— Il faut que vous compreniez que je ne suis pas en état de voyance vingt-quatre heures sur vingt-quatre. Si, au bout de cinq minutes, je suis incapable de vous dire quelque chose de votre passé rien qu'en vous observant, alors il est inutile d'insister. Je ne veux pas vous faire perdre trois cents francs pour rien.

La voyante se leva, signifiant au couple que l'entretien était terminé. Elle se demandait si elle les reverrait. En leur serrant la main, elle connut la réponse à son interrogation. En partant, l'homme lui glissa à l'oreille :

— Excusez-moi, madame, mais vous saignez du nez.

Restée seule, Sylvia se mit sur répondeur téléphonique. Elle ne ferait plus rien de bon ce jour-là. Si ce client avait su à quel point sa remarque, somme toute anodine, avait pu la contrarier, il se serait abstenu de la lui faire. Elle se rappela une lecture où le héros, pressentant le danger, percevait une petite lumière rouge. Pour elle, ces saignements intempestifs étaient comme un signal d'alarme donné par son cerveau, le prélude à quelque catastrophe ou, tout du moins, à un événement pénible et personnel. Jusqu'à présent, son instinct ne l'avait jamais trahie. La petite fille de douze ans qu'elle avait été se souvenait du pieux mensonge de sa mère quand elle tentait de minimiser la gravité du cancer de son père. C'est à cette époque-là que ces saignements de nez étaient apparus pour la première fois. Ils étaient revenus, dix ans plus tard, lorsque son fiancé avait décidé de partir faire du ski avec une bande de copains.

Sylvia Nathan choisit de chasser ses ombres et descendit les escaliers du vieil immeuble de la place Georges-Perros où elle louait deux pièces pour son travail.

A quelques pas de là, elle franchit le seuil d'une boutique aux couleurs défraîchies. La clochette tinta lorsqu'elle en ouvrit la porte. Une femme, occupée à mettre des gerbes de roses dans une vasque, releva la tête.

— Ah ! C'est toi, Sylvia ? Un café ?

Sylvia Nathan avait sympathisé avec la fleuriste de la place et prenait un café en sa compagnie, dans l'arrière-boutique, une ou deux fois par jour.

La femme essuya ses grandes mains rougies par l'eau et s'approcha de son amie.

— Tu as une mine à faire peur, ma fille. Tiens ! Tu saignes encore du nez ?

En guise de réponse, Sylvia Nathan caressa du bout des doigts les pétales de roses de jardin.

— Je viens de les recevoir ce matin. Elles sont belles, hein ? Je t'en donnerai quelques-unes quand tu repartiras. Si tu veux, ajouta la fleuriste, va brancher la cafetière. Je mets la pancarte à la porte et j'arrive.

Dans la pièce exiguë qui tenait lieu de débarras, entre des piles de cartons et une poubelle où des fleurs fanées exhalaient leurs derniers parfums, les deux femmes tentaient à présent de se réchauffer au contact de bols brûlants.

— Ta matinée s'est bien passée, Sylvia ?

En guise de réponse, Sylvia Nathan eut une moue dubitative. La fleuriste tenta de deviner le trouble fugitif qu'elle avait décelé dans le regard de son amie.

— J'ai cru voir “ton” Raymond. Il montait chez toi ?

La boutique d'Hélène Tréguier faisait face au petit immeuble où exerçait la voyante et dans lequel elle-même résidait. Aussi, sans vouloir pour autant surveiller les allées et venues des clients de Sylvia, la fleuriste, connaissant les quelques locataires de la maison et leurs familiers, était-elle aux premières loges pour repérer qui se rendait chez son amie.

— D'abord, ne l'appelle pas “mon” Raymond, riposta la jeune femme. Ce n'est pas parce qu'il vient en consultation une fois par semaine qu'il peut se permettre tous les droits !

Hélène fronça le sourcil. Sylvia paraissait en colère et tripotait d'un geste machinal les feuilles d'un philodendron.

— Tu peux raconter ?

Sylvia but une gorgée de café et prit le temps d'allumer une cigarette.

— Ceci reste entre nous, Hélène, répondit-elle en inhalant une bouffée. Je ne voudrais pas dévoiler un secret professionnel, mais là, Raymond a dépassé les bornes ! Tu sais, sa femme le cocufie tellement qu'un cerf serait jaloux de sa ramure. Quant à lui, il est impuissant. Eh bien, figure-toi qu'il a voulu que je le magnétise !

— Rien que de très normal, répliqua Hélène. Après tout, il est bien marqué sur ta plaque professionnelle :

“Sylvia, voyance en direct, tarots et magnétisme”. Non ?

Sylvia se leva et se mit à arpenter l’arrière-boutique.

— Tu me comprends mal, Hélène. Raymond, tout à l’heure, sans que j’aie eu le temps de dire ouf, s’est planté devant moi, a fait glisser pantalon et slip, m’a exhibé son tutti frutti et ordonné que je lui fasse une passe magnétique. Tu vois le genre ?

L’exclamation de dégoût qui fusa de la bouche d’Hélène eut le don d’égayer la voyante. Elle ne savait quel sentiment, de la répugnance ou de la colère, l’emportait sur le visage de son amie.

Pêle-mêle, invectives contre les dégénérés ou mises en garde contre les hommes en général jaillissaient des lèvres de la fleuriste, si bien que Sylvia crut bon d’endiguer ce flot verbal et de rassurer Hélène. Il ne fallait pas s’inquiéter pour elle...

Un peu calmée, Hélène lui demanda si elle n’avait jamais songé à changer de métier, à évoluer dans un milieu plus équilibré.

— Écoute, si j’ai quitté l’enseignement pour la voyance il y a sept ans, ce n’est pas pour me disperser encore aujourd’hui. Je ne saurais rien faire d’autre maintenant.

Pourtant, en toute honnêteté, Sylvia regrettait parfois ces visages adolescents, l’odeur des classes et des crayons que l’on taille, et même les chahuts des élèves ou les récriminations des parents angoissés devant leur propre impuissance. Néanmoins, elle se serait fait hacher menu plutôt que d’avouer cela, fût-ce à Hélène. Elle avait naguère mûrement réfléchi avant de donner sa démission.

Et, en fin de compte, ces deux voies, si différentes l'une de l'autre, se révélaient tout aussi fatigantes.

— En tout cas, Sylvia, gronda Hélène, si ce détraqué revient à la charge, promets-moi de m'appeler. Il n'aura pas le temps de compter les boutons de sa braguette que je lui aurai déjà prédit son avenir !

Sylvia se mit à rire de bon cœur. Le pragmatisme d'Hélène la réconfortait. Rétive à toute forme de divination, elle avait toujours refusé de se faire tirer les cartes. Jamais elle n'avait considéré Sylvia en tant que voyante. S'il lui arrivait de lui demander conseil, c'était à la femme qu'elle s'adressait. Cette relation amicale reposait Sylvia qui, en connaissance de cause, savait combien il était difficile à un médium de s'enorgueillir de sympathies totalement désintéressées…

Les deux amies étaient pourtant fort dissemblables. Au regard d'un homme qui se serait targué de bien connaître la gent féminine et pour lequel, seule la séduction est l'apanage de l'autre sexe, Hélène aurait volontiers passé pour le faire-valoir de Sylvia.

Le nez busqué de la fleuriste, ses muscles noueux et sa voix rauque auraient découragé les velléités d'un mâle insensible aux vertus scoutes.

Sans doute consciente de cette image, Hélène Tréguier appliquait tout son savoir-faire à réparer les injustices d'une nature parcimonieuse en se maquillant et en se coiffant de façon impeccable… ou presque, au gré de Sylvia, qui reprochait à son amie l'abus de fond de teint et de laque à cheveux. Pas une mèche rebelle ne venait troubler l'ordonnance de son chignon.

— On déjeune ensemble, Sylvia ?

— Non, tu es gentille mais je retourne chez moi. Je me sens si fatiguée que je serais capable de confondre mes cartes et de jouer à la belote avec mes clients.

Si la jeune femme avait pu traduire ce qu'elle ressentait vraiment depuis quelque temps, elle n'aurait pas parlé de fatigue, mais d'angoisse qui taraude l'âme en y forant un puits d'ombre glacée où se tapit la prescience d'un danger imminent…

*

Au même moment, Raymond Le Roux entamait sa tournée de la côte nord qui le mènerait jusqu'à Plouguerneau. Il atteignit Le Conquet et préféra, compte tenu de l'heure, se diriger droit vers le port. En descendant l'étroite rue qui le menait sur le quai, il sut qu'il n'était pas en retard. L'*Enez III*, encore amarré, lui prendrait ses deux colis. En cette arrière-saison, garer son break ne posait pas de difficulté. La fin de l'été avait balayé le flot des estivants en partance pour les îles. Seuls, quelques insulaires, deux ou trois couples de retraités et une poignée de touristes étrangers, amoureux sans doute d'une nature reposée ou désireux d'éprouver le frisson romantique de la lande qui s'étiole aux approches des tempêtes d'équinoxe, attendaient d'embarquer.

Un marin de l'équipage vit s'avancer vers lui un petit homme falot au crâne dégarni. Sous chaque bras, il portait un paquet dont l'encombrement semblait le gêner dans sa démarche. D'une poigne experte, le marin débarrassa l'homme de son fardeau qu'il flanqua sur le pont avant du bateau. Raymond Le Roux regagna alors sa voiture, sans un regard vers le large où l'île de Molène, vigie d'une mer étale, surveillait Ouessant perdue au loin dans la brume marine.

En cette fin de matinée, l'humeur de Raymond n'était pas au beau fixe. Lorsqu'il regagna le centre du Conquet, il faillit tout laisser tomber et rentrer chez lui. Après tout, nul n'était infaillible et il avait bien le droit d'être malade comme les fonctionnaires qu'il exécrait. Son patron ne lui en tiendrait pas rigueur… Mais la pensée de l'humiliation qu'il pourrait subir s'il revenait à la maison sans avoir prévenu Térésa coupa court à son envie de fuguer. Aussi, résigné, poussa-t-il la porte de *Frou-Frou*, boutique au nom évocateur…

— Ce modèle de soutien-gorge est révolutionnaire. Touchez, mademoiselle, et appréciez la qualité ! Réalisé en dentelle de Calais, il existe en trois coloris. Non… ne cherchez pas les baleines, il n'y en a pas. C'est cela notre petit secret ! Chez Lingeor nous pensons que les poitrines opulentes ont droit aussi à plus de féminité.

— Écoutez, monsieur, je ne peux pas prendre seule la décision. Je vais appeler madame.

Nathalie, l'employée de *Frou-Frou,* fut heureuse de s'éclipser un instant pour chercher sa patronne à l'étage. La tête de ce représentant ne lui revenait pas. Elle avait eu la désagréable impression, mais sans doute n'était-ce qu'une impression, que les doigts de l'homme cherchaient les siens au moment où elle palpait les tissus.

« Une gentille petite caille… bien roulée, la garce… il faudra que je revienne… Elle n'a pas l'air très farouche… Ça n'a sûrement pas plus de vingt ans… A cet âge-là on ne fait pas de chichis… Si j'avais su… ». L'image fulgurante d'une belle jeune femme aux yeux vert d'eau venait de lui traverser l'esprit. Sylvia Nathan… Celle-là, il lui ferait payer l'affront subi.

— Monsieur ? Vous représentez Lingeor, je crois ?

Comme la patronne de *Frou-Frou* n'était pas au goût de Raymond Le Roux, ce dernier put tout à loisir se consacrer à son métier. Aussi, déballa-t-il les modèles qu'il devait vendre en priorité.

— Je vous ai réservé une petite surprise… Regardez-moi cette merveille ! Cet ensemble s'appelle "Ivresse d'Asie". Tout un programme ! N'est-ce pas ? Chère madame. Vos clientes seront conquises par la légèreté du caraco. Pure soie, évidemment. Nous avons eu la judicieuse idée de l'assortir à ce string.

Raymond Le Roux brandit alors au nez de la patronne le rogaton de chez Lingeor : un triangle de soie noire retenu par ses ficelles.

— Que voulez-vous que je fasse de ce truc-là ? Un bandeau pour l'œil de Jo ? C'est mon cousin. Il est patron pêcheur… et borgne à ses moments perdus… Nous sommes ici au Conquet, monsieur ; pas à Quimper ou à Brest. Vous n'avez rien de plus… de moins…

Raymond Le Roux ne se laissa pas ébranler par le solide accent breton de la femme ni par son bon sens. C'était un excellent commercial.

— Chère madame, fit-il d'une voix lente et grave comme s'il vendait ses mots, ne pensez-vous pas que la femme rurale a le droit, elle aussi, à un peu plus de joie dans l'intimité conjugale ?

Une demi-heure plus tard, le représentant de chez Lingeor sortait de la boutique, content de lui, débarrassé d'un lot de solides culottes et de soutiens-gorge assortis, mais aussi de trois "Ivresse d'Asie".

Avant de quitter Le Conquet, il voulut prendre une leçon de son maître, se ressourcer en quelque sorte. Il se dirigea donc vers la Maison de la Presse du lieu, où régnait Raymonde, la prêtresse du négoce, la walkyrie du commerce.

Elle aurait vendu de la crème anti-rides à l'abbé Pierre, des préservatifs à un eunuque, les œuvres complètes de Cousteau à un poisson rouge. Si un client morose entrait chez elle, il repartait hilare, requinqué par ce phénomène.

Le représentant de chez Lingeor n'avait aucun achat à faire. Il savait pourtant qu'il ressortirait, comme tous les autres chalands, possesseur d'une revue, d'un pull ou d'une babiole.

Pour l'heure, la jolie brune sémillante régentait son monde depuis sa caisse, distribuant à qui un compliment sur sa nouvelle coiffure, à qui un avertissement pour avoir voulu doubler un petit camarade dans la queue. A un jeune homme boutonneux venu acheter une gomme et un stylo, elle déclara qu'il était grand temps qu'il fît un cadeau à sa mère - on n'en avait qu'une - et elle lui brandit sous le nez un roman historique, préparé à l'avance. Le pauvre eut beau assurer que sa mère l'avait déjà lu, il le prit malgré tout pour une grand-tante oubliée. Raymond Le Roux aurait défié n'importe qui de résister à l'appel de ce parangon de la vente.

Quand il ressortit, les bras chargés d'un plat en faïence, il se dit qu'il avait encore des progrès à faire et que Raymonde aurait mérité de figurer dans le Guiness des records.

☆

19 Septembre.

En cette fin d'après-midi pluvieuse, Madeleine fit entrer dans sa cuisine ses derniers clients de la journée. Au regard étonné que l'homme lui lança, elle crut bon de se justifier en prétendant que les casseroles et les cartes ne faisaient pas mauvais ménage. D'ailleurs, elle manquait de place cette petite maison de Lambézellec, les chats ayant élu domicile dans son salon.

La première impression d'Augustin Lafargues fut que Philippine et lui-même s'étaient trompés d'adresse. Néophyte en matière de voyance, il avait du mal à voir en Madeleine un être doué de dons supra normaux. Tout, chez cette femme, lui semblait ordinaire, tant son physique que sa façon de s'habiller. Pourtant, pas une once de vulgarité n'émanait de sa personne. Augustin lui donnait environ soixante ans. Dépourvus de maquillage, ses yeux, d'un brun quelconque, dégageaient une certaine bienveillance mêlée d'humour.

Quelques minutes plus tard, Madeleine avait disposé ses cartes à l'envers, sur une toile cirée à fleurs jaunes qui protégeait la table de cuisine. Sans s'enquérir de la raison pour laquelle ses clients étaient venus la consulter, elle pria Philippine de choisir quatre lames et de les disposer en croix.

— Je les prends au hasard ? demanda la jeune journaliste d'une voix devenue timide.

— Celles que vous aurez prises, mademoiselle, ne seront pas le fruit du hasard, répondit la voyante sans sourciller.

Après avoir jeté un coup d'œil furtif à son compagnon, comme pour lui communiquer son envie de rire, Philippine s'exécuta de bonne grâce. Madeleine retourna alors les quatre figures et se tut un instant. Seuls, les battements du cœur en cuivre de l'horloge comtoise égrenaient le temps. Afin de dérider l'atmosphère et dissiper le malaise qui commençait à la gagner, Philippine faillit lancer à la cantonade un « C'est grave, docteur ? », mais elle n'osa pas et se mit à jouer avec l'alliance prêtée pour l'occasion par une collègue du journal.

Enfin, la voyante se décida à parler.

— Vous possédez un heureux caractère, mademoiselle.

— Madame… rectifia Philippine. Nous sommes mariés et justement nous nous demandions…

Mais Madeleine interrompit la journaliste sans tenir compte de sa riposte .

— Lorsque vous désirez quelque chose, mademoiselle, vous faites tout pour l'obtenir… C'est bien de savoir ce que l'on veut, poursuivit la voyante. Mais veillez tout de même à ce que votre volonté s'accorde à celle de vos partenaires, notamment sur le plan sentimental.

— Je connais mon caractère, madame. Mon problème est de savoir si mon mari, que voici, et moi-même aurons un jour un enfant.

Madeleine soupira et planta son regard dans celui de la journaliste.

— Mademoiselle, pourquoi vous obstinez-vous à me mentir ? répondit-elle avec douceur. N'oubliez pas que je suis voyante ! Je suis là pour vous aider, voyons !

Philippine, domptée, ne sut que rétorquer. En regardant de biais sa compagne, Augustin Lafargues, amusé, comprit qu'elle allait faire la tête. Il lui fallait pourtant sauver la situation car les bouderies de la pétulante rousse étaient homériques et pouvaient durer une semaine entière. Il ne voulait surtout pas en faire les frais.

— Madame, fit-il en toussotant ; il est vrai que nous ne sommes pas encore mariés, mais c'est tout comme… Mon amie a un réel désir de maternité. Avant d'approfondir la question, auriez-vous la gentillesse de me dire un mot sur mon avenir professionnel ?

Madeleine se tourna vers le bel homme brun qui lui faisait face et fouilla son regard tout en battant les cartes de l'oracle Belline. Avant même qu'elle eût posé un jeu, elle déclara :

— Vous êtes dans les médias, n'est-ce pas… Journaliste ?

De se voir ainsi mis à nu, Augustin Lafargues se tortilla sur son siège et marmotta une réponse inaudible. Il avait l'impression d'être pris en faute comme un garçonnet et s'en voulait de sa gaucherie. Soudain, une forte pression sur les cuisses faillit le renverser de sa chaise.

— Va-t-en, Socrate ! Laisse monsieur tranquille !

Augustin n'avait pas vu venir l'énorme matou pelé, lové à présent contre son giron. L'âcre odeur de pisse exhalée par l'animal souleva le cœur du journaliste mais il n'osa pas le chasser pour ne pas risquer de vexer la voyante. Celle-ci examinait à présent douze cartes placées en losange.

— En ce qui concerne votre carrière, monsieur, vous n'avez pas de soucis à vous faire. Collaborez-vous avec la police ?

Augustin Lafargues tenta de la tête un hochement de démenti, geste contrarié par Socrate qui, en mal d'affection, posa les pattes avant sur le cou de l'homme en lui mordillant le nez. L'opération séduction coûta au chat une nouvelle perte de touffes de poils.

— Ne craignez rien, monsieur, il est gentil.

En guise d'acquiescement, le journaliste éternua.

Imperturbable, Madeleine poursuivit :

— Vous aurez affaire au judiciaire… J'ignore encore pourquoi. Mais ce n'est pas tant cela qui m'ennuie… Pouvez-vous me remettre une carte sur la maison IV ?

— Pardon ?

— Oh ! Excusez-moi… Tenez, ici, tout en bas.

Augustin Lafargues tendit la main en aveugle pour essayer de saisir un carton bleu étoilé, usé par le temps. En vain.

— Je suis désolé, madame. C'est ce gentil chat qui…

Enfin, la voyante se leva et dégagea le journaliste de son fardeau. Durant le court trajet que fit Socrate de la poitrine de l'homme aux genoux de sa maîtresse, il se libéra encore de poils qui vinrent se déposer, en pluie, sur le pantalon d'Augustin.

Lorsque son client mit une carte, puis une autre, à l'endroit indiqué, le visage de Madeleine se crispa brusquement.

— Auriez-vous une photographie de votre mère, monsieur ? Peut-être dans votre portefeuille ?

La pâleur soudaine du journaliste sortit Philippine Leroy de son mutisme.

— Tu ne te sens pas bien, Augustin ? Veux-tu sortir un peu ?

— Non, non… Ça va passer. Rassure-toi, balbutia le journaliste. C'est le chat… Je suis allergique.

Puis, sentant le regard des deux femmes posé sur lui, il ajouta d'une voix bien timbrée cette fois :

— Je vous assure que ce n'est rien. On peut continuer, madame. Mais je suis désolé : je n'ai aucune photo de mes parents sur moi.

Après un court silence, Madeleine parut chercher ses mots. D'un geste spontané, elle saisit la main de son client qu'elle garda un instant avant de reprendre :

— Vous savez… Pour aller toujours de l'avant, il faut savoir affronter son passé… L'enfance est déterminante. Elle fera de vous un homme, une femme, ou une chair abîmée de douleur. Je le constate tous les jours dans mon métier. Avez-vous songé à consulter un psychanalyste ? Ou un prêtre ?

Les propos de la voyante semblèrent agacer Augustin Lafargues. Il répliqua :

— Madame, il est vrai que j'ai été orphelin de bonne

heure, mais nous sommes des centaines de milliers dans ce cas ! Et même si je n'aime pas discuter de mon enfance, ce n'est pas pour autant que j'ai quelque chose à cacher !

— Qui vous parle de cacher quoi que ce soit ? C'est vous qui employez ce terme, pas moi…

Un instant déconfit, le journaliste se reprit vite. L'entretien, malgré tout, aurait pu tourner court si la jolie journaliste, dévorée par la curiosité sans avoir l'air d'y toucher, n'avait interrogé la voyante sur plusieurs points lui tenant à cœur.

Au bout d'une demi-heure, Augustin, lassé de voir sa compagne, prise au jeu, tenter de forcer le destin en posant et reposant sans cesse les mêmes questions qu'elle reformulait de façon différente quand la réponse n'avait pas l'art de lui plaire, lui tira sur la manche pour lui signifier qu'ils devaient à présent prendre congé. Si la voyante, harcelée par la journaliste, était fatiguée, elle n'en faisait pas montre.

Quand ils sortirent du jardinet clos de rosiers, Madeleine, de sa porte, leur fit un signe amical de la main. Augustin sentait confusément qu'il reverrait cette femme lorsqu'il serait seul.

Ce fut Philippine qui rompit le silence quand son ami lui ouvrit la portière et qu'ils s'installèrent dans la voiture.

— Alors, qu'est-ce que tu penses d'elle ?

— Et toi ?

Le teint de la rousse s'empourpra.

— Sous ses dehors de mémé-confiture qui épluche son vieux matou quand elle le caresse, elle disjoncte complètement, la vieille ! Tu as bien entendu comme moi !

Elle n'est pas fichue de dire combien d'enfants nous aurons ensemble !

— Elle n'en voit peut-être pas... hasarda Augustin, circonspect.

Il regretta aussitôt sa remarque qui lui valut de sortir son mouchoir.

— Écoute, Philippine, je t'éponge mais tu arrêtes de pleurer. Les voyantes, aussi bonnes soient-elles, ne voient pas tout, et à la commande qui plus est. Tu n'as pas arrêté de lui demander si nous aurions trois garçons, ou deux filles, ou bien deux garçons et deux filles... Que veux-tu qu'elle te réponde ? Laisse faire le temps !

Il prit à deux mains le visage de sa compagne et lui embrassa les yeux.

— Tu devrais, ajouta-t-il en tournant sa clef de contact, méditer ces vers d'Apollinaire :

« *La tzigane savait d'avance*
Nos deux vies barrées par les nuits
Nous lui dîmes adieu et puis
De ce puits sortit l'espérance. »

— Ça veut dire quoi, ton truc ? renifla-t-elle.

— La voyance n'est pas tout. Il faut faire confiance en la vie, elle a plus d'imagination que nous.

Comme ils faisaient demi-tour dans la rue pour regagner le boulevard Montaigne, ils repassèrent devant la maison de Madeleine. La voyante, sur le trottoir, rentrait sa poubelle. Elle aperçut le profil fugitif des journalistes dans leur voiture.

— Pauvre gosse ! murmura-t-elle.

Elle seule devait savoir à qui s'adressait sa compassion.

20 Septembre.

Ce samedi soir, Térésa avait eu un mal de chien à s'éclipser de chez elle. Aussi, montait-elle la rue Jean Jaurès avec la célérité que lui permettaient ses petites jambes. Ses hauts talons martelaient le bitume luisant d'une ondée récente. Vue de dos, sa silhouette évoquait celle d'un échassier.

Elle décida qu'elle prospecterait en premier lieu du côté de la place Guérin. Les bars y étaient sympas, les rencontres prometteuses. Si jamais elle ne trouvait pas ce qu'elle escomptait, elle descendrait à Recouvrance. Depuis que la rue Saint-Marc avait été en partie détruite pour faire place à des immeubles chics et aseptisés - réhabilitation d'un quartier mal famé oblige - Térésa avait perdu son repaire. Naguère, elle passait des nuits entières chez Sulliman ou chez les Turcs, à boire et à danser, tout du moins lorsque son mari était en tournée.

Tandis qu'elle trottinait, elle repensait à cette époque. Dix ans déjà... Sulliman et son physique à la Raimu. Ses colères contre tout et tout le monde... Le juke-box qu'il fallait rudoyer pour qu'il daigne cracher de sa voix de fausset les nouveautés du patron à l'heure de la Techno : « Rikita, jolie fleur de Java » ou le premier Richard Anthony. Il faut dire que Sulliman obtenait des prix de gros sur les marchés ! Les regrats du vinyle étaient pour lui.

Une seule fois, Térésa avait traîné là Raymond, qu'elle venait de rencontrer. Évidemment, il n'avait pas compris la fascination qu'exerçait ce lieu sur elle. Térésa le revoyait encore, pinçant les lèvres, essuyant de son mouchoir les rebords du verre qu'on venait de lui servir. Il avait même eu le culot de repousser Titine, la princesse des rues, qui condescendait à l'inviter à danser un pasodoble ! C'était une vieille pocharde. Dès qu'un nouveau client s'égarait chez Sulliman, elle sortait de son sac plastique le seul bouquin qu'elle eût possédé : son premier livre d'Histoire de France. Elle l'ouvrait, page sept et déclamait en y mettant le ton : « Jules César veut faire la conquête de la Gaule avec ses légions. Vercingétorix essaie de l'arrêter mais le brave chef gaulois est vaincu à Alésia ». Inéluctablement, elle fermait ensuite le livre et les yeux, puis engageait la conversation avec le nouveau venu en disant : « C'est beau, hein ! »

Comme il n'y avait pas d'image aux pages six et sept, il lui arrivait parfois de tenir son livre à l'envers. Titine ne savait pas lire.

Térésa secoua ses souvenirs d'un haussement d'épaules. Déjà, sur la place Guérin, la porte du bistrot ouvrait grand sa gueule jaune à la nuit, happant çà et là un étudiant en goguette, un matelot de passage ou un poivrot esseulé.

Térésa entra. Aussitôt, l'haleine chaude du troquet souffla sur elle ses remugles de bière, de fumée, ses rires étouffés et un relent de corps moites. Ici, la faune était bien représentée. La flore aussi, du reste. Perchée sur un tabouret de comptoir, la “baronne” entonnait une chanson de marins de sa belle voix de gorge. Été comme hiver, elle portait le même chapeau de paille, agrémenté de roses, de myosotis et de marguerites, surmonté d'une grappe de cerises que picorait, pour l'éternité, un oiseau chamarré.

Térésa se posta près du zinc, à côté d'un violoneux. Il tentait d'accompagner la baronne avec, toujours, un temps d'avance. De là, la jeune femme embrassait la pièce du regard, surveillait les entrées et sorties et, surtout, pouvait être remarquée.

Elle tenta, sans grand bonheur, de commander un demi. Comme il n'est rien de plus difficile que d'essayer de capter l'attention d'un serveur débordé qui, par principe, est sourd et aveugle, elle se servit à même le plateau, lors de l'un des incessants va-et-vient du garçon. Pour le coup, le miracle eut lieu : il recouvra la vue. Il s'apprêtait à l'arroser de copieuses injures quand Térésa le rendit brusquement muet en déposant sur le plateau le prix de deux consommations. Blasé, le serveur hocha la tête et retrouva la ligne bleue de ses Vosges lointaines.

Ce soir-là, la jeune femme connaissait, hélas, presque tout le monde. Elle évita de croiser le regard d'un vieil artiste peintre en mal d'inspiration et en manque de matériel. Deux mois auparavant, elle s'était laissé séduire par lui et son concept original sur l'art. Il peignait dans sa tête et invitait qui voulait le suivre à partager ses visions éphémères. Pour éphémères, elles l'étaient ! Non. Décidément, elle éviterait cette nuit le barbouilleur de rêves.

De toute façon, elle n'avait jamais envie de poursuivre une relation avec un homme quand celui-ci l'avait déjà touchée. Elle en ignorait la raison mais c'était comme ça.

En balayant une mèche brune qui tombait dans son verre, Térésa se demanda si beaucoup de femmes lui ressemblaient. Elle n'aurait su le dire, et elle s'en fichait. Raymond la traitait de pute. Peut-être. Les mots ne lui faisaient pas peur. Pourtant, elle ne demandait jamais d'argent. C'était autre chose qu'elle voulait…

Dans un coin du bar, un barbu lorgnait sur elle. Elle en était sûre. Elle savait lire la concupiscence dans les yeux d'un homme. D'instinct, elle remonta sa mini jupe en haut des cuisses et croisa les jambes dans un mouvement naturel. Il lui suffisait d'attendre. “Ivresse d'Asie” qu'elle avait chipée dans la mallette de son mari ferait peut-être son effet ce soir. Elle adorait la belle lingerie. Était-ce pour cela qu'elle avait épousé Raymond ?

Raymond… Quand elle rentrerait cette nuit, ou demain si tout allait bien, il lui ferait une scène de plus. Elle voyait son visage d'avance : rouge et suant de colère. Il l'injurierait, la menacerait puis se mettrait à pleurer et à la supplier. C'étaient ces jérémiades qui ennuyaient le plus Térésa. Jamais Raymond ne l'avait frappée. Parfois, quand elle en avait assez de le voir pleurnicher, elle provoquait sa colère. Il levait alors la main, comme pour la gifler, mais son geste restait en suspens. Il devenait blême et regardait sa main comme si elle lui était devenue étrangère. Cette esquisse de gifle, qu'il ne donnait pas, semblait le calmer, pour un temps. Ensuite, taciturne, Raymond se réfugiait dans sa mélancolie et Térésa avait la paix.

Un mouvement se fit dans le bar. Un type, dont le ventre s'avançait tel un durillon de comptoir, venait de passer les bretelles de son accordéon. Pour le coup, un cercle se fit autour du tabouret de la baronne. Chacun attendait que la Callas des p'tits zincs choisisse dans son répertoire une chanson à boire ou une romance de Piaf. Lorsqu'elle fredonna les premières notes de *Fanny de Recouvrance*, les habitués, portant à bout de bras leur verre de bière, se levèrent et trinquèrent en chaloupant ou tanguant selon leur degré d'alcoolémie. Ceux qui ne connaissaient pas bien les paroles du chant de marins tentaient de les deviner sur les lèvres des autres et, avec un temps de retard, braillaient encore plus fort leur soif d'aventures ou leur soif tout court.

Ce fut cet instant propice au rapprochement des âmes et des corps que choisit le barbu pour aborder Térésa. Sa tactique, simpliste, consista à lui demander du feu. Térésa, qui ne fumait pas, avait néanmoins toujours un briquet dans son sac à main : stratégie oblige. Du coin de l'œil, elle l'avait vu quémander une cigarette à un voisin de table. Sans doute ne pétunait-il pas lui-même.

— Belle ambiance ce soir, hein ? ...Madame ou mademoiselle ?

— Mademoiselle.

L'homme, au teint rose, portait encore l'odeur de son dîner sur sa barbe blonde. Du thon au four trop aillé, songea Térésa. Peu importait, du reste. Il ferait l'affaire.

— Vous venez souvent ici ? Je ne vous ai jamais vue.

Térésa savait d'avance qu'il lui faudrait supporter des conversations dormitives avant d'en arriver au fait. Elle s'y plia de bonne grâce.

— Je ne sors pas souvent, minauda-t-elle.

De banale, la causette du géant blond se fit insipide. Térésa écarquillait de grands yeux noirs, avalant sans déglutir lieux communs, lapalissades et fadaises. Sous le pull de l'homme, elle devinait des muscles puissants… Au bout d'une heure, le barbu paya les consommations, après avoir manœuvré - du moins le croyait-il - pour amener sa conquête à boire un dernier verre chez lui.

Térésa, comme à chaque fois, prit grand soin de ne pas sortir du bistrot en même temps que l'homme. Elle tenait à sa réputation…

☆

23 Septembre.

Ce matin-là, Sylvia Nathan arriva place Georges-Perros d'assez bonne heure. Avant de recevoir sa première cliente à dix heures, elle voulut passer à la banque et rédiger quelques lettres. Sur la place, un petit vent frais balayait les feuilles moribondes d'un tilleul encore vert. L'automne s'annonçait précoce. Le rideau de fer de *La Fleur d'Ys* était fermé. Hélène devait être chez elle. Sylvia se demanda si, en montant à son cabinet de consultation, elle frapperait à la porte de la fleuriste pour prendre un petit déjeuner avec elle.

Son amie avait loué un deux-pièces dans l'immeuble où exerçait Sylvia. La bâtisse ne comprenait que quatre appartements. Hélène vivait au premier étage, juste au-dessous du cabinet de la voyante. Après avoir pris son courrier dans la boîte à lettres, Sylvia monta les escaliers et, finalement, se rendit tout de suite chez elle. Elle avait peur d'être indiscrète à une heure, somme toute, matinale.

Elle jeta d'abord un coup d'œil sur la revue *Astro-voyance* qu'elle venait de recevoir et vérifia si son encart publicitaire y était bien placé. Elle payait assez cher pour cela. Cependant, son métier exigeait une constante propagande. L'aurait-elle voulu qu'elle n'aurait pas pu se passer de la publicité.

Parmi le reste du courrier, une enveloppe intrigua Sylvia. Son nom et adresse y étaient inscrits à la machine. Pourtant, elle ne présentait aucune trace d'un tampon administratif, ce qui, dans ce cas-là, est monnaie courante. Aussitôt, elle pensa à une quelconque chaîne de solidarité et sentit la mauvaise humeur la gagner. Superstitieuse, elle avait horreur de recevoir ce type de lettres qu'il fallait recopier treize fois et réexpédier sous menace des plus grands malheurs. Jamais elle n'avait pu se résoudre à jeter purement et simplement ces torchons. A chaque fois, elle recopiait le texte indigeste mot à mot, en se traitant de tous les noms.

Ce qu'elle sortit de l'enveloppe la déconcerta. Une simple carte qu'elle connaissait bien. Le Bateleur, première lame majeure du Tarot de Marseille.

Une cliente l'aurait-elle prise par mégarde sur sa table et la renvoyait-elle ? Mais non… c'était idiot. La carte, lisse et neuve, n'avait rien à voir avec celle de son propre jeu élimé. D'un geste machinal, elle retourna le petit carton. Elle faillit ne pas apercevoir, au dos, l'inscription tapée, elle aussi, à la machine. C'était une simple date : 29 Septembre.

Qu'est-ce que cela voulait dire ?

Sylvia posa la carte sur son bureau et tenta de se concentrer. D'une façon confuse, elle percevait l'importance de cet envoi insolite. Tout d'abord, elle sollicita son intellect : peine perdue. Son don ne relevait pas de la réflexion. Il lui fallait plutôt faire le vide en elle et laisser vagabonder son esprit.

S'intéressant à l'iconographie comme si la figure du Bateleur lui était étrangère, elle fixa les couleurs vives du personnage, bien campé sur ses jambes, et qui manipulait avec dextérité les objets posés devant lui, sur une table. Dans un sens très général, cette première lame du Tarot signifiait l'action, l'initiative, le départ de toute chose. Pour Sylvia, cette carte était bénéfique même si, mal accompagnée, elle pouvait traduire la ruse et la tromperie. Chaque extralucide ayant, d'autre part, une lecture plus personnelle des cartes, le Bateleur représentait, aux yeux de la jeune femme, la période qui va de l'enfance à l'adolescence, alors que la maternité et la petite enfance étaient évoquées par l'arcane XVIII : la Lune.

Mais qui avait bien pu lui envoyer cette carte ? Et pourquoi ? Perplexe, Sylvia mit le carton dans son sac. Ne pouvant commander ses visions, elle se dit que, peut-être, elle trouverait ultérieurement une réponse à ce problème sans qu'elle eût cherché à le résoudre.

Désireuse de ne pas perdre son temps, elle décida de se rendre à la banque. Là, il lui faudrait user de diplomatie et expliquer que son léger découvert serait comblé à la fin du mois. Si elle avait été une commerçante ordinaire, on ne lui aurait pas créé autant de difficultés. Mais les administrations, quelles qu'elles fussent, se méfiaient d'elle et de ses semblables.

Alors qu'elle parvenait au palier du premier étage, se demandant si son discours à la banque serait suffisant, elle fut saisie par un flash.

Incapable de se mouvoir davantage, elle s'appuya contre le chambranle de la porte d'Hélène, ferma les yeux et attendit que la vision éphémère se renouvelle. Elle ne revint pas. Sylvia s'apprêtait à repartir quand la porte d'Hélène s'ouvrit. La fleuriste laissa échapper un petit cri.

— Qu'est-ce que tu fais là, Sylvia ? Tu m'as fait une de ces peurs !

— Excuse-moi, Hélène. Je peux rentrer une minute ? J'ai quelque chose à te montrer.

— Si tu veux, concéda la fleuriste. Juste une minute alors. Il faut que j'ouvre le magasin et je suis en retard.

Hélène prit malgré tout le temps d'offrir un café à son amie dans le minuscule appartement qu'elle louait. La pièce principale servait de séjour et de chambre à coucher. Pendant que Sylvia, assise sur le canapé-lit replié pour la journée, reprenait ses esprits, Hélène s'affairait dans la kitchenette. Jamais encore, la voyante n'avait eu l'occasion d'entrer chez son amie. Il y régnait un ordre impeccable. La fleuriste devait faire collection de jouets anciens car Sylvia, pour pouvoir s'asseoir, dut repousser une colonie de poupées rangées selon leur taille ainsi qu'un nounours pelé et borgne, amputé d'une patte antérieure.

Hélène revint, portant un pot de café fumant et des tartines grillées.

— Alors, mignonne ! Que se passe-t-il ?

Sylvia ouvrit son sac et présenta à son amie la carte qu'elle venait de recevoir.

— Tu as gardé l'enveloppe ? demanda la fleuriste.

— Oui, elle est là-haut. Rien de significatif. La lettre a été postée hier, à Brest.

— Excuse mon ignorance en la matière, Sylvia. Mais que veut dire le mot "Bateleur" écrit au bas de la carte ?

La voyante expliqua que l'origine du Tarot de Marseille, obscure et lointaine, était au centre de différentes polémiques. L'iconographie datait, elle, du Moyen Age. Le Bateleur, l'une des vingt-deux lames majeures du jeu, était autrefois un artiste de foire, une personne qui faisait montre de force ou d'adresse sur les places publiques.

— Quel rapport avec toi ? s'enquit la fleuriste.

— Je n'en sais rien… Mais en descendant l'escalier, j'ai eu un flash.

— Tu veux dire une vision ? interrogea la fleuriste d'un ton qui laissait percevoir son scepticisme.

— Je sais que tu ne crois pas à ces choses-là mais…

—Tu te trompes, interrompit Hélène. Je ne nie pas la possibilité du fait. Mais je crois, qu'en ce domaine, il faut rester prudent. Qui te dit que ce ne sont pas de vieux fantasmes qui ressurgissent ?

— Tu parles d'un fantasme ! s'insurgea la voyante. Quelle horreur !

Pressée par son amie, Sylvia consentit du bout des lèvres à livrer sa vision.

— C'était atroce… murmura-t-elle. Et si rapide… J'ai clairement vu un front. D'un homme ou d'une femme, je l'ignore. Le bas du visage restait flou. Mais ce front était marqué d'une croix sanguinolente.

— Comme une marque faite à la peinture ? Un signe de secte, peut-être ?

Mais Sylvia hocha la tête. Elle paraissait si lasse qu'Hélène ne voulut pas la harceler de questions. Comme pour s'imposer une discipline, la voyante décida malgré tout de clarifier sa pensée.

— Non, ce n'était pas de la peinture mais du sang. Je ne peux pas te dire pourquoi, mais je sais que la personne venait de mourir. La croix a été tracée ensuite, à l'aide d'un couteau ou d'un poignard…

Les deux femmes se turent un instant. Puis, Hélène rompit le silence en suggérant à son amie d'aller trouver la police. Ce conseil, contre toute attente, redonna le sourire à Sylvia.

— Tu veux qu'on m'enferme chez les zinzins ? Les voyantes n'ont déjà pas beaucoup de crédit auprès de gens pragmatiques comme toi. Alors, auprès des flics, je ne te raconte pas !

Hélène parut vexée de la réflexion de son amie.

— Je suis peut-être terre à terre… En tout cas, mon bon sens pratique te recommande d'aller faire un tour dans la salle de bain. Tu vois sans doute des choses extraordinaires, mais à propos de sang, c'est toi qui pisses du nez !

Aussitôt, Sylvia se leva. Elle ne tenait pas à risquer de tacher le canapé d'Hélène. Elle savait que son amie, un peu maniaque, redoutait cela. L'eau courante, dont elle s'aspergea, lui fit du bien. Déjà, ses saignements diminuaient. A la recherche de coton hydrophile, elle ouvrit, au-dessus du lavabo, l'armoire à pharmacie. Bien rangées sur leurs tablettes s'étageaient crèmes de jour et de nuit, fards à paupières et fonds de teint. En bas, à côté du coton, un objet provoqua le sourire de Sylvia. C'était une bombe de mousse à raser, marque d'une présence masculine. Ainsi donc, Hélène recevait un ami dont elle n'avait encore jamais parlé. Ce fait n'étonna pas Sylvia. Hélène attendait toujours d'être sûre de quelque chose ou de quelqu'un pour se dévoiler.

Ce détail, toutefois, fit prendre conscience à Sylvia, qu'elle non plus, au cours de conversations avec son amie, ne faisait guère allusion à Jean-Marc. Il partageait pourtant sa vie depuis six mois.

En revenant dans le séjour, Sylvia se rendit compte qu'Hélène manifestait une certaine impatience à sortir de chez elle pour ouvrir sa boutique. Ne voulant pas abuser du temps de la fleuriste, elle chercha son sac.

— Tu l'as posé sur le linteau de la cheminée, observa Hélène.

Comme elle reprenait ses affaires, la jeune femme remarqua que l'appartement de son amie et le sien, à l'étage supérieur, étaient jumeaux. La même cheminée en marbre, d'un style rococo, empanachait les deux logements.

— Tu fais parfois du feu ? Hélène.

— Pouah ! Non alors ! Pour avoir de la saleté partout ? Et où irais-je chercher du bois ? Tu en fais, toi ?

Sylvia admit adorer entendre le crépitement des bûches lorsque le feu les lèche et sentir les diverses essences de bois se consumer.

— Eh bien ma vieille ! rétorqua Hélène. Toi qui crois aux vies antérieures, tu fais fort pour une sorcière ! Tu penses que tes collègues du moyen âge étaient aussi masos que toi ?

La porte de l'appartement s'ouvrit sur les éclats de rire des deux amies.

*

Au même moment, Augustin Lafargues et Philippine Leroy s'apprêtaient à consulter le dernier voyant de leur liste : Hugo de L'Astre, domicilié place de Strasbourg.

— Tu crois que c'est son vrai blase ? demanda la jeune femme à son compagnon.

— Sûrement pas. D'ailleurs, si tu considères la liste, peu de nos devins ont gardé leurs véritables noms. A part Madeleine et Sylvia, ils ont tous un patronyme de répondants au minitel rose ! Entre Esméralda et Estrella !

— Oh ! celle-là, ne m'en parle pas ! Je n'ai jamais autant ri…

Philippine se souvenait avec gaîté de sa visite chez la cartomancienne. Une vraie caricature ! Avec son air de tragédienne grecque sur le retour, la pythonisse, dont les yeux larmoyants de khôl semblaient montés sur roulement à bille, avait voulu les impressionner dès le départ en les aspergeant d'encens pour, disait-elle, éloigner les esprits du bas astral. Dès lors, les journalistes, conquis, assistèrent au numéro d'une grande virtuose. Ils s'attendaient, à tout instant, à la voir sortir de sa manche un coq noir pour l'immoler sur l'autel des sacrifices.

Ils admirèrent la façon dont la dame parvint à leur soutirer des renseignements, faux bien entendu, pour les restituer, un quart d'heure plus tard, travestis mais conformes à ce qu'elle avait entendu. C'est ainsi qu'Augustin aurait songé à la prêtrise avant de se diriger vers la médecine et devenir ophtalmologiste sans frontière. Estrella avait l'art consommé de poser des questions par la négative. Au lieu de demander à Philippine : « Êtes-vous mariée ? », elle lui avait dit : « Vous n'êtes pas mariée ? », avec une intonation particulière et travaillée qui oscillait entre la question et l'affirmation. Quelle que fût la réponse de son interlocuteur, cette façon de procéder lui permettait immanquablement de rétorquer un « Je le savais bien » assuré. Les naïfs se laissaient prendre d'autant plus volontiers que la pommade passée semblait onctueuse. Comme le penchant de tout un chacun est aimer s'entendre complimenter, Estrella savait ponctuer son discours de phrases telles que : « Vous avez une si belle âme ! » ou encore : « Vous êtes généreux, même si votre entourage ne vous comprend pas toujours. » Les yeux mouillés de reconnaissance, le client ne pouvait qu'acquiescer, se rappelant de façon inopinée une dispute avec un proche ou la crémière du quartier. Et il s'en allait, ravi de payer celle qui comprenait si bien son âme ! N'était-il pas généreux ?

Car personne ne pouvait échapper au clou du spectacle, lorsque la diva du marc à café condescendait à revenir dans notre sphère et réclamer d'une voix lasse cinq cents francs, pressée d'en finir avec ces questions si basses, si matérielles… Bref, Estrella empochait le double de ses consœurs. Noblesse oblige !

*

Avec Hugo de L'Astre, un autre ton était donné. Le seul renseignement qu'il demanda aux journalistes fut leur date, heure et lieu de naissance. La pièce où travaillait le voyant versé dans l'astrologie possédait la rigueur et la sobriété du personnage. Douze chromos affichés au mur rappelaient les signes du zodiaque et donnaient l'unique note de gaîté du lieu. D'après Augustin, l'homme pouvait avoir son âge : trente-cinq ans environ. Il avait les cheveux coupés presque ras et portait des lunettes d'une monture élégante.

Sa façon d'opérer étonna les journalistes. Tout en parlant, il griffonnait sur une feuille blanche des signes cabalistiques auxquels les journalistes ne comprenaient rien mais qui servaient de support à sa vision. D'ailleurs, répondant à une question de Philippine, Hugo de L'Astre prétendit faire de la voyance et non pas de l'astrologie. L'élaboration d'un thème astral, fort complexe, lui aurait demandé vingt-quatre heures de travail. Il n'y avait recours que pour les cas difficiles ; lorsque, par exemple, la vie d'un enfant malade était en péril.

Ce fut à ce moment qu'Augustin l'interrompit.

— Dites-vous aux parents que leur enfant risque de mourir ?

— Sûrement pas ! Pour qui me prenez-vous ? Simplement, si je suis certain de la guérison, je tente de redonner confiance aux parents.

— Et dans le cas contraire ? demanda Philippine.

L'homme parut agacé. Il retira ses lunettes et se massa les yeux du pouce et de l'index.

— Pourquoi me posez-vous la question ? Ni l'un ni

l'autre n'êtes concernés par ce problème, n'est-ce pas ?

A brûle-pourpoint, Augustin trouva une réponse plausible. Elle n'eut pas l'heur de convaincre le voyant. Aussi, le journaliste décida-t-il de jouer franc jeu avec lui. La pertinence de ses prédictions l'avait convaincu. Il déclina son identité et celle de sa compagne puis révéla l'objet de sa mission. Son journal désirait faire paraître un article de fond sur les arcanes de la voyance.

Méfiant, Hugo de L'Astre leur demanda leurs cartes de presse.

— Vous comprenez, on dit tant de saletés sur notre compte que je préfère prendre mes précautions. Je suis d'accord pour une interview si vous acceptez que je l'enregistre. Je garderai la cassette et vous donnerai une copie. Ainsi, tout sera clair entre nous.

Philippine et Augustin donnèrent leur accord à ces conditions et, plus à l'aise dans leur véritable rôle, commencèrent l'entretien.

— Je suppose, monsieur, que vous vous connaissez tous sur Brest... Nous voudrions savoir qui, à part vous, vous semble vraiment compétent dans votre domaine.

Avant de répondre, Hugo de L'Astre appuya sur la touche "pause" de son magnétophone. Il ne tenait pas à divulguer le nom d'une consœur non déclarée.

— C'est Madeleine, sans aucun doute... même si elle est passée de l'autre côté...

— De l'autre côté ? s'étonna Philippine.

— Oui... C'est notre jargon pour dire qu'elle s'intéresse plus à l'au-delà, à la vie après la mort ou aux réincarnations, qu'à notre réalité terrestre. Il faut dire qu'elle a subi tant de malheurs ici-bas que la chose n'est guère étonnante.

— Voyez-vous quelqu'un d'autre ? demanda alors Augustin.

A la moue que fit Augustin de L'Astre, les journalistes comprirent qu'il lui en coûtait de prononcer le nom de Sylvia Nathan. Sans doute, la jeune femme lui apportait-elle une concurrence trop sévère.

— Elle est excellente, aux dires de certains de mes clients, avoua-t-il d'un ton sec.

Augustin se rappelait cette sibylle aux yeux si clairs, qui n'avait pas voulu les recevoir, prétendant qu'elle ne voyait rien ce jour-là.

— Pourriez-vous, monsieur, questionna Philippine, nous parler de l'origine de ce don particulier ? Tout le monde peut-il l'avoir ?

— En puissance, oui… Vous savez, l'intuition, c'est comme le reste : ça se travaille. De la même façon, vous ne pouvez pas prétendre être champion cycliste si vous ne pratiquez pas le vélo tous les jours. Quant à l'origine… vaste programme.

Hugo de L'Astre apprit aux journalistes qu'une enquête sur ce sujet avait été menée aux États-Unis, quelques années auparavant, par une équipe de chercheurs en parapsychologie. Il résultait de cette étude que bon nombre de voyants auraient subi, durant l'enfance ou la pré-adolescence, un choc électrique assez sévère. Tels ces enfants qui, dans un champ, empoignent le fil à parquer les vaches…

— Vous y croyez ? interrompit Augustin, dubitatif.

— Peu importe, répliqua Hugo de L'Astre, je vous signale les faits, c'est tout.

Le journaliste se sentit mal à l'aise tel un potache pris en faute par son instituteur. Son vis-à-vis lui donnait l'impression d'un être froid et autoritaire.

— Si vous me permettez de continuer, je vous dirai que beaucoup d'entre nous ont, ou ont eu, une mère voyante. Souvent, le don se transmet à l'aîné des enfants, mais ce n'est qu'une généralité.

En pédagogue ayant affaire à des mal-comprenants, le voyant poursuivit son discours. Il parla d'extralucides qui avaient vu leurs dons s'affiner au fur et à mesure que les malheurs s'abattaient sur eux. Une sorte de compensation à la vie, en somme. D'autres, simples quidams, avaient développé leur intuition.

— Et vous-même ? hasarda Philippine.

— Vous n'avez pas à le savoir, mademoiselle. Je relève de l'un des cas cités.

Philippine reçut cette réponse sèche telle une gifle. D'habitude, son charme touchait les hommes. Là, il agissait sur Hugo de L'Astre comme un air de joie de vivre sur le visage d'un intégriste.

Augustin ne voulait pas lâcher sa proie si vite. Aussi, demanda-t-il au voyant les raisons de l'engouement des Français pour les arts divinatoires.

— Je suppose, répondit Hugo de L'Astre après un instant de réflexion, que les prêtres, les psychanalystes et nous-mêmes, avons une fonction similaire. Les gens sont prêts à payer cher pour qu'on les écoute. Ils ont ainsi l'impression que leurs soucis sont, pour une fois, pris en compte. Jadis, l'église jouait ce rôle lorsque les confessions étaient publiques. Le pénitent réglait sa dette par des prières. Je pense qu'on ne balaie pas d'un coup des siècles de pensée judeo chrétienne : vous fautez, vous payez. Le principe est simple. Encore faut-il qu'il soit appliqué. C'est depuis que les confessions sont collectives et l'absolution donnée à tous que les cabinets de voyants ne désemplissent pas.

— Et les psychanalystes ?

— Même chose… N'oubliez pas que la psychanalyse est née à partir de réflexions sur les carnets de confessions des prêtres du XVIIe siècle.

— Mais je présume, intervint Philippine, que la plupart de vos clients n'ont aucune faute grave à vous avouer ?

Hugo de L'Astre prit le temps de déballer un bonbon et de jouer avec le papier argenté avant de répondre. Il n'eut pas l'idée d'offrir une friandise à ses vis-à-vis.

— Grave, non… postillonna-t-il. A part ces gens qui désirent savoir quand leurs parents mourront pour pouvoir hériter. Ou ceux qui nous prennent pour des sorciers et nous demandent de jeter un sort sur leur conjoint infidèle.

— Ces cas sont-ils fréquents, monsieur ?

— Pas très, non… heureusement. Je dirais… un client tous les mois, environ.

— Ah ! Quand même ! s'étonna Augustin. Mais pour quel motif vient-on le plus souvent vous consulter ? ajouta le journaliste, intrigué.

Hugo de L'Astre fit un bruit de succion et déglutit.

— Les hommes viennent surtout pour des questions

professionnelles. Ils sont au chômage ou désirent monter en grade dans leur entreprise. Quant aux femmes, c'est plutôt le domaine affectif qui les préoccupe. Soit elles veulent rompre une solitude trop pesante, soit elles sont malheureuses parce qu'elles soupçonnent leur mari d'être infidèle. Ou alors, elles ont un amant et se sentent perdues dans leurs mensonges. Elles aimeraient aussi gagner au loto, avoir des enfants qui réussissent leurs études, ou guérir d'une grave maladie.

— Dans ce dernier cas, que leur dites-vous ? susurra Philippine.

— La vérité ! Enfin… ma vérité. Je ne suis pas le Bon Dieu. Tout dépend des gens en face de moi. Certains exigent de connaître le temps qui leur reste à vivre.

Là, Hugo de L'Astre se leva, comme pour marquer la fin de l'entretien. Puis, il eut cette étrange réflexion dont les journalistes devaient se souvenir :

— Il est curieux de constater combien la mort vous fait peur. Pourtant, nous sommes tous en sursis et la vraie vie est ailleurs… Moi-même - et je suis bien placé pour le savoir - n'ai plus que quelques semaines à attendre dans ce bas monde… Je vous vois tressaillir. Rassurez-vous ! Ce n'est pas contagieux… enfin, pas dans l'immédiat.

En sortant du cabinet d'Hugo de L'Astre, Augustin, perplexe, se demandait pourquoi cet homme, par ailleurs si avare de révélations personnelles, avait eu cet aveu, ô combien intime…

*

A dix-huit heures trente, Sylvia rentra chez elle, fatiguée mais somme toute contente de sa journée de travail.

Elle avait relégué, dans un coin de sa mémoire, l'étrange carte reçue le matin même. En pénétrant dans son appartement situé sur le port de commerce, une odeur désagréable l'accueillit. Elle n'eut pas à en chercher la provenance car son pied glissa dessus et elle faillit s'étaler.

— Oh ! Nic ! Regarde ce que tu as fait ! Où te caches-tu, vilain ?

Le coupable, un setter gordon noir et feu, leva des yeux penauds vers sa maîtresse. Réfugié derrière le canapé du salon, il contemplait son laisser-aller d'un air contrit mais fourbe. Ce regard, si personnel, attendrit Sylvia malgré tout. Elle flatta l'encolure du chien et constata que la laisse de l'animal était restée accrochée à son collier.

— Jean-Marc devait te sortir, hein… mon bébé, et il t'a encore oublié…

Elle répara les dégâts sous l'œil faussement compatissant du setter, se dit que du pied gauche la chose portait bonheur et décida d'emmener en promenade son récidiviste.

Sur le quai enveloppé d'une lumière rose, l'atmosphère était légère, presque estivale. Les badauds s'attardaient aux terrasses des cafés, désireux de prolonger ces instants fragiles où la nitescence crépusculaire nimbe les contours avant de vaciller.

Au détour d'une rue, Sylvia se retrouva face au pignon d'une maison qui affichait un gigantesque dessin de Paul Bloas. Il représentait un marin debout, la casquette de travers, un genou replié contre le mur sur lequel il s'appuyait. Comme à chaque fois qu'elle passait là, Sylvia salua le marin. Elle ne connaissait pas le peintre brestois, mais ses personnages, pétris pourtant d'une force mâle, laissaient deviner une telle faille qu'ils lui faisaient penser à des figures de Jean Genet.

Nic aboya soudain et se mit à tirer sur sa laisse. Il venait d'apercevoir son maître assis à une terrasse avec des amis. Alors que Sylvia s'approchait du groupe, Jean-Marc se leva à la rencontre de la jeune femme. La voyante en conclut que son compagnon ne désirait pas la présenter. Elle eut le temps de remarquer qu'une jolie blonde, visiblement mal à l'aise, évitait son regard.

Elle doit être amoureuse de Jean-Marc, songea Sylvia. Il faut dire que le jeune homme portait beau la trentaine, avec ses cheveux un peu trop blonds, son teint un peu trop mat et ses dents surtout trop blanches. Bref, un Adonis pour les femmes, une tête à claques pour les hommes.

— Tu rentres plus tôt ce soir, non ? Je te préviens tout de suite, je n'ai pas eu le temps de faire les courses, ajouta-t-il en tapotant les flancs du chien.

— Cela ne m'étonne pas. Tu as sûrement eu une journée chargée, répondit Sylvia d'un ton qu'elle aurait aimé moins âpre.

Néanmoins, Jean-Marc ne releva pas l'ironie. Par paresse, peut-être, pensa la jeune femme… Comme ces gens qui préfèrent passer pour des imbéciles et esquiver un conflit.

Leur liaison datait de six mois, à l'époque où Sylvia s'était installée à Brest. Le chien les avait réunis. Tous deux s'étaient trouvés le même jour à la SPA afin de rechercher un compagnon. Nic sautait de l'un à l'autre, hésitant quant au choix de l'adoption d'un maître. La gentillesse de Jean-Marc avait fait le reste. Pourtant, Sylvia s'en voulait du rôle de cerbère qu'il lui faisait jouer malgré elle.

Velléitaire au chômage, Jean-Marc cherchait un travail digne de ses capacités : c'est-à-dire qu'il n'en trouvait pas. Ou le patron était une peau de vache, ou le boulot trop fatigant. Son monitorat de planchiste lui procurait quelques subsides, surtout l'été. Le reste de l'année, il perfectionnait son art à titre personnel, préparant avec assiduité des régates auxquelles il participait… en tant que spectateur. Petit Poucet des mers, il émiettait dans son sillage le cœur de naïades expertes ou celui de langoustes trop grasses, communément appelées, à l'intérieur des terres : boudins.

— Viens prendre un pot avec nous, si tu veux, ma minouchette.

Le sourire de Jean-Marc était engageant, le ton de sa voix flottant. Sylvia opta pour la voix et refusa l'offre.

Non… je vais faire un tour. A tout à l'heure. Mais la prochaine fois que tu sors, n'oublie pas le chien et éteins la télé ! Inutile de la laisser allumée pour les puces de Nic. Elles n'aiment que le journal de vingt heures.

Sylvia longea les quais, un peu morose. Elle s'était fait passer encore, à ses propres yeux, pour une duègne vilipendant l'enfant roi. Pourtant, Jean-Marc et elle avaient le même âge. Leur façon d'envisager la vie était si différente qu'elle se faisait l'effet d'être la grand-mère de son compagnon.

Il faudrait qu'elle change, qu'elle soit moins exigeante,

si elle voulait conserver cette relation. Après tout, Jean-Marc n'avait-il pas raison de vivre au jour le jour, sans crainte du lendemain ? Il ne devait sûrement pas la trouver marrante, sans cesse préoccupée par des problèmes matériels… Si elle se sentait si seule dans son couple, c'était peut-être à elle de se mettre au diapason, de ne pas reprocher à Jean-Marc son manque d'ambition.

C'est dans ces dispositions d'esprit qu'elle arriva près d'un bassin de radoub, où un navire au carénage attendait qu'on lui fît peau neuve avant de repartir pour ses rêves exotiques. D'immenses grues jaunes et bleues au repos veillaient sur lui, tête penchée comme pour mieux ausculter ses désirs. Ce mastodonte ensommeillé ne serait bientôt qu'un fétu de paille, lorsque la vague marine le pousserait vers son ventre érigé de mamelles voraces.

Une mouette, de son vol oblique, troua le crépuscule et vint se poser sur une bitte d'amarrage où les restes d'un chinchard, appât oublié là par un pêcheur amateur, exhalait son fraîchin. A coups de bec furieux, elle déchiquetait la chair du poisson puis tournait la tête de droite à gauche, dans un mouvement saccadé, pour s'assurer de l'absence de congénères. La goulue replongeait ensuite dans les entrailles de l'animal agité de spasmes sous l'estocade de l'oiseau. Rassasiée, elle déploya ses ailes blanches et chavira dans l'obscurité du port, tel un bateau fantôme voguant dans la fusion de l'air et de l'eau.

Sylvia se rendit compte qu'elle avait faim. En repassant sur les quais, elle trouva les cafés allumés, prêts à assumer leur mission de sentinelles de la ville. Presque devant chez elle, une Peugeot break se gara. En descendit un couple qu'elle connaissait : lui, pour le recevoir en consultation une fois par semaine, elle, pour l'avoir simplement vue en photo. Raymond Le Roux et son épouse, une petite brune effrontée. En croisant Sylvia, l'homme fit semblant de ne pas la reconnaître. Un frisson parcourut la voyante. La femme de Raymond, sur papier glacé ou en réalité, lui faisait un effet comparable. Lorsqu'elle plaçait son pendule sur le portrait de cette diablesse, il n'oscillait pas mais plombait comme s'il eût voulu traverser l'image. C'était le signe… De même, Sylvia ne percevait pas dans ce visage la marque d'un vieillissement futur.

Lorsqu'elle rentra chez elle, le couvert était mis. Sur la table trônait un vase de dahlias qui avaient dû, une heure plus tôt, orner une plate-bande municipale. Jean-Marc doit avoir quelque chose à se faire pardonner… songea Sylvia, rendue méfiante par tant de délicatesse…

— J'ai trouvé un paquet de pâtes dans le placard ! annonça-t-il du même ton victorieux que s'il avait découvert des truffes dans les Monts d'Arrée.

— Ah… Parfait ! Et avec ça ?

En fait de menu, il restait un quignon du pain de la veille et de l'eau du robinet, à volonté, pour faire pétiller le tout. Quant au morceau de beurre qui aurait pu agrémenter ce repas festif, Jean-Marc l'avait offert à Nic : le chien en raffolait.

— Il n'y avait pas de courrier ? demanda Jean-Marc en tartinant son bout de pain de nouilles froides, selon son habitude.

— Non… Tu attendais quoi, exactement ?

— Oh ! Rien de très important : la réponse de l'agence d'intérim. J'y suis passé la semaine dernière, elle devait me rappeler à propos d'un déménagement.

La moutarde, pourtant absente de la table, faillit monter au nez de Sylvia.

— Combien de fois faudra-t-il te répéter que si tu veux trouver un travail, tu dois te rendre tous les jours à l'agence ? Tu penses vraiment qu'on va venir te chercher par la main ?

— Ne t'énerve pas, Sylvia. On ne peut pas te parler ! Et puis les choses viendront en leur temps. Tu crois au destin, non ?

Pour ne pas exploser, Sylvia se mit à débarrasser la table. Inutile de seriner à Jean-Marc qu'un destin se forge. Il lui faisait penser à ces jeunes gens qui venaient pour savoir s'ils obtiendraient un examen ou un concours. Quand elle leur répondait qu'ils avaient tous les atouts de leur côté, bon nombre d'entre eux ne travaillaient plus, se fiant à leur bonne étoile. Résultat : ils échouaient et revenaient la voir, la rendant responsable de leur déconvenue.

Jean-Marc s'installa devant la télévision, les pieds sur la table basse. La soirée s'annonçait morose. Les larmes aux yeux, Sylvia choisit un roman dans la bibliothèque et s'apprêtait à s'éclipser dans la chambre lorsque Jean-Marc l'interpella :

— Tu ne viens pas m'embrasser, ma minouchette ?

☆

29 Septembre.

Ce dimanche-là, fête de saint Michel, jour où, jadis, les loyers et les fermages étaient réglés, les baux renouvelés, Brest, selon la coutume, avait préparé de bonne heure ses rues, afin d'accueillir chalands et badauds qui ne manqueraient pas de déferler sur la ville. Depuis la veille, les forains avaient installé tréteaux ou échoppes ambulantes, ergotant sur la place allouée, réglant à coups de chicanes l'espace accordé à l'un, réfuté par l'autre. Ce combat pouvait être âpre dans les artères principales de la ville. Ainsi, des marchands avaient vu leur auvent effondré, le temps d'un café pris à la va-vite au bistrot d'en face, pour avoir empiété de dix centimètres sur l'emplacement d'un voisin grincheux. D'autres, rendus méfiants, montaient la garde à tour de rôle. Quant aux clandestins qui n'avaient pas payé de taxe à la ville, ils n'auraient pas osé montrer si tôt le bout de leur nez, par crainte de leurs congénères ou de la maréchaussée. Tapis dans leur camionnette, ils attendraient l'heure propice où personne ne ferait attention à eux, pour déballer leur quincaillerie.

C'était aussi le jour où les commerçants ayant pignon sur rue entamaient leurs soldes. L'émulation qui s'ensuivait entre ceux-ci et ceux-là n'était pas sans créer de différends. On poussait, d'un geste maladroit, une penderie à roulettes arborant des vêtements de luxe vers une rôtissoire, ou l'on transformait d'un seul coup de crayon feutre le prix d'un article en + 50%.

A dix heures, la rumeur monta de la ville qui fut bientôt assaillie par la foule. Du haut de la rue de Siam, cordon ombilical du port, on eût dit le passage du peuple hébreu traversant la Mer Rouge.

Et quand le soleil fut au zénith, la cohue essaima dans ce coin de la cité des légions bigarrées. Partout, cela bourdonnait, piaulait, carcaillait, dans des odeurs successives, au mieux, ou simultanées, au pis, de barbe à papa, d'andouillettes aux oignons, de pralines, de graillon. Pour assaisonner le tout, les haut-parleurs crachaient à l'envi une valse de Vienne, une chanson des Spice Girls sous fond de cornemuse, du Franck Sinatra en duo forcé avec Bernard Lavilliers. Dans cette atmosphère bon enfant, on marchait sur le pied du voisin, examinait de son hot dog un blouson flambant neuf, on perdait le petit dernier, essuyait furtivement la bouche grasse du cadet dans un lot de torchons exposés, on bâfrait puis éructait, on distribuait des claques, engueulait un mari radin ; bref, on faisait la fête.

C'est dans cet esprit que Sylvia Nathan parcourait l'épine dorsale de Brest, faisant provision d'odeurs et de sons. Auparavant, elle avait flâné dans les ruelles adjacentes, réservées par tradition à la multitude d'enfants des alentours. Assis à même le sol, ils vendaient leurs menus trésors, qui une poupée désarticulée, qui un puzzle incomplet, avec, dans leur regard tendu au monde, l'espoir candide de faire des affaires.

Sylvia s'arrêta près d'une jolie blondinette vêtue d'une jupe écossaise, d'un chemisier blanc à col Claudine mis en valeur par l'inévitable cardigan bleu. Elle portait dans les cheveux un nœud du même tissu que la jupe, preuve d'une confection maison. Cette fille d'officier de marine

- elle en avait l'uniforme - proposa à Sylvia un ravissant bijou fantaisie.

— Vous m'en donneriez combien, madame ?

— Voyons… cent cinquante francs ? Le fermoir est cassé mais ce n'est pas grave.

La fillette rougit de plaisir mais se retourna curieusement, le collier dans les mains, en claironnant :

— Cent cinquante francs, c'est bien ?

C'est alors que Sylvia aperçut, à dix pas derrière l'enfant, une jeune femme élégante. Elle fit un subtil signe de tête en guise d'acquiescement.

Sylvia réglait la petite lorsqu'une main lui tapota l'épaule.

— Ah… c'est toi, Hélène. Tu as acheté quelque chose d'intéressant ?

Hélène Tréguier ouvrit un sac en papier où gisait une poupée baigneur en celluloïd.

— Elle date des années cinquante. Quelle aubaine !

Les deux amies prirent alors la direction de la rue de Siam. Elles s'arrêtèrent devant un attroupement qui faisait cercle autour d'un bonimenteur. Le bagou de l'homme valait à lui seul cette halte. Vantant les mérites d'un produit d'entretien, il aspergea d'encre un bout de moquette, il y ajouta de la farine et demanda à une femme dont l'attention se détournait, de verser un peu d'huile sur le tout. L'indisciplinée n'y alla pas de main morte, sous les rires des uns ou les murmures désapprobateurs des autres qui, en ménagères accomplies, imaginaient déjà leurs tapis gâchés par la maladresse de cette saboteuse.

Le forain, un petit roux à la peau grenée de points de son, arrêta d'un sourire magnanime les quolibets des paranoïaques du chiffon, accordant d'avance son pardon à la "tacheresse", tel un prédicateur qui en a vu d'autres…

— Ne vous affolez pas, mesdames ! Fobitach vient à bout de tout. Une seule pulvérisation et hop ! Regardez à présent !

Des ho ! et des ha fusèrent dans le groupe. Certaines incrédules voulurent toucher ; d'autres, chaussant leurs lunettes, cherchèrent des stigmates sur le morceau de moquette.

— En vérité, je vous l'avais dit : Fobitach change la vie ! Maintenant, mesdames, je suis désolé mais je dois vous prévenir…

Aussitôt, les murmures se turent. Les yeux et les bouches s'ouvrirent un peu plus. La voix du prêcheur s'enfla :

— Il ne me reste plus que quelques bombes de Fobitach. Alors, que celles qui sont vraiment intéressées lèvent le doigt ! Que les autres s'en aillent !

Et il joignit le geste à la parole, pointant l'index vers un ailleurs hypothétique et se libérant en même temps de postillons intempestifs.

Presque toutes les mains laborieuses imploraient leur gourou. Amusée. Sylvia se demandait quel destin serait aussi tragique pour traquer ainsi une ménagère accumulant autant d'offenses à la propreté. Elle allait en toucher un mot à Hélène quand, médusée, elle vit celle-ci jouer des coudes et tendre un billet de cent francs afin d'obtenir le remède miracle.

Après cette acquisition, les deux jeunes femmes continuèrent à descendre la rue de Siam. Un léger incident agaça Sylvia dans le courant de l'après-midi. Hélène, tout à sa frénésie de fièvre acheteuse, s'était laissé happer par une offre alléchante. Elle proposait deux soutiens-gorge pour le prix d'un seul. Entraînant Sylvia dans son sillage, Hélène avait omis de jeter un coup d'œil au vendeur qui n'était autre que Raymond Le Roux. Tandis qu'elle fouillait dans les cartons, malmenant de ses gros doigts les frivolités de dentelle, de soie ou de coton, afin d'en vérifier la solidité, la voyante, mal à l'aise, n'osait regarder en face Raymond Le Roux qui, peut-être partagé entre la honte d'avoir été humilié quelques jours auparavant et la colère, tenait encore moins que Sylvia à soutenir son regard. Par manque de chance, les deux femmes étaient les seules clientes du stand. Feindre de s'ignorer tenait de l'exploit.

Aussi, quand Hélène redressa la tête et qu'elle s'aperçut enfin à qui elle avait affaire, le malaise fut aussi palpable que le tissu qu'elle tenait à la main. D'un geste que Sylvia trouva déplacé et emphatique, la fleuriste, pinçant un soutien-gorge entre le pouce et l'index, le laissa choir dans le carton.

— Viens Sylvia, dit-elle en prenant le bras de son amie. Je n'ai aucune envie que ce type connaisse la couleur de mes sous-vêtements.

Si elle en doutait encore, Sylvia fut persuadée, à ce moment-là, d'avoir perdu à tout jamais un bon client, malgré tout.

— Mais ralentis, Hélène, je n'arrive pas à te suivre.

L'interpellée réduisit sa cadence. C'était une excellente marcheuse. Un peu essoufflée, Sylvia s'en prit à son amie.

— Enfin ! Quelle mouche t'a piquée ! Te rends-tu compte de ce que tu viens de dire à Raymond ?

— C'est ce que tu voulais, non ? rétorqua la fleuriste un peu vexée. Je pense que, après ce qu'il t'a fait, tu n'avais pas l'intention d'accorder un autre rendez-vous à cet obsédé ! Ou je me trompe peut-être...

L'ironie du ton d'Hélène déplut à Sylvia.

— D'abord, il ne m'a rien fait. Ensuite, je ne t'ai jamais demandé de régler mes problèmes à ma place. Enfin et surtout, je t'ai raconté cette histoire sous couvert de secret professionnel ! De quoi ai-je l'air maintenant ?

— De quelqu'un qui a peur d'assumer ses actes, riposta Hélène.

Cette âpre discussion aurait pu tourner au vinaigre, mais la colère de Sylvia retomba tout à coup, sans qu'elle pût dire pourquoi. Peut-être un imperceptible tremblement des mâchoires d'Hélène ou ses yeux qui commençaient à s'embuer eurent raison de l'irritation de la voyante.

— Après tout, répondit-elle d'une voix adoucie, c'est de ma faute. Je n'avais pas à te parler de cette histoire.

Pour le coup, Hélène s'excusa elle aussi et fit promettre à son amie de ne rien lui cacher si, d'aventure, il lui arrivait d'autres déconvenues. Réconciliées, les deux jeunes femmes décidèrent d'aller prendre un café, puis, comme l'après-midi avançait, Sylvia proposa à Hélène de la reconduire chez elle. Les bus seraient bondés et la fleuriste, n'ayant jamais passé son permis, ne possédait aucun moyen de locomotion.

En remontant la rue de Siam, elles furent prises d'un commun fou rire. Le bonimenteur qui, deux heures auparavant, avait vendu l'un de ses derniers produits d'entretien à Hélène, récidivait.

— Hélas, mesdames, il ne me reste plus que quelques bombes de Fobitach. Alors, que celles qui sont vraiment intéressées lèvent la main ! Que les autres s'en aillent !

— Ce que je peux être gourde… chuchota Hélène à l'oreille de Sylvia.

— Mais non, riposta l'autre le plus sérieusement du monde. Tu n'as jamais entendu parler de la multiplication des pains ?

La nuit était à présent tombée sur la foire. La plupart des camelots avaient déjà bâché leurs stands. D'autres, dont la marchandise tenait dans une simple camionnette, avaient défait leurs tréteaux et déguerpi. Ils reviendraient le lendemain. C'était l'heure où les forains se retrouvaient entre copains, devant un verre ou à table ; l'heure où les éboueurs ne tarderaient pas à purger la ville de ses innombrables détritus. Sur les trottoirs et les chaussées, des amoncellements de cartons, de papiers gras, de barquettes de frites vidées, rougies de sauce tomate comme des plaies ouvertes, étaient les seuls témoins de cette débauche de consommation qui avait dévergondé la ville durant la journée. Quelques SDF fouillaient ces ventres dérisoires, se menaçant d'un groupe à l'autre pour mieux marquer leur territoire.

*

Marcel Lecerf se rendit compte qu'il serait en retard. Du Café Noir, il prit néanmoins le temps de prévenir sa femme qui, à Morlaix, l'attendait pour dîner. Il faut dire, à sa décharge, qu'il n'avait pas trouvé de place, le matin même, pour garer son break à proximité de son stand, rue de Siam. Aussi faisait-il la navette entre la grande artère et la rue d'Aiguillon afin de trimballer ses cartons jusqu'à sa voiture. Asthmatique et de constitution malingre, il ne pouvait guère porter plus de deux paquets à la fois. Pourtant, ces va-et-vient ne le pesaient pas outre mesure. La journée s'était révélée fructueuse pour lui. Plus de sept cartons vendus ! A savoir, au bas mot, au moins cent soixante-huit bombes de Fobitach ! Et il ferait encore mieux le lendemain.

Tout à ses calculs, Marcel Lecerf décida de couper par la place Wilson. Il ne lui restait plus qu'un trajet à effectuer et il lui tardait de s'asseoir au volant de son véhicule. Ses jambes, lourdes à force d'avoir piétiné pendant des heures, le faisaient souffrir. Néanmoins, par jeu, il gravit les quelques marches du kiosque à musique qui agrémentait la place. La bouche d'ombre dans laquelle il s'engouffrait ne l'impressionna pas. Il fit le tour de la plate-forme du pavillon, s'amusant à fredonner quelques notes d'une chanson entendue durant la foire. Un écho formidable lui rendit sa belle voix de baryton. Stimulé par cet essai, Marcel Lecerf, en parlant cette fois, reprit des bribes de son baratin si bien rodé. Il aimait s'écouter. De plus, la place et les rues avoisinantes, rendues à l'obscurité, étaient désertes. Personne ne prêterait attention à lui. C'est du moins ce qu'il croyait…

Enfin, Marcel Lecerf redescendit les marches du kiosque, les bras chargés de ses deux derniers paquets. Il atteignait la rue d'Aiguillon quand il perçut, derrière lui, le résonnement éclatant d'un pas. Puis, plus rien. Un peu honteux d'avoir été pris en flagrant délit d'auto-satisfaction, il se dit que le promeneur qui venait, lui aussi, de traverser le pavillon, l'avait sûrement entendu bonimenter. Il se retint donc de se retourner, de crainte d'apercevoir sur le visage de ce passant quelque trace d'ironie.

S'engonçant dans le col de son pardessus comme une tortue dans sa carapace, il accéléra sa marche et parvint aux feux. L'icône du piéton était rouge et Marcel Lecerf discipliné. Il attendit donc patiemment l'autorisation de traverser, bien que les veilleuses d'une voiture montant la rue du Château fussent encore très éloignées.

Les pas, derrière lui, mollirent, comme si quelqu'un hésitait quant au chemin à prendre. Pourtant, lorsque l'icône passa au vert et que Marcel Lecerf put poursuivre le dernier tronçon de le rue d'Aiguillon, le passant dut reconnaître son trajet car ses pas redevinrent autoritaires. Le forain en conclut que son bien involontaire suiveur était lui-même garé dans cette partie de rue.

Pourtant, sans raison apparente ni sans signe avant-coureur, Marcel Lecerf sentit monter en lui une boule d'angoisse. Ou alors, avait-il trop présumé de ses forces ? N'aurait-il pas dû, malgré les barrages, aller chercher sa voiture plutôt que de faire ces incessants va-et-vient ? Oui… c'était cela. Comment n'y avait-il pas songé plus tôt ? Une bonne crise d'asthme s'annonçait. Heureusement, il portait toujours sur lui sa précieuse ventoline.

Encore deux mètres et il flanquerait ces fichus cartons sur le capot de son bahut : il pourrait enfin respirer à son aise…

Tel un goulu, Marcel Lecerf inhalait son médicament lorsqu'on l'aborda. Oh… la démarche ne fut pas très agressive ; on lui demanda l'heure. Marcel Lecerf trouva tout de même ce service un peu déplacé. A-t-on idée de demander l'heure à quelqu'un qui a un besoin urgent de respirer ?

Il s'apprêtait à répondre vertement sa façon de penser lorsque, à la faveur d'un réverbère, il attacha son regard à celui de son vis-à-vis. Ce qu'il y lut le figea d'épouvante. C'étaient la folie, l'égarement et la détermination tout ensemble. Marcel Lecerf tenta de calmer les sifflements de sa respiration et les coups de boutoir qui heurtaient l'intérieur de sa cage thoracique. Il se trompait sûrement… D'ailleurs, la voix ne faisait montre d'aucune démence…

— Je ne porte jamais de montre, réussit-il à articuler. Mais patientez une seconde, je regarde dans la voiture.

Cependant, ses doigts le trahirent. Le tremblement qui les agitait l'empêcha de faire pénétrer la clef dans la serrure. Elle tomba à terre.

— Oh ! zut ! Je suis maladroit…

Mais pourquoi l'autre investissait-il tant son espace vital… Quand on ne connaît pas les gens et qu'on leur demande un service, il est inutile de se coller ainsi à eux…

— Votre clef est tombée, monsieur…

Sans savoir pourquoi, Marcel Lecerf ne pouvait se

résoudre à se baisser pour ramasser l'objet. Il lui était tout aussi impossible de bousculer l'autre et de s'enfuir. Ses jambes - il en était sûr - ne le porteraient pas. Crier ? Une sorte d'étoupe obstruait le fond de sa gorge. C'est à peine s'il parvenait à déglutir. En l'espace d'une seconde, il se vit telle une mouche empêtrée dans l'entrelacs tissé par la monstrueuse bête noire dont les pattes s'avançaient peu à peu vers sa proie, prélude jouissif à l'acte de dévoration.

Alors, parce que rien d'autre ne lui était accordé, il se laissa glisser contre la portière de sa voiture plutôt qu'il ne s'accroupît, espérant encore s'être trompé.

La dernière chose qui étonna Marcel Lecerf fut la fulgurance du coup porté entre ses omoplates.

☆

30 Septembre.

Ce matin-là, une brume épaisse enrobait le port, laissant dans le doute bâtiments et entrepôts nimbés d'une lueur blafarde. De la fenêtre de son appartement situé rue du Château, l'inspecteur Le Gwen, une tasse de café à la main, tentait de percer cette gangue ouatée, lorsque son téléphone portable sonna.

— Où êtes-vous, Le Gwen ?

A la voix du commissaire Benoît, l'inspecteur devina qu'il se passait quelque chose d'anormal.

— Chez moi, commissaire. Un problème ?

A peine Quentin Le Gwen eut-il raccroché, qu'il griffonna un mot pour sa fille Marine. Son premier cours commençait à neuf heures. Contrairement à ce qu'ils avaient décidé ensemble, il ne la conduirait pas au lycée. Elle prendrait le bus.

Comme le commissaire Benoît se chargeait de prendre au passage son coéquipier, l'inspecteur Le Fur, Quentin Le Gwen décida de se rendre sur les lieux à pied : la foire Saint-Michel ne facilitait pas la circulation.

Pourtant, quand il arriva rue de Siam, tout le monde était déjà sur place. Une femme avait découvert le corps d'un homme dans le porche de son immeuble.

Sans doute cette petite dame, se dit Quentin en avisant une septuagénaire tremblotante qui se tenait un peu à l'écart du groupe.

L'inspecteur Le Fur se dirigea vers le nouveau venu et lui serra la main.

— Salut, ma poule ! A propos, tu diras à ta fille que sa recette de veau froid à la gribiche était d'enfer. Colette, hier…

— Tu crois vraiment que c'est le moment ? interrompit l'inspecteur Le Gwen en repoussant un peu son collègue pour pouvoir saluer le commissaire, deux stagiaires de la police et le légiste. Cette dernière, penchée sur le cadavre, se releva.

Le Gwen, éberlué, vit alors un spectacle qu'il ne devait pas oublier de sitôt. Le mort, un homme d'une quarantaine d'années, gisait dans une posture peu conforme à ce qu'on est en droit d'attendre d'une victime d'un meurtre. “Gisait” était bien le terme adéquat. Le corps, parodiant une pierre tombale du moyen âge sur laquelle aurait été sculpté un gisant, était étendu aussi droit que possible, les pieds serrés, les mains jointes contre la poitrine. Seuls, deux détails peu orthodoxes venaient troubler cette mise en scène. Le front de l’homme arborait deux entailles figurant une croix chrétienne. Et dans la bouche, serré entre ses mâchoires, le mort tenait une sorte de carton enroulé comme s’il eût fumé un cigare. Les lèvres, figées par là même dans un rictus grotesque, soulignaient l’absurdité de la position du corps.

— Qu’est-ce que c’est, le truc qu’il a dans la bouche ? demanda Quentin au commissaire.

— On n’en sait rien encore, répondit ce dernier se tournant alors vers le médecin légiste. Pouvez-vous, docteur, nous en apprendre un peu plus sur la mort de ce type ?

La pin-up se montra ravie de voler un instant la vedette au macchabée. Bombant le torse, elle ne sembla s’intéresser qu’à Quentin, méprisant ainsi le reste de son auditoire.

— Tout ce que je puis dire, c’est que le corps a été déplacé. Comme vous pouvez le constater, ajouta-t-elle en mettant son client sur le flanc avec la même facilité que si elle avait retourné un bifteck dans une poêle, cet homme a été poignardé dans le dos. La lame, très fine, a perforé le cœur. Or, il n’y a presque pas de sang. Il n’est donc pas mort dans le porche.

— A quand remonte le décès ? s’enquit le commissaire.

— A mon avis, hier soir, entre vingt-deux heures et minuit… Enfin, l’autopsie le précisera.

L'inspecteur Le Fur, qui détestait cette femme pour avoir eu déjà affaire à elle lors d'une enquête à Ouessant*, crut bon d'ajouter, avec un brin de perfidie :

— Pourriez-vous, madame, préciser à l'inspecteur Le Gwen si la marque, au front de ce type, a été faite avant ou après sa mort ?

Le médecin rougit légèrement. Le commissaire Benoît toussota pour masquer un sourire.

— Après.

L'inspecteur Le Fur eut la satisfaction de constater que, pour la première fois, le médecin l'avait regardé, même si son éloquence et son humeur avaient pris du plomb dans l'aile. Le commissaire s'agenouilla alors auprès du mort, fouilla son pardessus et ôta le carton qui lui obstruait la bouche. L'ayant déplié, il le montra, perplexe, à ses hommes.

— Ça vous dit quelque chose, ce machin ?

A première vue, tout le monde resta de marbre. Mais, s'étant rapproché, l'un des stagiaires crut reconnaître l'image.

— J'avais une vieille tante qui tirait les cartes pour s'amuser. J'ai l'impression d'avoir déjà vu celle-là dans son jeu.

— Il est écrit en bas "Bateleur", précisa le commissaire. L'un de vous connaîtrait-il précisément la signification de ce mot ?

L'inspecteur Le Gwen put répondre qu'on appelait autrefois de ce nom un artiste de foire.

---

*Voir *Colin-maillard à Ouessant*, dans la même collection.

— Mince alors ! s'écria Le Fur. Il a de l'à-propos, ce gus ! Avoir ça coincé dans le gosier le jour de la Saint-Michel…

Les regards convergèrent alors vers l'inspecteur Le Fur. La coïncidence de ces deux faits sembla évidente pour tous. Le commissaire Benoît se racla la gorge.

— Il est clair, messieurs, que nous avons affaire à un assassin qui joue à l'artiste. Primo, il déplace le cadavre pour une raison X. Secundo, il prépare toute une mise en scène autour de lui : la croix, la disposition du corps. Tertio, il laisse une carte de visite : l'image du Bateleur qui est censée, nous sommes d'accord sur ce point, représenter le mort.

— Vous pensez à une secte, commissaire ?

Mais l'interpellé ne semblait pas avoir beaucoup d'idées sur la question. Secte, messe noire, vengeance d'un voyant, assassinat d'un toqué des arts divinatoires ou simple crime crapuleux maquillé avec ostentation pour mieux brouiller les pistes : tout était possible.

Il fut décidé que Michel Le Fur mènerait une enquête de proximité. Le vol, comme mobile du crime, avait été écarté quand le commissaire eut extrait du portefeuille de feu Marcel Lecerf des liasses de billets et des chèques qui, pour la plupart, ne portaient pas le nom du bénéficiaire.

— Donc, Le Fur, vous prévenez l'épouse de ce type… Voyez aussi ses voisins, ses amis… enfin, la routine, quoi.

Le Fur fit la grimace.

— Moi, vous savez, les bonnes femmes qui chialent ou piquent un roupillon instantané dans vos bras, sous prétexte que vous leur annoncez poliment que leur gazier ne remplira plus les papiers administratifs, c'est pas trop mon verre de rhum !

Mais le commissaire eut un froncement de sourcils rédhibitoire. Sans faire plus de cas aux états d'âme de son inspecteur, il se tourna vers Le Gwen et l'entretint à part, tandis que deux ambulanciers enlevaient le corps de Marcel Lecerf sous l'autorité du médecin légiste.

Un peu plus tard, dans la rue où commençaient à s'agglutiner des badauds, attirés, tels des papillons sortant de nuit, par les gyrophares des voitures de police et de l'ambulance, l'inspecteur Le Gwen attira son homologue à l'abri des regards avides de savoir ce qui avait bien pu se passer sous ce porche.

— Si tu préfères, Michel, je préviendrai moi-même la femme de ce Lecerf. Je ne peux pas dire que cela m'enchante mais…

— Ça, c'est vraiment sympa ! s'empressa d'interrompre Le Fur, craignant sans doute que son collègue ne se ravise. Et puis, j'pige pas pourquoi Benoît ne le fait pas lui-même. Après tout, c'est lui le boss.

Soudain ragaillardi, Le Fur proposa à Le Gwen d'aller prendre un café avant de s'attaquer aux corvées.

Alors qu'ils passaient commande au comptoir du Thalassa, une petite femme brune, agitée et les traits tirés, bouscula les deux hommes. Elle s'assit près d'eux sur un tabouret de bar.

— Marie-Jo, sers-moi vite un truc fort !

L'interpellée ne sembla pas pressée de répondre à la demande impulsive de sa cliente.

— Tu ne crois pas que c'est un peu tôt pour boire, Térésa ? Tu ne préfères pas un café bien serré ?

Mais la jeune femme, secouée de frissons, insista :

— Si tu savais ! Les flics sont dans mon immeuble. On a découvert un macchabée sous le porche !

Pour le coup intéressée, la serveuse s'approcha d'elle, une bouteille de cognac et deux petits verres à la main.

— Les nouvelles vont vite, murmura Le Gwen à l'adresse de son collègue.

Délaissant la conversation des deux femmes qui n'offrait pour eux aucun intérêt, les inspecteurs établirent leurs emplois du temps respectifs pour la journée. Il fut convenu qu'ils se retrouveraient au bureau du commissaire après déjeuner. Tandis que Le Gwen partirait à Morlaix à l'adresse indiquée sur la carte d'identité du mort, Le Fur glanerait des renseignements çà et là parmi les exposants de la foire. Ils étaient persuadés que le défunt, vu la somme d'argent qu'il portait sur lui, devait, la veille, tenir un stand en ville.

*

La voiture de Lecerf fut retrouvée une heure après la découverte de son cadavre. Le jour tentait alors de percer le plafond bas du ciel saturé d'une brume qui rendait tout contour imprécis et atone. En ouvrant ses volets, un riverain remarqua, garé en bas de chez lui, un véhicule qui l'intrigua. Deux gros paquets étaient posés sur le capot. Le propriétaire de la voiture ne devait guère s'en soucier car nul promeneur ne déambulait dans la rue. Un quart d'heure plus tard, comme il le raconta par la suite à la police, le riverain, voyant que les cartons n'avaient pas bougé, enfila un manteau et descendit dans la rue. Là, il trouva un trousseau de clefs, à côté de la portière du conducteur. Quand il aperçut une flaque de sang coagulé, il pensa aussitôt à une agression et remonta chez lui téléphoner. Puis, se sentant investi d'une mission, il retourna monter la garde auprès de la voiture et attendit les secours.

☆

1er Octobre.

Ce mardi matin-là, les journaux locaux avaient pris possession de "leur mort", reléguant à la rubrique nécrologique tous les autres défunts de la veille. Des hypothèses s'échafaudaient déjà, malgré les bribes de renseignements qu'ils avaient pu soutirer de la police. Ce qu'ils savaient tenait à peu de choses. Un certain Marcel Lecerf, quarante-trois ans, domicilié à Morlaix, père de deux enfants et bientôt de trois, marchand forain de son état, avait été trouvé assassiné à l'arme blanche dans le porche du numéro un, rue de Siam. Son corps avait été déplacé : la victime avait été tuée auprès de sa voiture, rue d'Aiguillon. Les journalistes savaient aussi qu'une carte de jeu était enroulée dans la bouche du mort, mais ils ignoraient laquelle, et surtout, de quel jeu elle provenait. La police avait omis de signaler toute la mise en scène qui entourait le crime, notamment la position du corps et la croix gravée à la lame sur son front.

C'est ainsi que les supputations allaient bon train. Marcel Lecerf n'avait-il pas trouvé la mort parce qu'il était dans l'incapacité d'honorer une dette de jeu ? Voilà le mobile qui revenait le plus souvent. Mais, surtout, le déplacement du cadavre retenait l'attention des journalistes. Leurs conjectures, du reste, intéressaient les services de police. Le porche où gisait le corps donnait sur une petite cour intérieure, fermée par les façades de trois immeubles. Se pouvait-il que l'un des résidents fût concerné de près ou de loin par la mort du commerçant ?

Cette hypothèse n'eut pas l'heur de plaire aux locataires et propriétaires en question. Sous la férule de leurs syndics, une délégation de riverains en colère envahit les locaux du Télégramme et de Ouest-France, exigeant que l'on démentît ces suppositions hasardeuses.

Pourtant, au commissariat, les inspecteurs chargés de l'enquête travaillaient dans le sens des journalistes. Quentin Le Gwen et Michel Le Fur finissaient d'établir la liste des dix-huit foyers vivant au numéro un, rue de Siam, lorsqu'un policier fit irruption dans leur bureau.

— Il y a une femme en bas… Elle demande à parler à l'un de vous deux. C'est à propos de Lecerf. Et elle est plutôt canon, ajouta-t-il goguenard. Je la fais monter ?

— Pour sûr, répondit Le Fur en se lissant les moustaches. Si la belette est une fausse blonde, fit-il à l'adresse de Quentin, c'est moi qui claque la bavarde. D'ac ?

— Interroge-la si tu veux, fit Quentin conciliant. De toute façon, on n'a pas les mêmes goûts.

Mais le centre d'intérêt de Le Fur se déplaça vite quand il fit monter la visiteuse. Tout d'abord, elle ne se teignait pas les cheveux et par là même, détail rédhibitoire, n'avait pas les racines noires, ce qui aurait excité au plus haut point la libido de l'inspecteur. De plus, la raison de sa venue réussit à intéresser Le Fur, si bien qu'il en oublia le physique de cette femme.

Quentin Le Gwen pria donc la nouvelle venue de s'asseoir. Il fut immédiatement séduit par le charme qu'elle dégageait. De taille moyenne, les cheveux châtain clair, elle était dotée d'admirables yeux dont la couleur, d'un vert d'eau pâle, éclairait un visage intelligent.

— Que pouvons-nous pour vous ? Madame ? Mademoiselle ?

— Mademoiselle. Je m'appelle Sylvia Nathan et je suis voyante de profession, ajouta-t-elle en tendant ses papiers à Quentin.

Ce dernier, pendant une fraction de seconde, se dit qu'il s'était peut-être trompé et qu'il allait falloir ingurgiter les élucubrations d'une illuminée. Pourtant, la carte que tenait le mort entre les dents restait une énigme pour lui. Peut-être cette jeune femme pourrait-elle l'éclaircir sur ce point… De plus, elle n'avait pas l'air d'une hallucinée. Il décida donc de l'écouter d'une oreille modérément attentive.

— Voilà, messieurs. Ma démarche va sans doute vous sembler curieuse, et je ne sais pas par où commencer…

— Par la fin ! l'interrompit Le Fur, pince-sans-rire.

Cette remarque équivoque déconcerta la jeune femme. Elle parut ne savoir quelle attitude adopter et ébaucha le geste de se lever. Le Gwen la rattrapa par l'épaule et lança un regard chargé de reproches à son acolyte. Celui-ci grommela un mot d'excuse.

— Ne faites pas attention à mon collègue, mademoiselle. Il apprend l'humour par méthode *Assimile* et il n'est arrivé qu'à la lettre B, dit Quentin.

La jeune femme sourit et se détendit.

— Je sais bien que nous autres, parapsychologues, avons mauvaise presse auprès de vous, même si nous collaborons parfois. Il y a beaucoup de brebis galeuses parmi nous. Chez vous aussi, non ? Cela ne veut pas dire que tous les extralucides et tous les flics soient des pourris. Ce n'est pas votre avis ?

L'aplomb de Sylvia Nathan eut le don de dérider les inspecteurs. Ils l'écoutèrent donc, cette fois-ci, avec bienveillance.

La voyante, le matin même, avait reçu la visite de l'une de ses amies, une fleuriste. Très excitée, cette dernière lui avait brandi le journal et la photographie d'un homme retrouvé assassiné sous un porche. Or, la veille, elles avaient eu affaire à lui à la foire Saint-Michel. Toutes deux étaient certaines de le reconnaître. Il s'agissait d'un forain. Il vendait des bombes d'un produit d'entretien.

— Nous connaissons l'identité de cet homme, interrompit Quentin, un peu déçu. Auriez-vous autre chose, par hasard, à nous apprendre ? Un détail ?

Le Fur et Le Gwen remarquèrent alors l'embarras de la jeune femme. Ils l'encouragèrent à parler.

— C'est difficile, balbutia la voyante. Mais le journal parlait d'une carte. Pourriez-vous me dire si elle ressemblait à celle-ci ?

Sylvia Nathan fouilla dans son sac et en sortit une carte. L'inspecteur Le Gwen s'en saisit et la montra à son collègue. Médusés, les deux hommes virent sous les yeux l'exacte réplique de la carte du mort. Pour le coup, Quentin Le Gwen redevint circonspect à l'égard de la voyante.

— Pouvez-vous nous expliquer, mademoiselle, ce que fait cette carte en votre possession ? Et comment se fait-il que vous sachiez que la même a été retrouvée sur le cadavre ?

Sylvia Nathan se leva, fort pâle. D'un geste nerveux, elle prit une cigarette et l'alluma, sans avoir demandé, au préalable, la permission de fumer. Elle paraissait ne parler qu'à elle-même quand elle balbutia :

— Ainsi donc, c'est la même lame… Cela veut dire que je suis mêlée à ce meurtre… Et je ne comprends pas pourquoi… Un défi, peut-être ?

Elle arpentait le bureau d'un pas saccadé et semblait si tendue que, d'instinct, les inspecteurs crurent à son désarroi.

— Calmez-vous, mademoiselle, et essayez d'être plus claire.

— Il y a une semaine, reprit la voyante, les larmes aux yeux, j'ai reçu par courrier cette seule carte. J'ignore qui me l'a adressée et pour quelle raison. C'est une lame que je connais bien. Il s'agit de la première figure majeure du Tarot de Marseille.

— Combien de figures comporte ce jeu ? interrompit Le Fur.

— Vingt-deux. Tous les jours, je travaille avec ces cartes. Mais regardez bien celle-là. Au dos, est inscrite une date : le 29 Septembre. Ce matin seulement, j'ai eu l'intuition d'un rapport existant entre l'envoi de la lame et la mort de ce type. Quelqu'un a voulu m'annoncer qu'un Bateleur, un artiste de foire, allait être assassiné le 29 Septembre. Qui d'autre que le tueur…

— Un voyant, peut-être, hasarda Le Fur.

— Croyez-vous que l'un de mes confrères s'amuserait à me lancer ce genre de défis ? riposta la jeune femme.

— Avez-vous conservé l'enveloppe, demanda Quentin Le Gwen, pragmatique.

Sylvia Nathan fouilla dans son sac et tendit le papier au policier.

Un silence s'établit dans le bureau. Le Gwen réfléchissait. Cette affaire le mettait mal à l'aise car, néophyte en matière de voyance, il ne savait comment l'aborder. Quel crédit pouvait-il accorder à cette femme, si charmante fût-elle, qui venait de son plein gré leur annoncer qu'elle était mêlée à un meurtre ? Ne jouait-elle pas purement et simplement la comédie ?

— Bien, soupira-t-il. Nous gardons cette carte comme pièce à conviction. Je pense qu'il n'y aura aucune empreinte, hormis les vôtres, mais on ne sait jamais. Je vais également prendre votre déposition. De toute façon, nous resterons en contact.

— Je n'ai pas fini, fit alors Sylvia d'une voix timide. Le plus difficile reste à dire… Je sais fort bien que si mon intuition se révèle juste je passerai pour la coupable idéale, mais il faut que je sache…

— Je vous écoute, répondit Quentin en se calant dans son fauteuil.

— Le jour où j'ai reçu la carte, j'ai essayé de me concentrer sur cet envoi et j'ai eu… heu… un flash. Vous savez de quoi il s'agit ?

Le Gwen opina de la tête. Rassérénée, Sylvia poursuivit :

— En descendant l'escalier, j'ai eu une vision. Ce fut fugitif mais… Pourriez-vous me dire si le mort portait au front un signe particulier ?

Sorti de sa somnolence, l'inspecteur Le Fur lui demanda à quel signe elle faisait allusion.

— Une croix, faite à la lame d'un poignard ou d'un couteau, je ne sais au juste.

Sous le coup de l'émotion, l'inspecteur Le Gwen se leva, ne sachant pas encore s'il allait mettre cette femme au frais pendant vingt-quatre heures. Puis, obéissant à une impulsion soudaine, il lui demanda si elle serait capable de dévoiler un détail de la vie des deux inspecteurs, connu d'eux seuls.

— Je vais essayer, mais je ne vous promets rien. Il est difficile de se mettre en état de voyance comme cela, à la commande.

Sylvia Nathan avait oublié d'être sotte. Elle se rendait parfaitement compte qu'il lui faudrait passer avec succès le test imposé. Il y allait de sa liberté ou, tout au moins, de sa tranquillité. Aussi, se concentra-t-elle du mieux qu'elle pût.

Les deux inspecteurs l'épiaient. Elle le sentait à travers ses cils à présent clos. Non… Elle ne devait pas se laisser happer par ce genre de considérations… Surtout, faire le vide en elle…

Au bout d'un moment, qui parut fort long à Quentin, sur le qui-vive, la jeune femme s'adressa à Le Fur.

— Inspecteur, vous êtes en train de vous demander si votre femme n'a pas oublié d'aller acheter des haricots. Hier, elle vous a promis de vous faire un cassoulet…

— Vous êtes effrayante, fit Le Fur en guise de réponse.

Quentin Le Gwen ne put s'empêcher de sourire. Il connaissait le solide appétit de son camarade, et d'après la tête qu'il faisait, il savait que Sylvia Nathan avait marqué un point. Toutefois, il ne voulut pas se laisser démonter.

— Soit, mademoiselle. Vous nous avez convaincus de votre don de télépathie. Mais cela n'implique pas que vous puissiez voir le passé ou mieux, l'avenir…

Piquée au jeu, la voyante se tourna vers ce sceptique.

— Je vous donnerai juste un petit conseil, inspecteur. Vous n'aimez pas le mensonge… Et vous avez l'intention d'éclairer certains collègues sur votre vie intime. Je vous dissuade de le faire. Personne ne vous comprendrait et vous auriez des ennuis. Je continue ?

Le Gwen eut un geste de dénégation. Son teint se colora de façon si significative que Le Fur s'esclaffa.

— Toi, mon coco, je m'disais bien qu'avec ton physique à damner tous les seins de ces dames, t'as dû t'en garder deux sous la main ! Je parirais pour ceux de la régulière du commissaire. C'est çà ?

Quentin Le Gwen lança un coup d'œil à Sylvia.

— Pense ce que tu veux, mon vieux !

Voulant clore un débat qu'il avait lui-même provoqué, Le Gwen se saisit d'une feuille posée sur son bureau.

— Puisque vous êtes là, mademoiselle, pourriez-vous jeter un coup d'œil sur cette liste et nous dire si l'un de ces noms vous rappelle quelque chose ?

La voyante s'empara du papier et le lut avec attention. Elle allait le redéposer quand, stupéfaite, elle reconnut quelqu'un. Pointant l'index sur l'avant-dernier nom, elle le montra à Quentin.

— C'est incroyable ! Il s'agit de l'un de mes clients. C'est quoi, cette liste ?

Les deux inspecteurs se regardèrent, les yeux brillants. Ils tenaient enfin un embryon de piste…

*

Au même moment, à quelques pâtés de maisons de là, Augustin Lafargues et Philippine Leroy sortaient déçus, du journal. Ils venaient de rencontrer Bernard Anzo, leur rédacteur en chef à qui ils avaient présenté l'ébauche de leur enquête sur les voyants de Brest. Ce dernier, distrait, avait à peine fait attention au travail des journalistes. Une autre affaire, plus juteuse, l'excitait. Depuis la veille, on ne parlait plus que du mystérieux cadavre découvert en plein centre ville, comme si l'assassin, par un fait exprès, avait voulu narguer les habitants de cette cité, somme toute, paisible. Bernard Anzo était bien placé pour savoir que les inspecteurs Le Gwen et Le Fur avaient pris l'enquête officielle en main. Il n'ignorait pas non plus qu'Augustin Lafargues, l'un de ses meilleurs éléments, connaissait fort bien Quentin Le Gwen et que les deux hommes, sans être des amis intimes, se fréquentaient de temps à autre. Aussi, venait-il de charger Augustin de l'enquête parallèle. L'habileté du journaliste alliée à la ténacité du flic auraient raison du criminel et apporteraient au journal, du moins l'escomptait-il, une nouvelle aura.

Les calculs de Bernard Anzo intéressaient peu Augustin Lafargues. Plus analyste qu'homme de terrain, il eût préféré peaufiner son article de fond. Jouer les rouletabille de second ordre ne le tentait guère.

— Allez, ne fais pas le museau, Augustin ! Après tout, tu vas quitter les hautes sphères des hystériques de l'au-delà pour t'enfoncer dans le monde interlope du poker et des jeux d'argent. Tu ne perds pas au change !

Augustin regarda amusé sa compagne alors qu'ils traversaient la rue.

— Pourquoi parles-tu des voyantes de cette manière, Philippine ? Il me semble que leurs prédictions t'intéressaient, non ?

— Intérêt purement intellectuel. Je n'y crois plus du tout, répliqua la jeune femme d'un air buté.

Augustin Lafargues se contenta d'une moue sceptique, attitude qui eut le don d'agacer la jolie rousse.

Ils décidèrent de dîner ensemble le soir même. Aussi bifurquèrent-ils par les halles Saint-Louis pour s'acheter quelques victuailles. Médiocre cuisinière, Philippine laissa Augustin choisir une volaille. Il s'acquittait de sa tâche lorsque son œil gourmand fut attiré par un étal voisin. A même la mousse, de beaux cèpes au pied charnu, invitaient le chaland à venir respirer sous leur jupe brune les fragrances de la forêt automnale.

— Tu as vu le prix du kilo ? Des rosés feraient tout aussi bien l'affaire !

— Tu n'y connais rien ma pauvre fille ! Et puis, les cèpes me rappellent mon enfance.

Alors qu'Augustin recevait sa monnaie des mains de la marchande, Philippine lui demanda à brûle-pourpoint :

— C'est bizarre, on est ensemble depuis quelques mois et c'est la première fois que tu fais allusion à ton enfance. Quel genre de petit garçon étais-tu ?

— Triste… Merci madame. Au revoir.

Tandis qu'il s'éloignait, silencieux à présent, Philippine, dont la curiosité venait d'être aiguisée, ne voulut pas lâcher prise.

— Tu te souviens de notre entretien avec Madeleine, la voyante ? Celle qui prétendait que tu avais besoin d'aide… As-tu connu tes parents ?

Le "oui" d'Augustin fut si laconique que la jeune femme se demanda un instant si elle devait insister. Puis, mue par une impulsion elle ajouta :

— Quel genre de femme était ta mère ?

Aussitôt, Augustin fit volte-face et prit la journaliste par les épaules d'un geste brutal.

— Écoute, Philippine, je n'ai pas envie de parler de mon passé. C'est compris ? Alors, tiens-le toi une fois pour dit !

La virulence du ton de son compagnon laissa Philippine pantoise. Jamais encore il ne lui avait parlé de cette façon. Choquée, elle prit des deux mains l'emballage de papier marron qu'elle tenait et en écrasa le contenu sur le visage du journaliste, sous le regard ahuri des passants. Alors que près de quatre-vingts francs de cèpes de Bordeaux venaient de connaître une fin dérisoire, Philippine sortit des halles en courant. Elle s'engagea sans but précis, dans la rue Louis Pasteur, insensible au coup d'œil de certains flâneurs qui se demandaient sans doute quel chagrin pouvait faire pleurer une si jolie fille.

Partagée entre la fureur et l'incompréhension mais aussi la honte d'avoir elle-même réagi de façon si peu orthodoxe, Philippine tentait sans grand succès de ravaler ses larmes.

Qu'avait-elle dit de si outrageant ? N'était-il pas naturel de s'intéresser au passé d'un homme dont elle partageait la plupart des nuits ? Le problème venait peut-être de là, d'ailleurs... Il est plus aisé curieusement de connaître les détails anatomiques de quelqu'un que de savoir s'il aime le boudin ou les cèpes...

Elle avait dû lui céder trop vite... Les hommes préféraient les chichiteuses pour discuter de champignons... Elle en était là de ses réflexions lorsqu'une main timide lui tapota le dos. Elle se retourna.

— Qu'est-ce que tu me veux encore ? Fiche-moi la paix !

Mais le regard penaud de son vis-à-vis fit fondre la colère de Philippine. Pour toute excuse, il lui tendit un sac en papier, fripé et taché.

— C'est peut-être bon, tu sais, une "fracassée" de bolets.

Quand elle éclata de rire, Augustin sut qu'il avait gagné la manche. Avec toute la tendresse dont il se sentait capable, il la prit dans les bras.

Puis ils continuèrent de marcher côte à côte. Malgré ce moment d'abandon, Philippine sentit une gêne s'insinuer entre eux. Elle pressentait qu'il fallait que les choses fussent dites, réglées d'un façon ou d'une autre. Mais elle ne trouvait pas la manière d'aborder le problème. Ce fut Augustin qui l'aida.

— Pardonne-moi pour tout à l'heure. Je ne sais pas ce qui m'a pris… Mais je déteste que l'on fasse allusion à cette période de ma vie. De m'y replonger me fait souffrir encore… Je n'y peux rien, et toi non plus…

— Soit, répliqua Philippine avec précaution. Mais si tu ne veux pas me parler, suis au moins les conseils de cette voyante ! Va voir un psy ou retourne la consulter ! Elle pourra peut-être t'aider, cette Madeleine !

— De toute manière, il faudra que je la revoie, répondit le journaliste, laconique.

— C'est bizarre, le ton que tu prends quand tu parles d'elle. Mais moi, c'est l'avenir qui m'intéresse, ajouta-t-elle, d'une voix plus mutine.

Elle se mit en face de lui et le regarda dans les yeux.

— As-tu l'intention de t'engager avec moi ? M'aimes-tu le jour aussi ou seulement la nuit ? J'ai besoin de le savoir.

Augustin caressa les cheveux roux de sa compagne.

— Attends un peu, Philippine. J'ai besoin d'apprendre à faire à nouveau confiance à une femme. Tu sais, ajouta-t-il en la serrant un peu fort, il faudra qu'elle n'aime que moi… pas un autre.

— Mais enfin, Augustin, de qui parles-tu ? Je n'ai que toi dans la vie !

☆

2 Octobre.

Raymond Le Roux venait de passer ses charentaises. C'était pour lui, l'instant privilégié de la journée. Il rentrait d'un travail qui ne le captivait pas outre mesure et se préparait une mixture de petits rêves, bien mijotés pour la soirée à venir. Le seul ennui est qu'il ignorait si sa femme Térésa serait l'ingrédient essentiel de sa ripaille onirique. Aurait-elle l'humeur joyeuse ou farouche ? Resterait-elle seulement auprès de lui sur le canapé à regarder un film ou une émission de variétés ? Jouerait-elle encore une fois la fille de l'air ? Pour l'instant, Térésa occupait la salle de bain. Les conjectures pour qu'elle passât la soirée avec lui, étaient donc fort minces, mais on pouvait espérer…

Un coup de sonnette à l'entrée sortit Raymond Le Roux de ses calculs. Il n'attendait personne. Térésa n'aurait tout de même pas eu le culot de…

La tête de la jeune femme enrubannée dans une serviette éponge apparut dans l'entrebâillement de la salle d'eau.

— Tu peux aller ouvrir, Raymond ? Si ce sont encore les témoins de Jéhovah de tantôt, dis-leur que t'es homo, drogué et alcoolo. En général, tu ne les intéresses plus…

Rasséréné, Raymond Le Roux obtempéra. Lorsqu'il vit deux hommes sur le palier, il s'apprêta à leur lancer un discours bien senti, assez fort pour que Térésa pût l'écouter et s'en amuser ; mais il n'en eut pas le temps. Les deux hommes exhibèrent des cartes de police et demandèrent la permission d'entrer.

— Nous voudrions vous entendre monsieur, à titre de témoin, dans l'affaire Lecerf.

Comme Raymond Le Roux ouvrait rond des yeux étonnés, l'inspecteur Le Fur crut bon de lui rafraîchir la mémoire.

— Le cadavre que l'on a découvert dans votre porche, lundi matin.

— Ah ! oui… s'exclama Le Roux, le plus naturel du monde. Je vous en prie, asseyez-vous. Je ne pense pas vous être d'une quelconque utilité mais…

Térésa Le roux apparut sur ces entrefaites, drapée d'un déshabillé de satin rose. Son mari fronça les sourcils quand Michel Le Fur, la mine gourmande, sembla en toute impunité, évaluer les courbes naturelles de la charmeuse. Lorsque ce "Mon-Chéri" s'assit au fond du canapé protégé d'un plaid en fausse fourrure orange, la rétine de Quentin Le Gwen fut offensée par cette agression colorée tandis que Michel Le Fur, l'œil plus vif, la voix plus ample, commençait à se trémousser telle une grenouille de bénitier remarquée par un archevêque. Pour calmer l'ardeur naissante de son acolyte, Quentin Le Gwen lui lança un regard caustique. Puis, s'intéressant pour la bonne cause à "la friandise", il lui susurra :

— Nous nous sommes déjà vus, n'est-ce pas madame ?

Térésa, bien qu'il n'y eût de la part de Quentin aucun sous-entendu, rougit, enrichissant par là même une gamme chromatique déjà luxuriante.

— Je ne vois vraiment, pas minauda-t-elle. J'ai beau chercher… Il me semble que je m'en souviendrais…

Le fait de solliciter ainsi sa mémoire eut un effet

secondaire sur son peignoir qui s'entrouvrit très légèrement, laissant deviner l'avènement d'une cuisse.

Mais si… insista Quentin. Le matin de la découverte du crime, nous étions, mon collègue et moi au café. Vous êtes entrée si bouleversée que vous avez commandé un cognac ou un rhum, je ne sais plus…

— Ah, oui… Je me rappelle maintenant. Quel drame ! ajouta-t-elle pour ponctuer sa phrase d'une expression de circonstance.

— Je vous comprends, madame. Il doit être terrible de sortir de chez soi, tôt le matin, et de tomber sur un cadavre.

La jeune femme fit alors une moue équivoque que Quentin Le Gwen n'eut pas le temps d'analyser car, aussitôt Raymond Le Roux intervint, alléguant qu'il n'était peut-être pas nécessaire, devant une dame d'insister sur des détails scabreux.

— Mais telle n'était pas mon intention, monsieur, répliqua Quentin d'un air pincé. Nous voudrions savoir si vous connaissiez de près ou de loin la victime, Marcel Lecerf. Il représentait une maison de produits d'entretien et tenait un stand à la foire Saint-Michel. Or, je me suis laissé dire que vous étiez également présent à cette foire. Est-ce exact ?

— Et alors ? répondit Le Roux avec un soupçon de mauvaise humeur dans la voix. Ce n'est pas parce que j'exerce le métier de ce pauvre gus, que je l'ai tué ! Si ?

— Qui vous parle de l'avoir tué ? fit Quentin en se levant et en caressant du doigt les reliures de cuir de la bibliothèque.

Son instinct ne l'avait pas trompé. Depuis son arrivée, ces couvertures de maroquin rouge, trop rutilantes et ordonnées l'intriguaient. En fait elles n'habillaient que du vent. Ces faux livres servaient uniquement pour la parade. Derrière eux, l'inspecteur eut le temps d'apercevoir - sans passer pour un inquisiteur - la véritable lecture du couple ; quelques romans d'amour aux titres mièvres et une pile de revues à caractère pornographique. Un volume placé entre une poupée de kermesse et un caniche exécuté au crochet, capta l'attention du policier. Il le prit.

— Vous vous intéressez aux mystères de l'au-delà, madame ? demanda-t-il avec bonhomie.

— Non, c'est mon mari… Il adore tous ces trucs là. Moi, ça me fiche la trouille.

Joignant le geste à la parole, madame Le Roux fut prise d'un léger tremblement.

— Va t'habiller ! décréta son mari, dont le sens commun n'échappa pas aux policiers.

Durant l'éclipse forcée de la belle de nuit, Michel Le Fur en profita pour demander au représentant s'il fréquentait les voyantes, notamment Sylvia Nathan. La réaction de l'homme fut immédiate. Il marmotta une bribe de phrase inaudible et son regard, d'habitude si falot devint un instant adamantin. Cette transfiguration éphémère étonna les policiers.

— Vous la voyez souvent ? s'enquit Le Gwen.

Le visage de Raymond avait retrouvé sa fadeur coutumière.

— Je l'ai consultée… c'est vrai. Mais je ne remettrai plus jamais les pieds chez cette…

— Cette ? prit plaisir d'insister Quentin.

— Grue !

Ce monosyllabe claqua dans la bouche de l'homme, déformée par la haine. Raymond Le Roux avait dû choisir dans son vocabulaire le mot le plus à même d'exprimer sa pensée. Mais il était si incongru, si obsolète, que les deux flics se regardèrent, étonnés. Michel Le Fur encouragea le représentant de commerce à exposer ses griefs contre la voyante. Il refusa, obstiné. Quentin se promit alors d'en toucher un mot à l'intéressée.

Térésa Le Roux reparut, moins déshabillée que précédemment. Elle portait avec fierté l'échancrure d'un léger pull vert sur une minijupe rouge. L'inspecteur Le Gwen frissonna à l'idée qu'elle eût pu s'asseoir encore sur le canapé orange, mais elle résolut de rester debout. Ce choix ne dissimulait ni les jambes, ni les intentions de l'hôtesse qui désespérait sans doute de voir s'en aller ces importuns. Quentin s'en amusa.

— Pourriez-vous, monsieur Le Roux, nous donner votre emploi du temps le soir du 29 Septembre ?

— J'espère que vous poserez cette question également à tous les autres locataires de l'immeuble ! Je ne suis pas le seul à…

Quentin Le Gwen coupa court à ces vitupérations. Raymond Le Roux se calma.

— Je suis rentré complètement crevé de la foire. Il était un peu plus de vingt heures car j'ai regardé la fin du journal télévisé. Puis nous avons dîné, ma femme et moi. Ensuite j'ai dû jeter un œil sur une cassette et nous nous sommes couchés. Fin du programme.

Le coup d'œil que Térésa avait lancé à son mari à l'annonce de ces festivités conjugales n'avait pas échappé à la perspicacité de l'inspecteur Le Gwen.

— Vous corroborez ces faits, madame ?

Le "oui" de Térésa ne montrait aucune hésitation.

— Bien, soupira Quentin en se levant. Si jamais vous vous souvenez d'un détail, vous savez où nous joindre. Demandez à parler à l'inspecteur Le Fur ou Le Gwen.

Dans l'ascenseur, qui les ramenait au rez-de-chaussée, Michel Le Fur rêveur, rompit le silence.

— Elle est aussi frétillante qu'une langoustine du Guilvinec… décréta le petit inspecteur en se lissant les moustaches. Et puis, t'as vu chez eux, comme c'est coquet ?

Quentin Le Gwen revit en un instant, les bibelots qui décoraient l'intérieur qu'ils venaient de quitter. La lampe de porcelaine sur la télévision représentait un Pierrot supportant la lune, sur la console les figurines en étain, un berger et sa promise, aux murs des scènes de chasse réalisées au point de croix. Et le canapé recouvert de sa moumoute orange…

— Tu sais, Michel, fit-il laconique, on n'a plus les mêmes goûts ; alors…

*

Restés chez eux, Raymond et Térésa Le Roux surveillaient, de leur fenêtre, les mouvements des flics.

— Tiens, regarde, Raymond. Je te l'avais dit ! Ils s'en vont et n'interrogent pas les autres.

— Ne t'inquiète pas, Térésa. De toute façon, on n'a rien à cacher !

Soucieuse, la jeune femme remit en place les tombants

des double-rideaux et suivit son mari dans la cuisine. Il ouvrit la porte du réfrigérateur et en sortit une boîte de pâté entamée.

— Qu'est-ce que t'as préparé pour ce soir ?

— Il reste de la blanquette, répondit Térésa d'une voix distraite. Mais dis-moi, Raymond, pourquoi as-tu prétendu à ces flics que j'étais avec toi le soir où ce type a été tué ? Tu sais bien que je ne suis rentrée qu'au matin !

Raymond Le Roux se retourna vers sa femme avec brusquerie, la pointe de son couteau dégoulinante de graisse, orientée en l'air.

— Tu veux peut-être que tout Brest sache ce que tu fais de tes nuits ?

Térésa, lui tournant le dos, haussa les épaules. Elle se dirigea vers la penderie, prit un manteau et son sac à main.

— Qu'est-ce que tu fais ? beugla son mari.

— Tu le vois bien. Je sors faire un tour, répondit-elle avec calme. Tu n'auras qu'à faire réchauffer la blanquette.

Raymond Le Roux n'eut que trois pas à faire pour rejoindre sa femme et la saisir par le col de son manteau.

— Tu restes ici ! C'est compris ? articula-t-il en tentant de se maîtriser.

— Lâche-moi, Raymond. Tu es ridicule.

La voix de Térésa, cinglante, fit sur son mari l'effet d'une gifle. Sa main se décrispa du col et, timide, esquissa sur l'épaule l'ébauche d'une caresse.

— Je t'en prie, pas ce soir… Je t'aime tant.

Presque inaudible, la voix de Raymond Le Roux n'était plus qu'une plainte éperdue.

— Ah, non ! Tu ne vas pas te mettre à chialer, pardessus le marché !

Les hauts talons de Térésa martelèrent le plancher quand elle s'avança vers la porte d'entrée, comme autant de coups d'aiguilles dans le cœur de son mari. Avant qu'elle ne franchisse le seuil, Raymond Le Roux interpella sa femme une fois encore.

— Tu n'as pas peur ?

Étonnée, Térésa prit le temps de lui demander :

— Peur de quoi ? De toi ?

Une sorte de pitié adipeuse collait aux mots de la jeune femme. Elle ne prit pas le temps d'écouter la réponse de son mari.

— Non… pas de moi, murmura-t-il, pour lui tout seul, mais de l'assassin qui s'amuse la nuit. Prends garde à toi, Térésa…

☆

Quelque part dans Brest, tard dans la nuit.

Le dernier quartier de lune était l'idéal, l'heure aussi. Il fouilla dans le premier tiroir de bureau, toujours fermé à clef, et en sortit un sac plastique peu volumineux. En prenant son temps il enleva l'élastique qui l'obturait et caressa de la pulpe des doigts, les grains qu'il contenait. C'était du sable volcanique, noir. Il en prit suffisamment dans la paume gauche et le laissa filer à même le bureau. Plusieurs fois, il dut recommencer l'opération. Peu à peu, les traînées de sable formèrent un triangle à l'envers pointé en bas. Satisfait, il rangea ce qui lui restait de sable en faisant bien attention à ne pas déranger l'ordonnance de son dessin. Il prit alors la petite photo publicitaire qu'il venait de découper dans la revue Astro-flash et la plaça à l'intérieur du triangle. Disposées aux trois angles du polygone, trois bougies noires attendaient qu'il les allumât. Il s'en chargerait au dernier moment, quand il aurait jeté à l'intérieur de la figure géométrique, treize aiguilles, treize punaises et treize pointes ; pas une de plus pas une de moins. Dans une petite boîte en ébène posée sur l'étagère, il saisit avec délicatesse l'objet somme toute le plus important avec la photographie : la plume. C'était une simple plume, de mouette blanche, un duvet plutôt, qu'il avait ramassée au cours de l'une de ses promenades sur la plage. Il ne devait pas l'abîmer. Il la plaça au centre du triangle, à même la photo. Le rituel pouvait commencer. Il s'assit alors à son bureau, fit brûler les bougies et s'humecta de salive les doigts de la main droite. Lentement, il traça du bout du pouce, de l'index et du majeur réunis, un cercle autour de la plume et de la photographie. Il fallait se concentrer sur l'image mentale de la mort qu'il allait lui infliger. La pensée crée la matière. Il n'oubliait pas ce premier principe ésotérique. Une fois le premier cercle effectué, il s'ensaliva encore les doigts et entreprit une nouvelle ébauche de cercle. La même opération se répéterait sept fois encore avant d'en arriver aux incantations.

Puis le grand moment arriva. Excité comme à chaque fois qu'il pratiquait des envoûtements, il invoqua tout d'abord le nom des démons qui suivirent Satan dans sa chute. Il les psalmodia avec vénération neuf fois. Il sollicita ensuite les démons mineurs de la débauche, les incubes et les succubes, afin qu'ils aidassent leurs maîtres durant les nuits à tisser l'anneau fatal.

Enfin il se tut. Il savait que l'opération recommencerait durant neuf nuits. Il pouvait attendre. Comme l'odeur des bougies âcre et pénétrante l'entêtait un peu, il ouvrit la fenêtre. Il ne prit pas garde à la plume qui s'envola dans un courant d'air, découvrant la photo de Sylvia Nathan. Une ombre épaisse envahit la pièce.

☆

Le 4 Octobre, 20 heures.

Au bar d'un restaurant de fruits de mer qu'Augustin Lafargues appréciait particulièrement, le journaliste guettait la venue de son invité. Ne sachant plus si celui-ci s'était arrêté ou non de fumer, il ne voulait pas commettre d'impair en retenant une table dans l'un ou l'autre espace de la vaste salle. Il commanda un excellent whisky, s'autorisa à griller une cigarette - à présent il les comptait, sous l'influence d'un diktat de Philippine - et attendit son hôte. Il lui avait téléphoné l'avant-veille pour le convier à ce dîner. Son interlocuteur, un peu surpris - les deux hommes ne s'étaient pas rencontrés depuis trois mois, et encore de la façon la plus fortuite qui fût -

avait néanmoins accepté l'offre avec simplicité. Augustin Lafargues savait qu'il devrait manœuvrer avec finesse. L'autre était loin d'être un imbécile et le journaliste aurait juré, à son ton amusé au téléphone, qu'il se doutait de la raison pour laquelle son amphitryon l'avait appelé.

Il se demandait s'il allait fumer une seconde cigarette pour accompagner la dernière gorgée d'alcool - après tout, il avait juste promis à Philippine de les compter - quand il aperçut à la porte de l'établissement la silhouette distinguée et familière. Il alla à sa rencontre et les deux hommes se serrèrent la main avec cordialité.

— Ravi de te revoir Quentin ! Ça fait un sacré bail.

Augustin Lafargues et Quentin Le Gwen s'étaient connus bien des années auparavant sur les bancs de la faculté de lettres de Nantes. Si Lafargues, après sa maîtrise, s'était dirigé naturellement vers le journalisme, Quentin Le Gwen, quant à lui, avait changé de voie d'une façon radicale délaissant la poésie qu'il affectionnait pour entrer à l'école de police. Augustin Lafargues pensait que la mort du frère jumeau de Quentin Le Gwen, balancé par un chauffard sur une route de campagne alors qu'il changeait la roue de sa voiture et laissé agonisant sur place, n'était pas étrangère à ce revirement.

Cependant Augustin n'avait jamais osé interroger son ancien camarade à ce sujet. L'inspecteur avait toujours tenu secret son jardin ; lui aussi d'ailleurs… Pourtant Augustin Lafargues se souvenait de cet étudiant en littérature comme l'un des plus brillants de sa promotion. C'était dommage… à moins qu'il fût tout aussi performant dans son nouveau domaine.

Augustin l'espérait ; il avait besoin de son aide pour mener à bien sa propre enquête.

Comme Quentin Le Gwen refusa de prendre un apéritif - il conduisait - les deux hommes passèrent aussitôt à table, dans la partie de la salle réservée aux fumeurs, au grand soulagement du journaliste.

— Pour moi, décréta ce dernier, les moules marinières et une sole grillée. Vous êtes sûre qu'il ne s'agit pas d'une limande, mademoiselle ?

La serveuse parut offusquée qu'on pût considérer son restaurant comme un piège à touristes. Quentin suivit ses conseils et choisit aussi le menu.

La conversation d'abord menée à bâtons rompus sur des sujets anodins commençait à s'étioler. La faconde du journaliste se tarissait et l'homme se demandait de quelle façon il pourrait amener son ancien camarade à aborder le sujet pour lequel il l'avait invité. Il se lança donc à l'eau, sans plan préétabli.

— Tu as entendu parler du meurtre de la rue de Siam, je suppose… Sais-tu qui est chargé de l'enquête ?

Son vis-à-vis eut un sourire goguenard.

— Ah ! Nous y voilà ! dit-il avec simplicité. Comme si tu l'ignorais…

Augustin Lafargues, pris en flagrant délit d'hypocrisie se mit à rougir, tel un homard plongé dans un court-bouillon.

— Remarque, ajouta l'inspecteur, c'est de bonne guerre. Je suppose que j'aurais agi de même. Quel est ton problème ?

Pour se donner de l'assurance, le journaliste alluma sa

quatrième cigarette de la soirée. Il expliqua en long et en large, les ambitions de Bernard Anzo, pour son journal, ses propres réticences. Il n'était pas un homme de terrain et aurait préféré peaufiner son article de fond sur la voyance, plutôt que d'être embarqué dans cette histoire de crime sans intérêt…

Contre son attente, Quentin Le Gwen l'interrompit :

— Tu menais une enquête sur les voyants de Brest ? C'est passionnant ! A ton avis, qui est vraiment fiable dans ce domaine ?

Le journaliste eut la nette impression que son interlocuteur, voulant détourner la conversation, l'engageait loin des sables mouvants d'un sujet polémique. Il accepta, sans arrière-pensée, de se plier au jeu, se réservant le droit de revenir ultérieurement, quand le sixième sens du flic se serait un peu assoupi, sur l'affaire Lecerf.

— Tu sais, il y a à boire et à manger dans ce monde-là. Néanmoins, deux personnes m'ont vraiment troublé. Une certaine Madeleine d'abord. Son nom n'est pas dans l'annuaire. Elle travaille au black. Ne compte donc pas sur moi pour te donner son adresse !

Quentin Le Gwen, un léger sourire aux lèvres, hocha la tête, conciliant.

— Il y a aussi, poursuivit ce grand étourdi, Hugo de L'Astre. Mis à part son blase de guignol, c'est un sacré voyant.

— J'ai entendu parler, fit Quentin doucereux, d'une fille qui s'appelle Sylvia Nathan. Tu la connais ?

Le journaliste prit le temps d'avaler une gorgée de vin entre deux bouchées de camembert, avant de répondre.

— Je me souviens vaguement d'elle. Je suis allée la consulter avec ma collaboratrice, Philippine. Elle semblait fatiguée. Enfin bref, elle nous a renvoyés dans nos pénates, prétextant qu'elle ne voyait rien ce jour-là. Pourtant Madeleine avait l'air de penser qu'elle était l'une des meilleures de la région. Hugo de L'Astre aussi, d'ailleurs… Quand j'ai prononcé le nom de cette fille, son visage s'est fermé comme si elle lui faisait de l'ombre…

La conversation, au grand dam d'Augustin Lafargues, tourna alors autour des superstitions. Il aurait juré que son vis-à-vis s'amusait à ses dépens. Ne sachant plus sur quel pied danser, il décida de jouer franc jeu…

— Écoute Quentin, je sais bien que tu es tenu par le secret professionnel, mais je voudrais que l'on parle un peu de cette histoire de meurtre. Tu sais bien, pour me connaître, que je n'irai pas divulguer certains détails sans ton accord… On pourrait peut-être travailler ensemble, non ? Qu'en penses-tu ?

— Que veux-tu savoir exactement ? Nous en sommes au même point. L'enquête de routine n'a rien donné. Ce type était marié, heureux en ménage. Sa femme attendait un enfant.

Augustin Lafargues ne voulut pas lâcher sa proie. Il avait le net sentiment que son copain se fichait de lui. Avec un brin d'humeur, il décréta qu'un quidam sans histoire ne mourait pas une carte dans la bouche ! On pouvait raisonnablement penser qu'il devait de l'argent à quelqu'un ! Comme il était incapable d'honorer ses dettes de poker ou autre, un truand se serait remboursé en le liquidant.

Mais y avait-il un cercle de jeux clandestins à Brest ?

Énigmatique, Quentin Le Gwen écoutait son camarade échafauder des hypothèses plus ou moins saugrenues. Ce ne fut qu'au moment où le journaliste paya l'addition que l'inspecteur se départit un peu de sa réserve.

— Je ne peux te dire qu'une chose, Augustin, pour le moment… C'est toi qui as toutes les cartes en main. Tu comprends ? Et puis, ajouta-t-il en se déridant, si tu as le temps, tu n'as qu'à me suivre…

Augustin Lafargues en entrant dans sa voiture, réfléchissait encore au sens des dernières paroles sybillines du flic. Que savait-il exactement…

☆

4 Octobre.

En cette fin de journée, Sylvia appréciait de rentrer chez-elle. Deux clientes lui avaient fait faux bond dans l'après-midi sous un prétexte fallacieux. Soucieuse, elle se demandait comment elle ferait pour régler l'Urssaf et ses deux loyers si, d'aventure, ces désistements se multipliaient. Les jappements joyeux de son chien, content de retrouver sa maîtresse plus tôt que de coutume, eurent raison de sa contrariété.

— Oh, oui, tu es beau, mon Nic ! dit-elle en caressant le museau du Setter Gordon. Ton maître est rentré ?

L'animal courut si vite vers la chambre que les coussins de ses pattes dérapèrent sur le plancher ciré.

Allongé sur le lit, Jean-Marc feuilletait une revue de sports nautiques. Elle s'assit à ses côtés et tapota son oreiller pour s'installer à son aise. Ce geste innocent lui attira les foudres de son compagnon. Instinctivement, il s'écarta de la jeune femme.

— Mais, arrête donc de secouer ce truc ! Tu ne sais pas encore que je suis allergique aux plumes ! Tu n'as qu'à prendre le mien… au bas de l'armoire, au moins il est en mousse.

Déçue par cet accueil peu chaleureux alors qu'elle pensait qu'il aurait pu la serrer dans ses bras et lui faire l'amour, Sylvia se leva sans un mot, décidée à prendre un bain chaud pour se calmer les nerfs. En prenant une serviette sur l'étagère, elle vit, posé sur un fauteuil, un vêtement qu'elle ne reconnaissait pas.

— Il est à toi, ce blouson en cuir ?

— Oui, répondit Jean-Marc en bâillant. Pour une voyante, tu manques de sens d'observation ! Je l'ai acheté cela fait une semaine environ. A la foire Saint-Michel. J'en avais besoin. Je n'ai rien de chaud à me mettre sur le dos.

Sylvia se dirigea vers la salle de bain sans faire de commentaire. Pourtant, elle sentait sa gorge se nouer. Ses yeux s'embuèrent. Ainsi donc, voilà où passait l'argent des aides sociales de Jean-Marc. Monsieur s'offrait un blouson de luxe qui valait au bas mot deux mille francs ! A elle l'entretien quotidien, les charges… Lui demandait-il de partager avec elle une partie des frais ? Non, jamais. Des larmes piquantes ruisselaient à présent sur ses joues. Depuis combien d'années portait-elle le même manteau ?

Elle essuya du revers de la main la buée qui noyait la glace et examina son visage défait. Et puis… zut… elle n'était pas cette femme mesquine du miroir. Elle lui tira la langue. Après tout, Jean-Marc avait droit à ses petits plaisirs. Il gagnait si peu d'argent… Elle n'avait qu'à lui demander de participer au train de la maison. Il accepterait sûrement dans la mesure de ses moyens…

Le bruit assourdissant de l'eau se déversant en cataracte dans la baignoire l'empêcha d'entendre l'appel de son ami. Agacé d'avoir été dérangé, il fit irruption dans la salle de bain.

— Tu es sourde ou quoi, ma parole ! Le téléphone. Pour toi.

— Qui est-ce ?

— Je n'en sais rien. Encore une de tes toquées sans doute ! Si elles se mettent à appeler chez nous maintenant, c'est le bouquet !

Sylvia prit soin de fermer les robinets avant de gagner le salon dans l'espoir que l'eau serait encore assez chaude lorsqu'elle aurait raccroché. La plupart de ses clientes ignoraient son numéro personnel. Seules, quelques-unes, pour qui il était impératif qu'elles pussent la joindre à tout moment, se permettaient d'appeler à son domicile. Cela se produisait parfois aux environs des fêtes de fin d'années, lorsque les chagrins que l'on pensait immergés par le temps, refaisaient surface à fleur d'eau malade.

Le mois d'Octobre, n'était pas suffisamment engagé pour voir éclore ces habituelles mélancolies.

Lorsque Sylvia eut raccroché, elle se demanda de quelle façon elle inciterait Jean-Marc à quitter l'appartement pour une heure. Il risquait de le prendre mal. Il lui fallait aussi renoncer à son bain. Cette perspective l'ennuya plus encore. Mais à peine se serait-elle glissée dans l'eau brûlante que l'arrivée de Mariette l'en ferait sortir.

— Jean-Marc, je dois recevoir une cliente pour une urgence. Tu peux rester si tu veux, mais laisse-moi le salon.

— C'est pire qu'un cabinet médical ici ! Bon, je ne tiens pas à rencontrer tes frapadingues. Je sors le chien.

Pour Jean-Marc, toute personne allant consulter un voyant était taxée au mieux de faiblesse, au pire de gâtisme. Sylvia ne voulut pas envenimer une situation déjà précaire et lui asséner que ces azimutés, selon son expression favorite, le faisaient vivre…

Lorsque dix minutes plus tard, Sylvia fit entrer Mariette, la voyante fut consternée par l'état pitoyable de sa cliente. Le teint bistre, les yeux hagards, les cheveux - d'ordinaire bien mis en plis - en bataille, elle avait l'air aussi perdue que si son ombre l'avait abandonnée.

— Que vous arrive-t-il Mariette ? Asseyez-vous, je vous prie. Vous tremblez, ma parole. Attendez-moi ici, je vais nous préparer un bon café. Il vous fera du bien.

Alors qu'elle s'affairait dans la cuisine, Sylvia se demandait quel événement avait pu frapper ainsi sa cliente. Trois semaines auparavant, lors de leur dernière entrevue, elle paraissait sereine, enjouée même. Depuis l'installation de Sylvia à Brest, Mariette venait régulièrement la consulter. La voyante pensait que si Dieu éprouvait - comme il est dit - les meilleurs d'entre nous, cette femme méritait d'être commandeur des palmes célestes.

Mariée à vingt-cinq ans, elle avait dû renoncer dès lors à son emploi de secrétaire. Dans le milieu de son mari, une femme se devait de tenir son foyer, point final. Le reste de la vie de Mariette était d'une banalité tout aussi affligeante. Deux filles nées du couple vinrent casser la monotonie de cet automne conjugal. Mais l'homme attendait un fils pour, disait-il, la pérennité du nom. Sylvia pensa que si, comme lui, elle s'était appelée Legoûtu, l'immortalité de son patronyme n'eût pas été son souci majeur…

Enfin, quand Mariette à quarante-deux ans fut enceinte pour la troisième fois, monsieur Legoutû put alleluialiser à son aise : c'était un fils !

Ses gargarismes de crapaud de bénitier furent de courte durée ; un fils peut-être, trisomique sûrement. Mu par un espoir abscons, le père fit baptiser l'enfant une semaine plus tard. Le petit jouissait d'une excellente santé…

A bout d'arguments, monsieur Legoûtu, lorsque son fils atteignit l'âge de trois mois, se dit qu'une retraite spirituelle lui serait d'un grand secours. Il omit par étourderie de prévenir sa femme de la durée de son repli stratégique ainsi que de l'aide morale que lui apporterait sa belle-sœur au cours de la recherche de son moi profond. Depuis douze années, Mariette vivait donc seule avec ses trois enfants. L'aînée commençait des études de médecine, la seconde passait le bac. Quant au petit, le véritable bonheur de Mariette, il était resté au foyer, sa mère refusant de le confier à un établissement spécialisé.

Pour subvenir aux besoins de tout son monde, Mariette faisait des ménages. Ses rêves de secrétaire étaient loin. Seul point positif dans toute cette histoire : elle avait repris son nom de jeune fille.

Lorsque Sylvia apporta la cafetière et des biscuits au salon, Mariette enfoncée dans un fauteuil fermait les yeux. La voyante ne voulut pas troubler ce repos fragile. Elle posa les tasses sur les soucoupes avec une délicatesse infinie.

— Je ne dors pas, Sylvia.

La jeune femme s'approcha de sa cliente et lui entoura les épaules de son bras.

— Que se passe-t-il, Mariette, fit-elle d'une voix douce. Un déluge de larmes accueillit ses paroles, auxquelles, la femme n'était pas habituée.

— C'est de ma faute, parvint-elle à articuler. Je n'aurais jamais dû aller le voir…

Par bribes, Sylvia réussit à savoir le fin mot de l'histoire. Céline, la première fille de Mariette passait donc à la fin de l'année son concours de médecine. Anxieuse, la mère avait interrogé Sylvia, lors de leur dernière entrevue, sur les succès ou l'échec de l'étudiante. Malheureusement, le pronostic de la voyante ne fut pas favorable. A son avis, la jeune fille n'aurait obtenu satisfaction que deux ans plus tard. Mariette, perturbée, avait donc voulu obtenir confirmation ou infirmation auprès d'un autre voyant. Cette démarche n'étonnait pas Sylvia. Bon nombre de ses clients, déçus par un verdict auquel ils ne croyaient guère parce qu'il ne leur convenait pas, allaient consulter ailleurs. C'était souvent de cette façon que l'engrenage commençait pour certains. Et, au bout du compte, ils perdaient leur faculté de jugement et leur libre arbitre.

Mais, ce que Sylvia allait entendre la laissa pantoise.

— Ne m'en veuillez pas… J'ai confiance en vous mais j'avais entendu dire le plus grand bien d'Hugo de L'Astre…

— Alors vous êtes allée le voir. C'est naturel… coupa Sylvia, voulant éviter ces circonlocutions. Et que vous a-t-il raconté pour que vous soyez dans un pareil état ?

Mariette ne put parler tout de suite. Elle se contentait de hocher la tête de droite à gauche comme si, de cette manière, elle effaçait de sa mémoire des paroles trop cruelles.

— Ce n'est tout de même pas le fait que Céline devra doubler sa première année de médecine qui vous tracasse à ce point !

— Non… bien sûr. Il s'agit de Didier.

— Votre fils ?

— Oui. Je l'interrogeais sur Céline et il m'a parlé de mon petit. Il m'a dit que la santé de Didier était très précaire et que j'allais bientôt être débarrassée de mon fardeau. Ce sont les termes qu'il a employés… Oh ! Mon Dieu… Il m'a montré la carte.

— Quelle carte ? cria Sylvia, hors d'elle. Décidément ce type est fou à lier !

Pour tenter de calmer son exaspération, Sylvia alluma une cigarette. Elle sortit aussi d'une boîte en bois plusieurs jeux, qu'elle disposa en vrac sur la table.

— Reconnaissez-vous la carte qu'il vous a montrée ?

Mariette désigna une lame, sans la toucher comme si l'innocent carton eût été pestiféré.

Il s'agissait de la carte XIII du Tarot de Marseille. Elle représentait un squelette. Sylvia haussa les épaules et tenta d'apaiser avant tout sa cliente.

— Mariette, il n'y a que vingt-deux lames majeures dans ce jeu. Vous avez donc toutes les chances de la sortir. Si à chaque fois qu'elle tombait un proche du consultant devait mourir, ce serait une véritable hécatombe ! Comment un professionnel comme Hugo de L'Astre peut-il proférer de pareilles inepties ! Je ne voudrais pas débiner un confrère, mais ce type a une réel problème avec la mort. Il la voit partout et surtout chez des enfants.

Mariette n'était pas la première cliente à débarquer affolée chez Sylvia après avoir consulté Hugo de L'Astre… Il ne gardait jamais aucune intuition pour lui et au mépris d'une simple humanité, s'arrogeait le droit de balancer “ses” vérités sans se soucier des états d'âme de son vis-à-vis. Si sa voyance était excellente surtout dans le domaine des affaires, il n'en restait pas moins que le personnage, aux yeux de Sylvia, était un triste sire, malfaisant de surcroît. Bien souvent, quand il s'agissait de problèmes de santé, tout devenait noir pour lui, et il se trompait une fois sur deux.

Afin de rassurer Mariette, Sylvia lui tira les cartes pour son fils. Certes, elle vit dans le jeu de l'enfant un bras cassé mais rien de plus méchant. Didier était un solide garçon.

— Vous êtes certaine, Sylvia ? Si jamais il lui arrivait quelque chose de grave…

Par expérience, la jeune femme savait que rétablir une confiance ébranlée se révélait l'une des entreprises les plus ardues qui fussent. Elle rappela à sa cliente un aphorisme de Paul Claudel, qu'elle faisait sien : « Le pire n'est pas toujours certain ». Mais Mariette se fichait de Claudel dont elle ne connaissait ni le nom, ni les dictons.

Aussi Sylvia griffonna-t-elle une adresse sur une feuille volante et la tendit à sa consultante.

— Ce sont les coordonnées de Madeleine. C'est une excellent voyante. Allez la voir de ma part. Vous verrez bien alors que Didier ne risque rien. Ah ! Un détail ! Apportez cent francs en liquide. Elle n'est pas déclarée.

Mariette se sentit aussitôt moins angoissée. Le conseil, aussi avisé fût-il, d'une personne étrangère au monde de la voyance, eût été superflu. Toutefois avant qu'elle ne s'en aille, Sylvia dut elle-même téléphoner à son amie Madeleine afin d'obtenir un rendez-vous, si possible, pour le soir même.

Restée seule, Sylvia s'allongea sur son lit afin de réfléchir. Hugo de L'Astre l'agaçait et l'effrayait. Des gens comme lui cassaient la réputation déjà fragile, de voyants qui faisaient honnêtement leur travail. Voulant penser à autre chose, elle enfouit la tête dans son oreiller. Un petit duvet lui chatouilla le nez…

☆

5 Octobre.

Cela faisait sept jours que le corps du marchand forain avait été retrouvé sous le porche d'un immeuble de Brest. Les journaux, peu à peu, s'étaient lassés de disséquer puis de digérer les piètres mannes jetées en pâture par la police. Seul, Bernard Anzo, ne mollissait pas. Il n'avait de cesse de tarabuster Augustin Lafargues pour que ce dernier lui trouve un quignon de piste à lui mettre sous la dent.

Aussi, en désespoir de cause, le journaliste chargé de l'enquête par son rédacteur en chef, résolut-il de suivre les conseils de son ancien camarade de fac en le prenant en filature ! L'entreprise manquait de panache, certes, mais Augustin Lafargues, à court d'idées, ne faisait pas la fine bouche. Quentin Le Gwen se déplaçait toujours dans sa voiture personnelle, ce qui facilitait la tâche. La veille, déjà, Augustin s'était garé derrière lui et avait attendu une bonne heure avant que l'inspecteur ne quitte le commissariat. Prenant soin de laisser toujours au moins deux véhicules entre eux, le journaliste s'était laissé guider jusqu'à un garage de la place de Strasbourg, où Le Gwen avait discuté un bon quart d'heure avec un technicien. Rien d'intéressant. Un capot soulevé, un examen rapide, un tour de clef du professionnel et le flic avait regagné le bercail.

Ce samedi après-midi-là, dans sa voiture, Augustin Lafargues songeait qu'il n'aurait pas aimé être détective privé. Ce devait être en fait très ennuyeux. Il allait manquer de cigarettes. Le bureau de tabac le plus proche se situant à une trentaine de mètres de là, il se dit qu'il aurait le temps d'y faire un saut. Il ouvrait sa portière quand il vit, devant lui, son camarade accompagné d'un petit gros moustachu sortir du commissariat. Ils se dirigeaient vers la voiture de Le Gwen. Augustin Lafargues se fit aussi discret que possible et dès que la Citroën verte mit son clignotant pour s'engager sur la chaussée, il démarra à son tour. Le journaliste dut griller un feu à peine mûr pour ne pas se laisser distancer. Heureusement Quentin Le Gwen ne conduisait pas vite. La Citroën passa devant le quartier Saint-Marc. Quelques minutes plus tard elle se gara sur une place. Augustin Lafargues la connaissait pour y être venu mais il fut incapable de sonder plus sa mémoire. Qui habitait place Georges-Perros ? En quelle circonstance était-il entré dans le petit immeuble dont la porte se refermait déjà sur les deux flics ? Le journaliste dut sortir de sa voiture et lire la plaque de cuivre sur le mur pour se remémorer le jour où, accompagné de Philippine, il s'était rendu chez cette voyante, Sylvia Nathan qui, du reste, avait renoncé à les recevoir.

Que diable, Quentin Le Gwen pouvait-il faire chez cette fille ? Est-ce que la police avait recours aux dons d'une extralucide ? Hypothèse fallacieuse… Pas le genre de Le Gwen… Il ne serait pas non plus venu la consulter à titre privé, flanqué de ce moustachu… Une tireuse de cartes… La carte ! La carte du mort ! Bien sûr ! Il se sentit aussi godiche que la première recalée à un concours de miss seins nus. Le Gwen avait bien dû rire de lui lorsqu'il lui avait susurré qu'il avait toutes les cartes en main ! Tu parles ! Lors de son enquête pour le journal, il avait écrémé Brest de tout ce qui tapait le carton. Sylvia Nathan devait savoir quelque chose. Il fallait qu'il la voie. Comment faire ? Entrer dans la salle d'attente sur les pas des flics et espérer entendre quelques bribes de leur conversation ? Entreprise hasardeuse si la place était déjà occupée par un prochain client.

Le journaliste opta pour la prudence et entra dans le bar-tabac de la place. Là, il commanda un café et demanda l'annuaire. Quand il entendit le timbre de voix doux et posé de la voyante, il se surprit à sourire en imaginant Le Gwen, assis en face d'elle, agacé sans doute d'être ainsi dérangé dans leur entretien par cet appel téléphonique. Augustin Lafargues n'eut qu'à donner son prénom et obtint un rendez-vous une heure plus tard.

Pour tuer le temps il décida de flâner dans le quartier. Seuls, deux commerces, le bar-tabac et une boutique de fleuriste agrémentaient la place. N'ayant aucun but précis il s'engagea dans les ruelles adjacentes, aperçut une grand-mère qui traînait à coups de laisse énergiques son toutou flegmatique et s'amusa à les suivre. Une occupation comme une autre…

Ce petit jeu faillit lui coûter son rendez-vous. La brave dame avalait le bitume comme d'autres des petits choux dans un salon de thé. Plusieurs fois il faillit la perdre. Lorsqu'il entendit au loin tinter cinq fois la cloche de l'église Saint-Marc, il planta là sa marathonienne septuagénaire et son bichon en vrac, pour rebrousser chemin.

Afin d'être à l'heure, il dut même courir une partie du chemin et monta quatre à quatre les escaliers de la voyante. Essoufflé, il s'apprêtait à frapper quand un rectangle de papier blanc épinglé sur la porte retint son attention. Il lui était destiné. Il l'ouvrit, le lut et redescendit les marches sans se presser. Juste à côté de la porte d'entrée de l'immeuble, à l'angle, se tenait la boutique indiquée sur le billet. Quand il y pénétra, un bouquet de senteurs suaves lui courtisèrent les narines. La pièce était sombre et la fleuriste, au fond, confectionnait un coussin de lys et de roses. Augustin Lafargues s'approcha d'elle et, ce faisant, se prit les pieds dans les lanières d'un sac à main posé à même le sol au coin du bureau. Il se retint de justesse mais le contenu du sac s'égailla sur le carrelage. Confus, le journaliste ramassa pêle-mêle un poudrier, une contredanse, deux trousseaux de clefs, un bâton de rouge à lèvres et un portefeuille.

— Laissez cela, maladroit ! Vous allez me mettre la pagaille dans mon sac ! A-t-on idée d'avoir deux bras gauches comme vous !

— Je suis désolé, madame, balbutia le journaliste qui se vit prendre des mains sa collecte par deux paluches de lavandière.

L'autorité naturelle de cette maîtresse femme rendit encore plus penaud Augustin Lafargues. Il s'empêtra dans les excuses et les explications. La fleuriste parut avoir pitié de lui.

— Ce n'est rien monsieur. C'est de ma faute, je suis un peu soupe au lait et je n'avais qu'à mieux ranger mon sac… Que puis-je pour vous ?

Sans mot dire, le journaliste tendit le billet à la fleuriste.

— Ah ! Vous êtes le client que Sylvia attendait ! Elle

était là, il y a dix minutes. On devait prendre le café ensemble mais une cliente l'a appelée sur son portable. Une urgence… Elle est partie aussitôt au Relecq-Kerhuon. Elle m'a chargée de vous dire de la rappeler lundi. Elle vous prendra en priorité la semaine prochaine.

Un peu déçu de ce contretemps, le journaliste quitta la boutique non sans avoir, au préalable, acheté un bouquet de freesias pour réparer sa bévue.

Au moins Philippine n'aurait pas perdu sa journée.

*

Térésa fréquentait rarement les Fauvettes. La clientèle de ce bar, surtout estudiantine, ne lui convenait pas. Les jeunes gens ne faisaient guère attention à elle et débarquaient là, le plus souvent en groupe. Pourtant, elle décida d'y prendre un verre avant d'aller rejoindre ses antres nocturnes. La soirée n'était qu'à ses prémices et elle avait envie d'une bonne bière. Sortir ce samedi ne lui avait pas posé de problème. Son mari n'était pas encore rentré de sa tournée. Un mot laissé sur la table de la cuisine lui suggérait un bon programme de télé. Au moins, ce soir-là, les cris et les supplications de Raymond ne lui gâcheraient pas son plaisir.

Elle ne s'éterniserait pas ici très longtemps non plus. Ces toutes jeunes filles, conscientes de leur séduction, avides de l'exercer sur des godelureaux timides et boutonneux lui flanquaient le cafard. Concurrence déloyale. Plus encore que les vieilles pochardes esseulées gueulant à la nuit leur inexistence, ces minettes à la peau trop lisse, aux seins trop fermes, grandes de surcroît depuis qu'on ne gavait plus les mioches de bouillie qui tenait au ventre, intimidaient Térésa et lui faisaient prendre conscience de son mètre cinquante-huit et de ses deux pattes d'oie aux coins des yeux. Que deviendrait-elle dans dix ou quinze ans ? Plairait-elle encore à ces hommes de passage ? Sinon, comment meublerait-elle cette vacuité de tout son être ? Raymond et elle ne pouvaient pas avoir d'enfant. C'était d'ailleurs mieux ainsi. Un fil à la patte, songeait-elle en buvant une gorgée de bière, l'empêcherait d'aller voir ailleurs si autre chose n'existait pas. Elle ne savait pas très bien quoi… Une quête informelle qui nourrirait ses sens et son âme, remplirait le vide que ses amants de poche ne parvenaient à combler. Un jour peut-être…

Elle faillit s'étrangler. Quelqu'un, pressé par la cohue venait de lui donner une bourrade dans le dos. La gorgée qu'elle recracha mouilla son corsage de satin rose.

Térésa se retourna, prête à engueuler cet abruti mais le jeune homme la devança.

— Excusez-moi, madame. Oh ! Je vous ai tachée ! Désolé.

Térésa se retint de toute invective. Chose curieuse, le regard qu'il posa un bref instant sur elle la rendit gauche. Elle s'entendit balbutier un vague pardon au garçon, alors que la faute incombait à ce dernier. Jamais elle n'avait vu un si bel homme ; grand blond aux yeux bleus, des dents magnifiques. Elle n'éprouva aucun désir de le retenir ou de lui parler. Il ne lui plaisait pas car elle savait fort bien que ce type d'hommes ne s'intéressait pas à des femmes comme elle. Elle eut simplement honte d'elle, de son âge, de sa petite taille, de son chemisier qu'elle trouvait pourtant élégant tout à l'heure, mais qu'il avait avisé avec une sorte de commisération condescendante. Elle eut hâte de quitter ce bar avant de broyer du noir pour toute la soirée. Elle irait jouer à armes égales dans la cour des petits, avec ses frères et sœurs d'errance, ces nomades de la nuit qui bivouaquaient près des petits zincs, à portée d'un rot, d'un pet ou d'une plaisanterie graveleuse ; là où elle serait la princesse d'un conte défait par avance.

Térésa se dépêcha de terminer son demi. Elle reprenait sa monnaie quand on l'aborda.

— Vous partez déjà ? Tenez, je suis allé vous chercher un peu d'eau pour réparer ma maladresse.

Térésa n'en revenait pas. La gravure de mode lui souriait avec gentillesse, l'invitait à prendre un verre. Elle hésita un moment puis se rassit sur le bord du tabouret de bar, essayant de cacher ses cuisses gainées de noir à l'aide de sa veste, souci inhabituel chez elle.

Enjoué, il lui parla de choses et d'autres. Elle monosyllaba de peur de paraître gourde. Pourtant de près, il devait être moins jeune qu'il ne le paraissait au premier regard. L'œil exercé de Térésa jaugeait les hommes comme un mécanicien les moteurs. Celui-là ne devait pas être étudiant : trop âgé. Ses mains ne dénonçaient pas non plus une occupation manuelle. Représentant ou commercial comme Raymond ? Il n'en avait pas le bagou. Un sportif, peut-être ? Il était suffisamment bien découplé pour cela. Et pourquoi pas un mannequin ? On ne devait pas en rencontrer à tous les coins de rues de Brest…

Alors que Térésa tentait de percer le mystère de l'identité de son vis-à-vis, une jeune fille rousse, à l'architecture magistrale, vint prendre une commande au bar et sépara un instant le couple. En guise d'excuse, elle leur servit, en s'éloignant, le plus radieux des sourires. Térésa et son compagnon la suivirent des yeux.

— Elle est splendide ! ne put s'empêcher de faire remarquer la petite femme brune.

— Oui… Si l'on veut, acquiesça le jeune homme avec une moue. Pas mon style, en tout cas. Elle est trop jeune… Son visage manque encore de caractère. Dans quelques années peut-être.

Désarçonnée, Térésa but une gorgée du Pippermint qu'il venait de lui offrir. Ou ce type était maso, ou il la draguait ouvertement. De nouvelles perspectives s'offrirent à elle. D'un geste machinal, elle laissa glisser sa veste et découvrit ses jambes maigrelettes.

— Et on peut savoir quel est votre genre ?

— De femmes ? Oh… Je n'ai aucun a priori. Du moment qu'elles soient intelligentes et comprennent mes désirs très particuliers…

La perche ainsi tendue fut saisie au vol par une Térésa émoustillée, flattée d'être implicitement ralliée au nombre de cette intelligentsia bistrotière. Elle s'enquit, bien entendu, des aspirations singulières du garçon.

— Vous savez, nous nous connaissons à peine. Je ne voudrais pas vous choquer…

La jeune femme voulant paraître à la hauteur de ces confidences, lui fit signe de continuer.

— C'est drôle, mais c'est la première fois que je parle de ces choses, si vite avec une inconnue. Vous devez inspirer confiance…

Térésa se rengorgea et attendit la suite.

— Eh bien, voilà ! Quand une femme me plaît, je n'arrive pas à conclure, comme ça bêtement. Si je veux vraiment prendre mon pied et donner du plaisir à ma partenaire, il faut qu'elle me paie. C'est idiot, mais je suis fait ainsi.

Un silence suivit cet aveu saugrenu. Il ne vint pas à l'esprit de Térésa qu'elle avait à faire à un simple gigolo. Ce garçon cherchait à masquer par quelque bravache une libido douloureuse… Elle avait lu dans le courrier du cœur d'un magazine féminin, un truc de ce genre… Le docteur Saint-Sauveur, lui, avait les mots pour répondre. Qu'avait-il déjà assuré à son lecteur ? Il fallait qu'elle le retrouve pour faire comprendre à ce pauvre garçon que son cas n'était pas isolé… Ah ! Oui… Un problème dans l'enfance avec une mère castratrice.

— Je vous ai choquée, sans doute… Vous ne dites plus rien…

Térésa s'empressa de le rassurer et, en signe d'amitié lui serra un instant la main, geste qui parut étonner le jeune homme. Mais lorsqu'elle s'enquit des rapports qu'il entretenait enfant avec sa mère, il ouvrit grand des yeux ébahis. Bien vite il l'engagea dans une autre discussion où seules, les relations entre adultes de sexes opposés et responsables étaient de mise.

Elle en était certaine à présent. Elle avait touché du doigt la plaie béante, selon l'expression du docteur Saint-Sauveur… Il esquivait toute tentative de replonger dans son passé. Trop douloureux pour lui… Elle le comprenait. Quel gâchis ! Un si beau jeune homme. Si elle parvenait à l'apprivoiser… Il lui avait fait confiance !

— Excusez-moi si je suis indiscrète. Mais vous trouvez facilement des femmes qui… acceptent ?

Le garçon sembla chercher ses mots.

— Tout dépend. Lorsque je désire vraiment une femme - c'est en fait assez rare - je lui mets le marché en main. Alors, il y a trois possibilités. Soit elle me gifle - elle n'a rien compris, mais je me trompe aussi parfois, et ma naïveté me joue des tours - soit elle accepte le principe mais me trouve trop cher, soit nous partons tous deux pour quelques heures inoubliables…

Il parut rêveur et un peu triste. Il but une gorgée de coca avant d'ajouter.

— Jamais encore je n'ai rencontré une femme à l'esprit suffisamment volontaire, libéré et subtil pour devancer mon offre…

— Et vous allez chez elles ?

— L'occasion ne s'est pas présentée, car à chaque fois elles étaient mariées. Vous savez, ajouta-t-il en la regardant droit dans les yeux, on a de la moralité ou on n'en a pas. Et je trouverais dégoûtant d'entrer dans le lit d'une femme alors que son mari est absent. Vous me comprenez sûrement ?

Térésa rougit et hocha la tête. Elle-même n'avait pas la délicatesse qui honorait ce garçon. Mais, sans doute, les aventurières dont il rêvait n'existaient que dans les livres ? Un peu comme Vanessa dans “Passions sans détour” qu'elle avait dévoré la semaine précédente. Ces femmes devaient être plus raffinées et plus jolies qu'il ne voulait avouer, de peur de lui faire de la peine…

Elle se racla la gorge et demanda d'une voix ténue.

— Mais comment une femme devine-t-elle qu'elle a une chance de vous plaire ?

Le jeune homme approcha son visage du sien et du dos de l'index lui caressa la joue.

— Elle arrive bien à le sentir, chuchota-t-il.

Térésa, les pensées en désordre, la peau du visage en feu, tenta de rassembler ses moyens, puis dans un élan surhumain s'entendit demander :

— Combien ?

L'à-propos de la jeune femme ne sembla pas effrayer le garçon.

— Huit cents francs pour deux ou trois heures. C'est selon. Plus la chambre d'hôtel. L'argent… en liquide, bien sûr.

— Marché conclu ! fit Térésa, ravie. Je peux connaître votre nom ?

— Philippe…

Enfin, elle allait peut-être vivre une aventure comme toutes les héroïnes des romans dont elle raffolait ! Et qui plus est, c'était elle la maîtresse du jeu !

☆

Dimanche 6 Octobre.

Sylvia se réveilla en proie à la migraine. Depuis deux nuits, son sommeil agité de songes éprouvants la faisait dériver jusqu'à l'aube. Du plat de la main, elle chercha le corps tiède de son compagnon, lové sous la couette. Elle ne l'avait pas entendu rentrer de sa soirée entre copains. Peut-être aurait-elle dû accepter de le suivre, comme il le lui avait proposé ? Elle aurait pu passer un moment agréable… Elle en doutait cependant. Le prix de la nouvelle planche-à-voile, ses performances et les tactiques pour gagner la prochaine régate, tout cela l'ennuyait au plus haut point. Que ferait-elle de son dimanche ? Jean-Marc irait s'entraîner à la plage du Moulin-Blanc avec ses amis. Il serait flatté si elle l'accompagnait, mais jouer les Pénélope des sables frileux et tisser son ennui en attendant le retour du héros ruisselant, ne lui disait rien qui vaille.

Et si elle appelait Madeleine ? Sans voiture, son amie ne sortait pas souvent de son quartier de Lambézellec. Il lui plairait sûrement d'aller se balader avec elle. Un mois, au moins, qu'elles ne s'étaient vues… Leur grande différence d'âge n'entamait en rien la qualité de leur relation, au contraire.

Forte de sa résolution, Sylvia se blottit contre Jean-Marc et entreprit, malgré ses maux de tête, une opération séduction. Tout d'abord peu réceptif à ses câlineries matinales, le jeune homme grommela. Ses protestations, accompagnées de molles tapes dans le vide, devinrent bientôt murmures et caresses. Ils firent l'amour avec volupté et le réinventèrent.

L'après-midi s'annonçait donc sous les meilleurs auspices malgré un ciel menaçant. Arrivée un peu avant l'heure prévue, Sylvia eut la surprise, en tournant dans la rue où vivait Madeleine, de voir celle-ci debout sur le trottoir, emmitouflée dans sa veste de laine bleue, déjà prête à partir pour leur petite virée. La jeune femme en conçut une vague pitié mêlée de tendresse, et se félicita d'avoir eu l'idée de l'appeler. La vie de Madeleine ne devait pas être gaie tous les jours depuis la perte des siens. En lui ouvrant la portière, Sylvia se promit de ne plus se laisser gagner par cette négligence indolente qui souvent sépare les amis les plus chers.

Les deux femmes décidèrent de gagner Saint-Pabu, sur la côte nord.

Durant le trajet, elles babillèrent telles des collégiennes en goguette sur des sujets futiles, rirent beaucoup et, inattentives, se trompèrent une fois de route. Comme il ne leur était pas loisible durant la semaine de prendre l'air, elles résolurent de laisser la voiture sur le parking désert et de marcher.

Le ciel, anthracite, menaçait de rompre. Le vent, pourtant, le brassait sans vergogne en volutes épaisses et boucanées, broyait le noir de ses nébulosités pour mieux le pétrir, pommeler son ambre gris et l'étirer plus loin dans des traînées blêmes. Mais, du noroît, il revenait à la charge, grisant les nuées de ses vapeurs marines, leur interdisant toute morosité, toute quiétude morne, les déchirant même à quelques endroits. Alors, de ces trouées azurées, s'échappèrent des lances de lumière. Elles heurtèrent les flots vitreux, métamorphosèrent leurs ombres secrètes en un vert d'huître, ce glauque redoutable que les marins antiques aux yeux fatigués, prirent pour une sirène et voulurent parfois épouser. Ils savaient bien eux, que si la mer mugit à l'encre noire, se tait dans sa bleuté, elle ne chante aux hommes que dans sa gouaille verdâtre et les appelle de son ventre d'eau en femelle jamais repue.

Les deux femmes longèrent la dune à perte de vue, foulant les herbes hautes dont la gaine de sel craquelait sous leurs pas. Devant elles, un goémonier retournait à coups de fourche précis des lits de varech dont les teintes, selon leur degré d'assèchement oscillaient du brun violacé et luisant au bistre. Leur odeur sauvage se mêlait à l'empyreume d'un feu plus lointain allumé par un autre paysan des mers qui, lui, condamnait les algues à l'autodafé pour leur apprendre l'humilité de la terre où elles serviraient d'engrais. Elles exhaleraient dans leur consomption leurs rêves sous-marins lorsque, visqueuses, elles s'évadaient des mains des hommes, jouant avec leur patience.

Le vent empêchait toute conversation. D'ailleurs ni Madeleine, ni Sylvia n'avaient envie de parler. La beauté grandiose de cette côte appelait au silence. Saint-Pabu, l'unique, connu des seuls nord-finistériens, ignoré des touristes l'été, alors que ses eaux turquoise, son sable immaculé dévalant des dunes, auraient fait la nique à n'importe quel lagon exotique. C'était peut-être parce que la course de la mer vers l'horizon, là-même où elle module son bleu cobalt en une ligne violette, était freinée par le chapelet du saint qui égrenait rocs et îlots en une prière infinie pour protéger son anse et empêcher les petits enfants de se mettre sur la pointe des pieds et de lorgner sur la gueuse lorsqu'elle se fait verte et les appelle à devenir marins.

Les deux amies, se donnant le bras, marchèrent deux heures environ, puis d'un signe de tête décidèrent de rentrer. Ivres de vent elle s'affalèrent plus qu'elles ne s'assirent sur les sièges de la voiture et Sylvia reprit son souffle avant de démarrer.

— Tu as meilleure mine que tout à l'heure, Sylvia. Mais n'as-tu pas encore maigri ?

La jeune femme balaya ces remarques d'un geste de la main. Il fut décidé qu'elles iraient prendre le thé chez Madeleine, qui le matin même, après avoir reçu le coup de fil de Sylvia, avait préparé une tarte aux pommes.

Arrivées à Brest, elles attendirent que les trombes d'eau se calment un peu pour sortir de la voiture. A travers la vitre dégoulinante de pluie, Madeleine remarqua, étonnée, que la barrière de bois donnant sur son jardinet était ouverte et claquait sous les coups de boutoir du vent d'orage. Pourtant elle était certaine d'avoir fermé le loquet. Ce mystère fut vite éclairci. Une silhouette masculine fit irruption. L'homme tenta sans grand bonheur de verrouiller la barrière d'une main, et de l'autre se protégeait la tête à l'aide de son imperméable. Madeleine ne reconnut pas ce visiteur sans visage mais sortit pour l'aider. Restée dans la voiture, Sylvia vit son amie parlementer avec l'homme et lui poser la main sur le bras dans un geste familier. Puis ils pénétrèrent dans le jardin et Madeleine fit signe à Sylvia de les suivre.

Quand ils se retrouvèrent dans le vestibule de la voyante, dégouttants de pluie, les cheveux pisseux et que Madeleine voulut faire les présentations, Sylvia éclata de rire. La bonne humeur fut générale et l'hôtesse alla vite chercher des serviettes éponge. L'homme eut le temps de glisser à Sylvia :

— J'espère qu'elles ne servent pas aussi aux chats !

Déjà, une bonne demi-douzaine de ces petits mammifères accouraient, s'insinuant entre leurs jambes, se frottant aux mollets, dans des miaulements plaintifs ou impétueux. L'homme en prit un au hasard et le caressa. C'est alors que Madeleine revint, une pile de linge dans les bras.

— Vous devriez faire attention. Vous êtes allergique aux chats, non ?

Un peu plus tard, les bipèdes se retrouvèrent dans la cuisine tandis que les véritables maîtres de la maison, avaient regagné leurs pénates au salon.

Madeleine mit deux bûches dans le poêle en fonte qui en ronronna, lui aussi…

— Vous ne vous connaissez pas, je suppose…

Sylvia avait pourtant reconnu tout de suite, ce grand brun aux yeux noirs. Elle se retourna vers lui.

— Si, si. C'est bien vous qui êtes venu me voir en consultation avec votre femme ? Il y a trois semaines environ… J'ai votre prénom sur le bout de la langue, attendez… Marc ? C'est cela ? Marc et Pauline…

Madeleine, tout en disposant des bols sur la toile cirée, gloussa :

— Appelle-les John Steed et Emma Peal, plutôt, ma belle !

Devant l'incompréhension de la jeune femme, Augustin Lafargues, un peu gêné, dut s'expliquer. Lui et sa collaboratrice, enquêtaient pour leur journal sur les voyants de Brest, essayant de trier le bon grain de l'ivraie. Aussi avaient-ils dû cacher leur identité. Cet éclaircissement n'eut pas l'art de plaire à Sylvia. Elle rougit.

— J'ai horreur des gens qui essaient de nous tester. Notre métier est déjà assez sujet à caution sans cela !

Madeleine calma la colère naissante de sa consœur. Après tout, chacun faisait son métier et beaucoup de voyants incompétents ou escrocs, ne méritaient pas la corde pour les pendre. Ne fallait-il pas balayer devant sa porte pour que les bons puissent exercer en toute quiétude ? Sylvia en convint et pour ne pas paraître impolie, interrogea le journaliste sur les résultats de son enquête. Avait-il rencontré des charlatans ?

— Peu… Je dois l'avouer, malgré, au départ, certains a priori à ce sujet. Je dirais que beaucoup sont médiocres, ils se trompent une fois sur deux ; et un petit nombre excellent. Madeleine, par exemple… Vous-même n'êtes pas tombée dans le piège tendu. Vous ne pouviez rien voir car nous vous mentions !

Peu sensible à la flatterie, Sylvia demanda à Augustin ce qu'il pensait d'Hugo de L'Astre. Avant qu'il ne réponde, Madeleine, qui coupait sa tarte aux pommes, interrogea la jeune femme.

— Hugo te fait des ennuis ?

— Pas à moi, personnellement.

— Pour ma part, rétorqua le journaliste, j'ai sur lui une opinion mitigée. Tout ce qu'il m'a dit était juste. Je le considère donc comme un très bon voyant. Pourtant, ajouta-t-il en cherchant ses mots, je trouve l'homme fort peu sympathique. Il est autoritaire et…

— Trop sûr de lui, peut-être ? tenta Sylvia.

— Ce n'est pas cela… Comment dire. Il me fait un peu peur.

— Ah ! Tu vois, Madeleine ! s'écria la jeune femme. Je ne suis pas la seule à penser cela.

L'interpellée haussa des épaules. Certes, Hugo de L'Astre, imbu de lui-même, n'était pas commode, quant à le trouver diabolique, le jugement lui paraissait par trop sévère.

— Madeleine, reprit Sylvia, tu ne sens jamais la méchanceté chez les gens. Moi je te dis que sa voyance est négative. Il se complaît dans le malheur, ce type.

— Là ! Tu exagères ! S'il était aussi néfaste que tu le dis, il n'aurait plus de clients ! Or, c'est sans doute celui qui travaille le plus sur Brest.

Toutefois, pour ne pas peiner la jeune femme, Madeleine admit qu'il était temps que quelqu'un lui rabatte son caquet. Or, l'occasion s'en présentait. Il fallait que Sylvia participe au congrès sur la voyance, le mois suivant, à Rennes. Cette manifestation fort médiatique, départagerait les meilleurs professionnels de la région. La jeune femme pourrait ainsi damer le pion à Hugo de L'Astre !

— Pourquoi pas toi ? demanda Sylvia.

— Tu sais bien que c'est impossible ! N'étant pas déclarée, j'aurais une visite du fisc dès le lendemain. Sylvia promit de réfléchir à la question. Un petit séjour dans sa ville natale n'était pas pour lui déplaire. Qui plus est, se confronter à des médiums lui rappellerait l'excitation d'autres concours passés naguère.

Puis, conscientes d'avoir délaissé un peu le journaliste,

les deux femmes se tournèrent vers lui et s'enquirent de ses projets. Après certains détours, Augustin Lafargues leur apprit que son journal lui avait demandé d'enquêter sur le meurtre de Brest. Madeleine parut plus intéressée que Sylvia. Circonspecte, celle-ci se taisait. L'autre rappela au journaliste, avec un brin d'humour, le bien-fondé de ses prédictions. N'avait-il pas affaire au judiciaire ?

Augustin répliqua que tant que leurs relations en restaient là, il n'avait rien à craindre.

— C'est pour cette raison que vous avez pris rendez-vous avec moi, demain ? demanda Sylvia d'une voix neutre. Devant l'air étonné de son vis-à-vis, elle ajouta :

— Les Augustin ne courent pas les rues. Pas besoin d'être voyante pour savoir qu'il s'agit de vous.

— Je suis un ancien copain de faculté de Quentin Le Gwen, le flic chargé de l'enquête…

— Ne me dites pas, répliqua la jeune femme, caustique, qu'il vous envoie à moi pour que je vous rancarde ! Je ne vous croirais pas !

Le journaliste se pencha vers elle en souriant.

— Vous êtes toujours aussi méfiante ?

Sylvia ne répondit pas tout de suite. Elle prit le temps d'allumer une cigarette.

— Pas tant que l'on joue franc jeu avec moi.

— Très bien. Alors, cartes sur table ! Ça doit vous aller, non ?

La jeune femme opina de la tête, devant l'air soucieux de Madeleine, un peu contrariée par cette joute oratoire.

Augustin Lafargues ressentit son trouble et essaya de parler de façon plus pondérée. Il était clair que la jeune voyante ne lui faisait pas confiance. Or, il était impératif pour lui d'obtenir son appui.

— Quentin Le Gwen n'a rien pu me dire, c'est vrai. Mais il ne s'est pas opposé à ce que je cherche une piste de mon côté ; au contraire. Je sais que l'assassin de ce type lui a mis une carte de jeu dans la bouche, après sa mort, je suppose. J'ai pensé, tout d'abord à une dette de jeu non honorée. Puis, j'ai su, par hasard, que Quentin Le Gwen prenait contact avec vous. J'en déduis donc que la carte du mort n'était pas tirée d'un simple jeu mais d'un jeu de Tarot. C'est exact ?

Pour toute réponse, Sylvia Nathan hocha la tête. Intriguée par ces révélations, Madeleine regardait sa consœur.

— Tu es au courant de cette histoire, Sylvia ?

— Oui… Je devais t'en parler, de toute façon.

Éprouvant le besoin de bouger, la jeune femme prit les trois bols de la table et les posa dans l'évier. Ses interlocuteurs, à la nervosité de ses gestes, devinèrent son anxiété. Mais contre leur attente, Sylvia se mit à pleurer. Ces sanglots les désarmèrent. Le journaliste ne sut de quelle façon réagir. Il ébaucha un geste vers elle puis se ravisa et se rassit. Alors Madeleine s'approcha de son amie et la prit dans ses bras.

Un peu calmée, Sylvia crut bon de justifier son accès de tristesse. Elle expliqua cette tension nerveuse dont elle ne parvenait pas à se débarrasser depuis la réception de cette maudite carte la prévenant du meurtre. Pourquoi la mêler à toute cette histoire ? Dans le meilleur des cas, l'assassin voulait-il tester ses dons de voyance ? Ou alors n'était-elle pas la cible véritable d'un jeu sadique dont elle ignorait les règles ? Depuis six mois qu'elle s'était installée à Brest une sorte de prescience l'avertissait d'un danger. De quelle nature ? Elle n'aurait su le dire. Pourtant, des saignements de nez à répétition, cette vague impression d'être épiée constituaient pour elle autant de signes avant-coureurs d'une menace !

Sans répondre à son amie, Madeleine quitta la cuisine pour revenir quelques secondes plus tard, une boîte en bois dans les mains.

— Tu vas me faire un jeu ? demanda Sylvia d'une petite voix. Mais, tu sais bien qu'on ne doit jamais tirer les cartes un dimanche !

— Tss, Tss ! Laisse-ça, tu veux bien… Je ferai une entorse à ma règle, aujourd'hui. Installe-toi, cesse de fumer et choisis douze lames.

Concentrée à l'extrême, Madeleine ne laissait paraître sur son visage aucune émotion. Au bout d'un moment, la voyante releva la tête et regarda sa consœur.

— C'est si mauvais que cela ? Vas-y, Madeleine. J'aime autant savoir. Au moins je serai certaine de ne pas mourir paranoïaque ! J'en ai tous les symptômes.

— Pas question de mourir, ma belle, répondit Madeleine avec vivacité, comme si elle avait voulu s'en persuader elle-même. Je l'en empêcherai…

— De qui parles-tu ? demanda la jeune femme d'une voix blanche. Je t'en prie, réponds ! Ne me mens pas. Qui me veut du mal ? Un homme ? Une femme ?

— Un homme, je crois… mais il se cache sous un masque.

— Tu veux dire qu'il a une double identité ?

— Oui, quelque chose comme ça. Tu le connais déjà… Ou tu vas le fréquenter… Il t'aime et te hait en même temps… C'est confus. Je crois que c'est son esprit qui est désordonné.

— Un malade mental ? suggéra le journaliste.

— Quelqu'un qui a peur de lui-même et de son passé.

Madeleine semblait éprouvée mais donnait le change à son amie. Augustin Lafargues perçut dans son regard lorsqu'elle s'adressa à lui, une sorte de terreur qu'infirmait pourtant un timbre de voix serein. Puis, soudain elle se leva comme si elle voulait échapper à l'examen du journaliste et se dirigea vers le buffet. Elle en sortit un bocal de cerises à l'eau-de-vie qu'elle proposa à ses invités.

— C'est la guerre, Sylvia, mais on ne va pas se laisser abattre. Il ne nous aura pas !

Sylvia lui demanda alors ce que ce “nous” signifiait. Madeleine, en amie, prenait-elle fait et cause pour elle ? Pourtant, la vieille voyante hocha la tête, malicieuse et sibylline. Tout en recrachant un noyau, elle déclara, devant ses hôtes stupéfaits qu'elle aussi, par un biais quelconque, se retrouverait mêlée à cette histoire. Puis, elle ajouta, plus sérieuse, qu'elle ne craignait pas de mourir. Sylvia eut alors un haut-le-corps, mais son amie lui prit la main, rassurante. Il n'était pas question de sa jeune consœur, mais d'elle. Si Dieu le lui avait permis, elle serait déjà partie rejoindre son Pierre et leurs deux enfants, morts tous trois dans un accident de la route.

— Mais tu penses vraiment que l'on risque de mourir ? l'interrompit, Sylvia, angoissée.

— Un jour ou l'autre, sûrement !

— S'il te plaît, Madeleine, ne plaisante pas avec ça ! Essaie de préciser ta voyance.

— Je te donnerai un conseil, ma petite fille. Lorsque tu sentiras le danger, fie-toi à ton instinct. Il saura te préserver. Il y a cependant autre chose… J'ai une vision que je n'arrive pas à chasser… Des plumes qui volent… Cela ne te dit rien ?

Sylvia eut une moue dubitative. Elle chercha une symbolique possible à ce flash ; en vain. Cependant Madeleine était convaincue : Sylvia devait impérativement se méfier des plumes blanches, porteuses de mort.

— Vraiment, j'ai beau réfléchir, je ne vois pas… Tu penses que l'assassin a un rapport avec ces plumes ?

Augustin Lafargues s'éclaircit la gorge :

— Peut-être serait-il taxidermiste, collectionneur d'oiseaux ou alors matelassier ?

La voyante sollicitée en doutait. Pour elle, les deux histoires ne se recoupaient pas. Toutefois, elle aurait pu jurer que le meurtrier de la rue de Siam referait parler de lui.

— D'autres crimes vont avoir lieu, Madeleine ?

— Oui, et d'ici peu hélas. Sylvia, cherche bien dans ton entourage… Mais, si tu perces à jour l'assassin surtout ne lui montre pas. Sois vigilante !

C'est un peu inquiète que Sylvia prit congé de son amie, suivie de près par Augustin que Madeleine retint un moment sur le seuil de sa maison. L'intensité de son regard lorsqu'elle lui serra la main gêna un peu le journaliste.

— Vous ne vous connaissez pas bien, Sylvia et vous.

Pourtant, je vous la confie. Veillez sur elle et ne lui faites jamais de mal.

Puis, d'une voix plus légère, elle le convia à revenir la voir. Déconcerté, Augustin Lafargues quitta à son tour Madeleine. Tout autre que ses deux hôtes aurait considéré la voyante comme une sympathique toquée.

Cependant moins d'une semaine plus tard, l'avenir lui donnait raison…

☆

Samedi 12 Octobre.

Ce fut le samedi suivant que Sylvia Nathan reçut le courrier tant redouté. Elle reconnut tout de suite l'enveloppe, pourtant banale. C'était comme si le simple contact du papier lui avait brûlé les doigts. Elle hésita un bon moment avant de se décider à l'ouvrir. Un peu comme une mère de famille n'osant pas lire le relevé de notes trimestriel de son cancre de fils ou un sur-endetté incapable de décacheter lui-même une missive de la banque, elle prit le parti de téléphoner à Hélène pour lui demander de passer une minute chez elle.

La fleuriste n'avait pas encore relevé le rideau de fer de son magasin. Aussi fut-elle prompte à répondre à l'appel de son amie. Un seul coup d'œil sur le visage défait de Sylvia fixant avec crainte une enveloppe posée sur le coin de son bureau lui suffit à comprendre la situation.

— Tu en as reçu une autre ? C'est ça ?

La voyante haussa les épaules, incrédule.

— Tu ne l'as pas ouverte ? ajouta Hélène avec un soupçon d'incompréhension dans la voix.

— Je t'attendais… Je préférerais que…

— Ecoute, il ne sert à rien de rester là comme deux palourdes regardant un bigorneau faire un cross sur la plage. Cela risque d'être long ! De plus, inutile de multiplier les empreintes et de brouiller les pistes. Alors, un peu de courage, ma fille !

Le pragmatisme d'Hélène eut raison de la répugnance de Sylvia. Très rapide cette fois, la voyante se saisit d'un coupe-papier…

— Alors ?

Répondant à l'attente de son amie, Sylvia extirpa de l'enveloppe, non pas une, mais deux cartes. Hélène, sous le coup de la surprise, siffla à la manière d'un homme.

— Bonté divine ! Tu penses, Sylvia, que l'assassin va remettre le couvert pour deux personnes ?

L'interpellée eut une moue dubitative et retourna les cartes.

— Je n'en sais rien encore. Tout ce que je peux te dire, c'est qu'il a l'intention de récidiver le dix-neuf Octobre, à savoir samedi prochain. Oh, Hélène ! Que puis-je faire ?

La fleuriste ne répondit pas mais contourna le bureau et se saisit du téléphone. Après avoir composé un numéro, elle tendit aussitôt le combiné à son amie.

— Pour commencer, tout raconter à tes petits camarades ! Allez ! Du cran, ma jolie. Moi je me sauve. Le livreur doit faire le poireau devant mon magasin. Je repasserai dans la matinée.

Un quart d'heure plus tard, les inspecteurs Le Gwen et Le Fur prenaient la place d'Hélène dans le cabinet de consultation de la voyante. Tandis que Michel Le Fur, à l'aide d'une pince, mettait les cartes et l'enveloppe dans un sac en plastique, Quentin Le Gwen demandait à Sylvia son avis sur la signification de ces deux lames.

— Je ne peux pas me mettre à la place du tordu qui vient de me les envoyer. A quoi correspondent ces figures pour lui ? Mystère…

— Mais pour vous, mademoiselle ? insista Le Gwen.

Sylvia prit alors sur son bureau ses propres cartes aux couleurs passées à force d'être manipulées, et en sortit deux du paquet ; la Papesse et la Maison-Dieu. L'inspecteur Le Gwen tapota la seconde de l'ongle, déclarant que celle-là ne lui revenait pas, bien qu'il fût incapable d'expliquer sa répulsion.

— Vous avez raison, inspecteur. Et je pense d'ailleurs que, d'une façon inconsciente, tout le monde ressent la signification des lames majeures du Tarot, même sans avoir été initié.

La voyante tenta alors d'éclaircir la symbolique de la seizième lame du Tarot de Marseille : la Maison-Dieu. Consciente de s'adresser à deux novices en la matière, elle prit soin d'être aussi limpide que possible. Cette carte, la plus néfaste du jeu, suivait logiquement celle du diable. Censée représenter l'effondrement de la tour de Babel, elle indiquait dans ses sens généraux le châtiment lorsque l'on s'est dévoyé, l'échec et la ruine sur le plan financier, dans le domaine sentimental une rupture affective, un divorce, dans celui de la santé une blessure physique, une hospitalisation ou la mort d'un être cher…

— Rien de réjouissant, en conclut Quentin Le Gwen.

— N'oubliez jamais que rien n'est tout noir, rien n'est tout blanc. La lumière n'existe que par rapport à l'ombre. Ainsi, même la Maison-Dieu peut être bénéfique. Lorsque votre vie est un enfer, un bouleversement sur un constat d'échec est souhaitable, non ?

— Je ne vous contredirai pas, répondit Le Gwen. Et l'autre carte, est-elle aussi terrible ?

Sylvia eut un sourire en caressant la lame en question. Elle aimait bien cette figure de la Papesse. Pour la voyante, elle symbolisait la fécondité dans tous les domaines ; soit la rencontre d'une femme pour un homme, soit une progression de la vie financière, soit l'indice d'une grossesse. C'était pour Sylvia, la représentation de la mère qui tient contre son giron, le livre de la vie.

Le Fur interrompit la voyante dans son discours.

— Elle a l'air sympa, comme ça, votre donzelle. Mais je suppose qu'elle a aussi ses petits défauts, la coquine !

Réprimant une envie de rire, Sylvia se dit que tirer les cartes à ce petit inspecteur moustachu et rondouillard ne devait pas être une sinécure.

— Vous avez raison, inspecteur. Mal placée, la Papesse peut signifier la passivité, des retards, la bigoterie, ou pire, la rancune et le fanatisme.

— Nous voici éclairés, reprit le petit homme qui n'en pensait sans doute pas un mot. Mais que peuvent dire ces deux cartes l'une à côté de l'autre ? Et ne cochez qu'une croix dans la case réponse, mademoiselle.

Etait-ce une autre boutade ? Sylvia Nathan n'aurait su le certifier. Heureusement pour elle, Quentin Le Gwen vint à son secours et regarda son coéquipier d'un œil noir.

— Je suis consciente de votre difficulté à me suivre. Mais que voulez-vous, la cartomancie n'a rien à voir avec un exercice d'algèbre ! Une carte peut signifier des dizaines de choses, tout dépend de sa place dans un jeu, de sa situation par rapport à une autre carte, de sa maison…

— Ah ! Parce qu'elles ont aussi un petit chez soi ? ironisa Le Fur malgré lui.

— Je parle des douze maisons astrologiques, déclara Sylvia pète-sec. Regardez, et essayez de comprendre !

Enervée, la voyante plaça sur la table le Bateleur, la lame XIII, la Papesse, le Diable et la Maison-Dieu. Elle expliqua aux deux inspecteurs que les cartes, mises dans cet ordre, voulaient dire la mort d'un conjoint. Si elle remplaçait la Papesse par le Soleil, il s'agissait alors de la mort d'un enfant. Et si, à ce nouveau jeu, elle enlevait le Bateleur et la Maison-Dieu qu'elle remplaçait par l'Ermite, il était là question de pouvoirs occultes.

— Si je vous suis bien, décréta Le Gwen, il y a autant de combinaisons qu'au loto, par exemple.

— C'est un peu ça, oui, admit Sylvia.

— Mais ne croyez-vous pas, reprit l'inspecteur Le Gwen, que si je tirais, sans les regarder, quatre cartes du jeu, le rapport entre ces lames serait purement fortuit ?

Sylvia se leva, prit une cigarette et en offrit à ses visiteurs. Un peu décontenancée par l'attitude rétive des inspecteurs, elle éprouvait le besoin de se détendre. Puis elle leur expliqua, le plus simplement possible que, si l'un d'eux se concentrait sur une question à poser, la réponse obtenue par les cartes choisies serait toujours identique, même s'il recommençait l'opération trois fois de suite.

Réitérant la demande de Le Fur au sujet de la combinaison des deux cartes reçues, Le Gwen sollicita à nouveau l'avis de la voyante.

— Je ne peux pas prouver de manière cartésienne mon intuition, mais la Maison-Dieu à côté de la Papesse évoque pour moi la mort d'une femme…

A peine Sylvia terminait-elle sa phrase qu'une vision fulgurante s'imposa à elle. Un enfant… Mon Dieu… Ce n'était qu'un enfant ! Avec quelle violence il frappait sa mère prostrée à terre. Aime-moi, maman… Non !

— Cela ne va pas mademoiselle ? Vous vous sentez mal ?

Michel Le Fur s'était précipité vers la voyante qui, vacillante, donnait tous les signes d'une proche syncope. Cependant, elle se ressaisit très vite et écarta, d'un geste de la main, la sollicitude des deux hommes.

Tandis que Le Fur diagnostiquait une grippe précoce et préconisait un lait de poule bien chaud avec très peu de lait et beaucoup de rhum, Sylvia, tout à fait remise, se demandait si elle devait ou non faire part de son flash aux inspecteurs. N'allaient-ils pas la taxer de folie ? Elle prit, malgré tout, le parti de parler. Que lui importait son amour-propre si elle réussissait à sauver une vie…

Contre son attente, les deux hommes l'écoutèrent avec beaucoup d'attention.

— J'ignore la signification de votre vision, mademoiselle Nathan, réfléchit Le Gwen, mais je suis formel sur ceci : un enfant n'a pas pu tuer Marcel Lecerf. D'après l'angle du coup porté au forain, son assassin devait être sensiblement plus grand que lui.

Sylvia Nathan balaya alors ses doutes et tous trois s'attachèrent à trouver des connotations simples liées au nom des cartes. Après tout, Marcel Lecerf exerçait le même métier que le Bateleur censé le représenter.

— La Maison-Dieu, suggéra Le Fur, ne vous fait pas penser à l'Hôtel-Dieu ?

— Tu veux dire un hôpital, Michel ? Oui, c'est possible, admit Le Gwen. Au Moyen Âge, on appelait "hôtel" une maison… A moins qu'il ne s'agisse tout bêtement d'une église. C'est le premier sens de la "maison de Dieu".

— N'oublions pas la symbolique de la carte, interrompit Sylvia. Que vous évoque la Tour de Babel ?

— La tour la plus haute qui fut construite, répondit Le Gwen. Soit ! Et où se trouve l'immeuble le plus élevé de Brest ?

— Dans le quartier de Bellevue, il me semble, dit Le Fur. On vérifiera.

Le Gwen résuma la situation. Une femme, selon toute vraisemblance, allait être assassinée le samedi suivant, dans un hôpital, une église ou une tour. Le champ d'investigation était large. A supposer que l'on pût poster un homme à tous les endroits stratégiques de la ville, on ignorait l'heure à laquelle se produirait le crime et surtout l'identité de la victime.

Des Papesses ne couraient pas les rues. Avaient-elles un jour existé au moins ?

Sylvia crut bon d'éclairer la lanterne des policiers à ce sujet. Une légende stipulait qu'une femme aurait occupé le siège de Saint-Pierre sous le nom de Jean VIII, durant deux années et quelques mois. Personne ne se serait rendu compte de sa véritable identité jusqu'au jour où elle se serait retrouvée enceinte de l'un de ses proches. Au cours d'une procession, elle aurait accouché à Rome, non loin du palais de Latran. Ulcérée, la foule se serait jetée alors sur elle et l'aurait tuée ainsi que son enfant. Ce mythe est resté tellement gravé dans la croyance populaire que, depuis, lors de l'élection d'un pape, il est d'usage, chez les cardinaux, de vérifier la masculinité du nouvel impétrant.

— Ils me toucheraient là, ces empaffés, grommela Le Fur, qu'ils feraient aussitôt demi-tour dans leurs jupes !

Le Gwen le rassura. Son collègue ne courait pas plus de risques d'être pressenti pape qu'un ayatollah de chanter du hard-rock. Puis, sérieux cette fois, le policier suggéra que la figure de la Papesse pourrait fort bien évoquer une religieuse.

D'accord sur ce point, tous trois entamèrent une discussion sur la marche à suivre. On vérifierait qu'une religieuse n'était pas hospitalisée et on essaierait de poster un homme devant chaque église le samedi suivant, avec ordre de surveiller les bonnes sœurs qui s'y rendraient.

— Nous devons tout faire pour protéger cette femme, supplia Sylvia, même si la tâche est rude et que les voies de Dieu sont impénétrables…

— Celles des religieuses aussi, notez bien, ajouta Le Fur avec sa finesse coutumière.

*

Après le départ des policiers, Sylvia annula, par téléphone, tous ses rendez-vous de la journée. Elle ne se sentait pas la force d'écouter les problèmes des autres. Une demi-heure plus tard, elle poussait la porte du magasin d'Hélène. La fleuriste s'avança d'un pas vif vers elle.

— Alors ! Raconte ! Ils sont bien restés deux heures chez toi !

Avec son regard avide de tout connaître et des traces noires qui lui barraient le front et une joue, Hélène avait l'air si comique que Sylvia éclata de rire et fit part de son hilarité à son amie. La fleuriste, se targuant toujours d'être soignée de façon impeccable, rougit de confusion. Dans l'attente de nouvelles de son amie, elle avait entrepris de faire le grand ménage dans son arrière-boutique.

Sylvia fut peinée de la décevoir mais elle avait promis aux inspecteurs une stricte discrétion quant à leur conversation. Quentin Le Gwen avait même ajouté, en lui serrant la main que, si un journaliste de leur connaissance s'emparait de l'affaire et la divulguait, cela créerait une véritable panique dans Brest. La voyante avait fait semblant de ne pas comprendre l'allusion mais elle se demandait comment ce diable d'homme avait appris son entrevue avec Augustin Lafargues.

☆

Samedi 19 Octobre.

— Alors, c'est décidé... Tu ne viens pas avec moi ?

Dans son petit appartement, Philippine Leroy tentait, sans grand bonheur, de maîtriser une colère qu'elle ne dominait pas.

Les bras croisés, la pétulante journaliste arpentait son séjour à longues enjambées, repoussant d'un coup de pied un sac de voyage avachi sur la moquette, qui la gênait lors de ses va-et-vient incessants.

— Arrête de tourner ainsi ! Tu me donnes le vertige. De plus, cela ne changera rien à ma décision.

Allongé sur le lit, Augustin Lafargues attendait que son amie se calme pour pouvoir s'expliquer.

— Et qu'est-ce que je vais dire à Françoise et Bruno, moi ? Tu y as pensé ? On avait décidé d'aller ensemble à cette soirée ! Et toi, tu gâches tout, comme d'habitude.

— Ah, pardon ! apostropha le journaliste qui, pour le coup, se leva et chercha son pantalon et sa chemise. "Tu" as décidé pour moi, ma grande, et sans me consulter ! Si tu me l'avais demandé au préalable, je t'aurais prévenu ! Jamais, je ne mettrai les pieds chez ces snobs.

— Quoi ! hurla la jeune femme. Mais tu ne les connais même pas.

— Raison de plus. Que cela soit dit. Je n'ai aucune envie de connaître tes amis ni de participer à leur rallye mondain. Je vois d'ici le tableau et j'aurais honte d'y figurer. Entre ton Pierre-Henry, le plus à gauche de la bande d'après tes dires, mais qui organise tout de même une virée à Paris pour manifester contre les droits des homosexuels sous le prétexte fallacieux de préserver la famille - comme si le péquin moyen n'aimait pas la sienne, de famille et empêchait le Pierre-Henry de croître et de se multiplier ; et l'autre, ton Clément, il porte bien son nom, celui-là - qui joue au Saint-Vincent de Paul le samedi soir en militant pour les restau du cœur mais qui, le reste de la semaine, accuse les maghrébins d'être responsables du trou de la sécu. Tu n'as pas vu mes chaussettes ? Et tout ce petit monde se retrouve à la messe le dimanche, comme de bien entendu. Ils ont seulement oublié de décoder les paroles de l'Evangile et préfèrent l'Eglise au Christ.

Raide comme la justice, Philippine mâchait sa rancune. Elle s'approcha de son compagnon et lui jeta ses chaussettes à travers la figure.

— Et toi, tu t'es vu ? Tu es la caricature de ceux que tu représentes. Raisonnant sur tout et sur rien, éprouvant le besoin d'expliquer pourquoi l'abeille s'est posée sur une marguerite et non sur une rose, alors qu'il fait beau, qu'on se promène et que tout le monde s'en fout ! Toi et tes donneurs de leçons, balayez devant votre porte votre science infuse et sectariste ! Vous qui avez l'impression de commettre un acte politique quand vous allez acheter deux tranches de saucisson, alors que le quidam s'en va tout bonnement chez le charcutier ! Vous dont les plumes se gonflent sous l'effet d'une brise d'auto-satisfaction lorsque, sous couvert de bons sentiments, vous appliquez une doctrine démagogique sans aucun rapport avec le monde actuel ! Ce que vous pouvez être chiants !

— Ce mot, dans ta bouche, fait tache, Philippine.

Attention à ne pas l'employer devant tes amis. Où est ma chaussure gauche ?

— C'est pourtant celle que tu ne devrais pas perdre.

Cette âpre discussion finit là. En silence, Philippine Leroy acheva de préparer son sac tandis qu'Augustin Lafargues cherchait sa chaussure. Alors que le journaliste, fin prêt, tournait la poignée de la porte sans avoir salué sa compagne, celle-ci, radoucie, l'interpella :

— Tu ne me dis même pas au revoir ? Je peux savoir ce que tu vas faire de ton week-end ?

— Ce soir, je n'ai rien de prévu mais demain, je pense aller me promener avec Madeleine.

Philippine ne comprenait pas pour quelle raison Augustin s'était réellement entiché de cette vieille sorcière. Qu'il eût pu préférer la compagnie de la voyante à la sienne vexait la jeune femme au plus haut point mais, dans un repli stratégique, elle rongea son frein et se tut. Elle tenait à garder avant tout l'amour de son compagnon même si rien, ou presque, dans la vie courante, ne les rapprochait. Elle aimait le sel et le piment.

*

Au même moment, dans un hameau de Plougastel-Daoulas, Jeanne attendait son prince charmant. Jamais elle n'aurait cru que pareille aventure pût lui arriver, à elle, qui avait passé une partie de sa vie à soigner sa mère grabataire. Et le miracle avait eu lieu, comme tous les miracles, de façon purement fortuite. En époussetant pour la troisième fois de la journée son buffet rustique - il lui avait dit adorer la propreté quand elle lui avait demandé s'il ne la trouvait pas trop maniaque -. Jeanne se remémora le hasard incroyable qui avait présidé à leur rencontre, un mois auparavant. Pourtant, elle n'avait guère l'occasion de sortir de chez elle ! Tous les samedis, le car passait dans le hameau et la conduisait au bourg. Elle y faisait ses courses pour la semaine, assistait au service religieux, allait manger ensuite une pâtisserie en papotant avec des connaissances, toutes plus âgées qu'elle d'ailleurs, et revenait chez elle par le car mis à la disposition des habitants. Rien ne venait troubler l'ordre établi. Les conversations étaient rares, dans le lieu-dit où trois maisons, dont une en ruine, grignotaient les bas-côtés de l'étroite route en lacets. Ses seuls voisins, les Grimaud, étrangers au pays, ne vivaient là que depuis quatorze ans. On ne pouvait donc pas bâtir de véritables relations avec eux. La mère de Jeanne, d'ailleurs, en fine mouche, se méfiait de ce couple qui recevait beaucoup au début de son installation dans le pays. Quel sans-gêne alors, quand l'un de leurs invités garait sa voiture juste devant les fenêtres de Jeanne. Elle ne pouvait même plus fermer ses volets ! Et il fallait supporter leur musique à tue-tête une bonne partie de la nuit ! Sa mère, déjà insomniaque, martelait le plancher avec sa canne pour demander à Jeanne d'agir. Mais qu'aurait-elle pu dire à ces gens qui avaient sûrement plus d'instruction qu'elle ?

A ce mauvais souvenir, Jeanne, seule dans sa cuisine, hocha la tête. La pénombre envahissait la pièce mais elle attendrait un moment avant d'allumer. Tout était-il prêt ? Le couvert… oui. Le bouquet sur la table… d'accord. Elle passa devant l'unique glace de la maison qui lui renvoya le reflet de toute sa vie, terne. Sa seule coquetterie quand elle était vraiment obligée, pour sa toilette, de se regarder dans ce miroir, consistait à s'enorgueillir de ne pas avoir de rides ni de cheveux blancs. A près de cinquante ans, ce n'était déjà pas si mal ! Au début de sa relation - en tout bien tout honneur - avec son ami, cette question d'âge l'avait travaillée. Il paraissait tellement plus jeune qu'elle ! Mais il avait trouvé les mots justes - elle ne savait plus lesquels d'ailleurs - pour lui prouver qu'un couple durait plus longtemps lorsque la femme était plus âgée que l'homme. Un couple… Elle n'en était pas encore là… Quoique… Il lui avait promis une belle surprise pour ce soir… Saurait-il au moins ouvrir les huîtres ? Zut, elle avait oublié la bouteille de blanc. Que faire ? Les hommes, en général, aiment accompagner leur repas d'un verre de vin.

Il était trop tard pour retourner au bourg. D'ailleurs, comment y serait-elle allée ? Très embêtée, Jeanne décida en dernier recours d'aller frapper à la porte des Grimaud pour leur demander de lui prêter cette bouteille. Après tout, elle leur avait cédé quelques pieds de salades le mois précédent. Et elle trouverait bien un prétexte pour qu'ils ne croient pas qu'elle aimait boire un coup, en cachette.

Cinq minutes plus tard, Jeanne était revenue dans sa cuisine. Une bouteille de vin rouge trônait sur la table. D'après les connaisseurs, le vin blanc eut mieux convenu avec une dorade au four, mais bah ! Louise Grimaud n'avait fait aucune histoire pour lui céder le flacon, au contraire même. Elle avait peut-être eu un petit sourire en coin, en lui souhaitant une bonne soirée, mais Jeanne avait réussi à cacher son jeu. Son ami le lui avait expressément recommandé et elle ne tenait pas à le décevoir.

Comme il ne lui restait plus rien à faire, elle se cala dans son fauteuil, à son poste d'observation : la fenêtre. Elle savait pertinemment qu'il était trop tôt pour qu'il vienne - il lui avait précisé entre dix-huit heures quarante-cinq et dix-neuf heures quinze - mais elle voulait savourer ce moment unique dans sa vie, sa première attente amoureuse. Jamais encore il n'avait dîné chez elle. D'ailleurs, en y réfléchissant, ils ne se voyaient pas si souvent que cela. Le lundi, en général… ou quelquefois après dîner ! Ils discutaient de tout et de rien devant une tisane. Elle se rappelait encore l'après-midi où ils s'étaient rencontrés.

Comme il s'était trouvé confus, le pauvre ! Quelle sale blague on lui avait faite ! C'était juste après le départ des Grimaud pour le baptême d'un neveu. Il avait sonné à sa porte, demandant à visiter la maison. Au bourg, quelqu'un lui avait dit qu'elle était à vendre. Jeanne s'était jurée de retrouver ce farceur et de lui montrer sa façon de penser. Devant son air déconcerté, elle lui avait offert de prendre le thé.

C'était lui, elle reconnaissait le bruit et la couleur de sa voiture. Vite, elle remit de l'ordre dans sa tenue pourtant impeccable, défroissant les plis hypothétiques de sa jupe. Comme à son habitude, il garait sa voiture derrière la maison, dans l'enclos, pour ne pas faire jaser les Grimaud.

En ouvrant à l'homme de sa mort, Jeanne ne put s'empêcher de manifester sa joie, tant elle était heureuse à la perspective de passer une bonne soirée avec lui.

Le dîner fut gai ; il la complimenta sur ses talents de cuisinière.

— Vous êtes sûr de ne pas vouloir encore un peu de dorade ? Allez, laissez-vous tenter.

Elle se surprit elle-même en flagrant délit de minauderie.

— Non merci, chère Jeanne. C'était vraiment délicieux. Mais nous ne devons pas trop tarder. Avez-vous oublié ? La surprise…

Sous l'effet du plaisir, les yeux de Jeanne s'embuèrent et elle rougit comme une collégienne. Il lui en fit la remarque et ils en rirent tous les deux.

— Vous ne pouvez vraiment rien me dire ? Il faut sortir d'ici ?

— Oui, Jeanne. Mais avant la surprise, nous nous rendrons à la messe, à Brest.

Cette réplique de son ami fut un choc pour Jeanne. Comment avait-elle pu oublier l'office religieux du samedi soir ? Elle qui n'en avait jamais raté un au cours de sa vie, sauf lorsqu'elle était grippée. Il fallait vraiment qu'elle eût la tête à l'envers… Et il avait raison de la rappeler à ses devoirs.

— Bien entendu… Je prends une veste et nous y allons. Si nous voulons arriver à l'heure, il est temps de partir.

Alors qu'il démarrait sa voiture, la porte des Grimaud s'ouvrit sur le couple tenant leur chien en laisse. Il passa devant eux en trombe et prit soin de regarder dans la direction opposée.

— Vous n'allumez pas vos feux ? On n'y voit vraiment rien !

— Oh ! Excusez-moi, Jeanne. Je suis si distrait ! Je ne voulais pas vous causer d'inquiétude.

Il pouvait même mettre plein phares à présent. Tout danger était écarté.

— Ce sont mes gants. Ils ont glissé sur la manette.

Au début, elle avait trouvé étrange qu'il garde ses gants, même pour boire le thé, ou, tout à l'heure, pour manger. Il disait souffrir d'une inflammation chronique de la pulpe des doigts et s'excusait, le pauvre, de ne pas pouvoir les ôter.

Ils trouvèrent une place sur le parking des halles Saint-Louis. Sur le parvis de l'église, alors qu'il donnait le bras à sa future victime, il avisa, sous le porche, un homme qui arrêta au passage une femme. Tandis qu'ils entraient à leur tour, sans s'être fait remarquer, il attacha son regard sur la poitrine de cette inconnue. Agrafée à sa veste, une croix en argent scintillait : une bonne sœur. Il sourit… Il trouva le service religieux un peu long à son goût. De temps à autre, il lorgnait sur le profil de sa compagne. La véritable ferveur qu'il lisait sur son visage l'embellissait. D'un côté, pensa-t-il, ce serait un moindre mal pour elle. Il l'aimait bien, Jeanne, elle était gentille. Le fait de devoir la tuer impérativement dans une église compliquait un peu les choses mais elle coopérerait, à son insu, évidemment. Il avait fallu, cependant, lui toucher un mot du plan qu'il avait conçu.

Jeanne avait du mal à prier tant elle était excitée. Bribe par bribe, elle avait réussi à voler le secret de son ami et en concevait une grande fierté. Elle aurait tout à fait pu jouer les espionnes… La situation peu banale était sans doute excentrique mais, bah… Il fallait excuser les manies des vieilles dames. Dieu sait si sa propre mère avait les siennes ! Tout de même… attendre que tous les fidèles soient sortis de l'église, se laisser enfermer pour la rencontrer, ce n'était pas courant… Elle observa, de biais, le visage de son compagnon. Comme il aimait sa maman, lui aussi ! Quelle drôle de tradition, malgré tout. De génération en génération, de mère en fils, le même rituel se perpétrait depuis plus de deux siècles ! Comment se prénommait déjà son ancêtre qui, sous la Terreur, avait inauguré ce rite ? Camille… Quel sens du romanesque ! Défiant les lois cruelles de l'époque, il s'était caché avec sa fiancée dans une chapelle où sa mère les avait unis devant Dieu, alors que dehors, la tête du curé était baladée en haut d'une pique par les sauvages…

Peu coquette, Jeanne ne pouvait néanmoins s'empêcher de penser à la bague de fiançailles que lui offrirait sa future belle-mère, tout à l'heure… Elle avait hâte !

Une foule bigarrée quittait à présent l'église. Tandis que le prêtre et les servants regagnaient la sacristie, il conduisit Jeanne, à l'abri des regards, vers les fonts baptismaux. Bien sûr, il devrait traîner le corps jusqu'à l'endroit choisi par lui depuis longtemps. Tuer Jeanne là-bas eût été plus simple, mais l'entreprise trop risquée. Il n'y avait pas de cachette possible en attendant le moment propice.

— Baissez la tête. Jeanne. On risque de se faire repérer, chuchota-t-il à l'oreille de sa victime

— Etes-vous certain que votre mère se cache ici, également ? murmura-t-elle.

— N'ayez aucune inquiétude à ce sujet. Je l'ai aperçue avant la sortie des fidèles. Elle a trouvé refuge de l'autre côté de la nef. Elle restera sur place jusqu'à ce que toutes les lumières soient éteintes et les portes fermées. Alors seulement, comme le veut notre tradition familiale, elle nous rejoindra. Et maintenant, taisons-nous. J'entends quelqu'un.

Le tout jeune inspecteur Merlot, accompagné du bedeau parcouraient le déambulatoire et ralliaient les bas-côtés. Leurs pas résonnaient sur les dalles de pierre qui faisaient crisser leurs chaussures. Par acquis de conscience, l'inspecteur fouilla les anciens confessionnaux ainsi que la chaire.

— Tout me semble normal ici…

— Espérons que vos collègues se soient trompés. Vous rendez-vous compte ! Choisir une église pour accomplir une pareille abomination ! Dieu merci, il ne se passera rien dans notre paroisse ! Ni dans les autres non plus… s'empressa de rajouter le bedeau, de peur de se faire taxer d'égoïsme alors qu'il n'était que soulagé.

La voix des deux hommes, amplifiée par un effet d'écho, parvenait à l'autre bout de l'église. S'il avait su prier, il l'aurait fait pour que ces deux imbéciles se taisent enfin. Son seul atout : la confiance aveugle de Jeanne en lui.

— Que disent-ils ? marmonna celle-ci. On ne comprend pas bien… On dirait qu'ils cherchent quelqu'un…

— Oui, Jeanne, fit-il dans un filet de voix… Lorsque nous sommes entrés dans l'église, je les ai entendus parler d'un pilleur de troncs.

— Quelle horreur ! répondit-elle en se serrant un peu plus contre son compagnon.

Si l'intuition de Jeanne avait été plus développée, elle aurait choisi ce moment pour le bousculer et s'enfuir à toutes jambes vers ces hommes qui l'auraient sauvée.

L'inspecteur Merlot s'arrêta à quelques mètres des fonts baptismaux et se retourna pour contempler une dernière fois l'ensemble de l'église. Les cierges allumés répandaient une douce odeur de cire qui se mêlait à celle de l'encens, plus ténue. Tout était calme.

— Je peux fermer, monsieur ?

— Oui… J'arrive.

Les pas s'éloignaient. Il tâta, à travers le tissu de sa poche, la clef dont il se servirait tout à l'heure. Prendre les empreintes de la serrure et faire un double avait été un jeu d'enfant. Le verrouillage de la porte, rendant l'église à ses ombres mystiques, retentit sous la voûte comme une note plaintive.

— On peut sortir, maintenant ? Je suis tout ankylosée…

— Oui, venez, Jeanne. Approchons-nous des cierges. Nous y verrons mieux.

Il prit soin de ne pas la regarder tout de suite. Il sentait l'exitation le gagner et savait, par expérience, que Jeanne lirait aussitôt dans ses yeux sa condamnation à mort.

Sans doute, moins maître de lui que la fois précédente, ou peut-être engourdi par la position accroupie qu'il avait fallu garder quand il se cachait, il dut s'y reprendre à deux fois.

Avant de se taire pour l'éternité, la bouche de Jeanne, emplie de sang, formula un "pourquoi ?" dans un affreux borborygme.

— Pourquoi, Jeanne ? Mais enfin, parce que vous êtes la Papesse !

Elle mourut avant de connaître la réponse à sa question. Mais elle ne l'aurait de toute manière pas comprise…

☆

Dimanche 20 Octobre.

Ce fut la première fois sans doute, de son histoire, que la paroisse de Saint-Louis dut annuler son service religieux dominical. Des placards sous le porche conviaient les fidèles à rejoindre d'autres lieux du culte.

Pourtant, à l'intérieur, de l'église close, c'était l'effervescence. Tôt le matin, le bedeau avait ouvert l'édifice à madame Sancéau qui venait, comme tous les troisièmes dimanches du mois - c'était son tour - fleurir le maître-autel. Cette femme avait un beau-frère dont le fils travaillait comme pigiste dans l'un des journaux locaux. Aussi, lorsque la police prévenue par ses soins arriva sur les lieux, elle eut la surprise de voir quatre journalistes et deux photographes déjà sur place. Ils parvinrent si bien à jouer des coudes qu'ils découvrirent en même temps que le commissaire Benoît et deux de ses inspecteurs, l'épouvantable vision.

Une femme gisait sur le sol, mains et pieds joints. Son front était barré d'une croix et sur l'épaule droite, deux cartes simulant une décoration grotesque, faisaient tache sur la veste sombre. Des traînées de sang partaient d'une dizaine de mètres plus haut, là où les cierges encore allumés illuminaient de leur tendre éclat une statue de la vierge.

Les journalistes semblaient abasourdis par l'aspect machiavélique de la mise en scène. Pour l'avoir vue déjà une fois non loin de là, rue de Siam, les policiers étaient moins impressionnés. L'inspecteur Le Gwen alla serrer la main de l'un des journalistes présents, Augustin Lafargues, puis attira un peu à l'écart le commissaire Benoît.

— En attendant le médecin légiste, me permettez-vous de téléphoner à Sylvia Nathan pour qu'elle nous rejoigne ici ? Peut-être verra-t-elle un détail qui nous aura échappé ? Je ne sais pas, moi… la signature d'un tordu qu'elle doit connaître ?

— Faites comme bon vous semble, Le Gwen, grommela le commissaire. Après tout, pourquoi pas… De toute façon nous ne sommes plus en comité intime, alors…

La jeune voyante, vêtue d'un élégant tailleur qui affinait encore sa silhouette, arriva dans l'église un quart d'heure plus tard. Le médecin légiste était déjà penché sur le cadavre. Pâle et les traits tirés, Sylvia Nathan salua d'un signe de tête Augustin Lafargues et s'approcha des inspecteurs Le Gwen de Le Fur.

— On sait qui elle est ? demanda-t-elle d'une voix blanche. Une religieuse ?

— Non… Elle avait ses papiers sur elle, comme Marcel Lecerf. Il s'agit d'une célibataire de cinquante ans : Jeanne Le Pape.

— Mon Dieu ! fit la voyante qui, sous le coup de l'émotion, fut obligée de s'asseoir. Comme nous avons été bêtes ! C'était encore plus simple !

— Que voulez-vous dire ? murmura Le Fur.

— La Papesse… Jeanne Le Pape. La Papesse Jeanne… C'est un nom si courant en Bretagne. Dire que cette femme a été condamnée à mort à cause de son nom…

L'inspecteur Le Gwen se serait giflé pour ne pas avoir fait tout de suite le rapprochement. Il bredouillait un *mea culpa* quand le médecin légiste lui fit signe de la rejoindre.

Augustin Lafargues profita de l'éloignement de son ancien copain de faculté pour s'asseoir à côté de Sylvia.

— Vous n'avez pas encore vu le corps… Voulez-vous qu'on y aille ensemble ? Je vous tiendrai par le bras, proposa-t-il gentiment. Vous avez l'air si ému.

Sylvia accepta volontiers l'offre. Depuis la mort de son ancien fiancé, elle n'avait pas eu l'occasion de revoir un cadavre et cette épreuve l'effrayait plus qu'elle ne l'aurait voulu. Elle serra fortement le bras du journaliste pour ne pas lui montrer combien elle tremblait et prit une profonde inspiration.

Ce que la jeune femme remarqua en premier lieu fut l'expression d'incompréhension qui figeait les traits de la morte. Elle connaissait bien son assassin, se dit Sylvia… Elle avait confiance en lui. Elle s'attendait à trouver sur le corps les cartes de la Papesse et celle de la

Maison-Dieu. Aussi ne fut-elle pas surprise de les voir sur l'épaule droite de la victime. La croix tracée à la lame sur le front n'étonna pas non plus la voyante. Elle en avait eu la vision lors du meurtre précédent.

Non... Ce qui intrigua le plus Sylvia fut l'angle droit, parfait, de la position du corps par rapport au mur que le sommet du crâne touchait. Pourquoi cette minutie ? Juste au-dessus du visage, était accroché à deux mètres du sol à peu près, un tableau de chemin de croix, comme on en voit souvent dans les églises, quand elles ne craignent pas les pillages. Il s'agissait de la septième station.

La jeune femme regarda le visage du Christ souffrant, tombé à terre sous le poids de sa croix et flagellé par un soldat romain. Elle lut au-dessous de la fresque l'inscription en lettres dorées : « Jésus tombe pour la deuxième fois. »

Deuxième fois... deuxième meurtre ? se demanda Sylvia. Il y en aurait donc un troisième ? Mais cette solution ne la satisfaisait pas outre mesure. Si l'assassin, réfléchit-elle, avait désiré choisir cette symbolique de l'icône, il l'aurait suggérée lors du premier meurtre... Alors quoi ? Le choix de cette septième station n'était sûrement pas anodin... On ne se donne pas autant de mal pour déplacer un corps. Il fallait qu'il y eût une raison. Songeuse, Sylvia choisit de parcourir l'église en partant de la première étape du chemin de croix jusqu'à la dernière. Si le meurtrier l'avait prévenue de ce nouveau meurtre, ce n'était pas en vain. “Il” ou “elle” la mettait au défi de trouver la logique. Car il y avait certainement une logique, aussi folle fût-elle.

Pendant ce temps, le médecin donnait ses premières conclusions au commissaire et à ses lieutenants.

— Le meurtrier s'est pris à deux fois pour tuer sa victime, messieurs. C'est le second coup de lame qui a achevé cette femme ; le premier n'ayant pas atteint le cœur. D'autre part, la pulpe de l'index et du majeur de la main droite sont légèrement brûlés et portent des traces de cire. On retrouve également ces traces sur sa veste.

— Preuve, s'il en fallait, que le corps a été déplacé... comme l'autre, décréta le commissaire. Mais pourquoi diable ne l'a-t-il pas laissée près des cierges où elle est tombée ?

— Le cinglé a peut-être eu peur qu'elle prenne feu ? suggéra Le Fur. Si elle avait cramé, ça détruisait son œuvre d'art...

— Mouais... admit Benoît malgré lui. Pourtant, il n'était pas difficile pour lui d'éteindre les cierges après coup.

Ah ! A propos, Le Gwen, lequel de nos hommes était de service ici, hier soir ?

— L'inspecteur Merlot, commissaire.

— Bon, appelez-le, j'ai deux mots à lui dire. Pendant ce temps-là, vous et Le Fur, vous rendrez chez cette femme. Elle vivait peut-être avec quelqu'un. Renseignez-vous aussi auprès des voisins. Je veux tout connaître d'elle, même la couleur de ses sous-vêtements ! C'est inimaginable, bougonna-t-il en s'éloignant, qu'une bonne femme se laisse enfermer dans une église après la messe.

Augustin Lafargues observait de loin le profil de Sylvia Nathan. La jeune femme s'était arrêtée devant une icône. Il alla donner un papier à son confrère qui prenait une ultime photo du corps de la pauvre Jeanne Le Pape à présent recouverte d'un drap blanc et portée par deux brancardiers puis se dirigea vers la voyante.

— Vous avez trouvé quelque chose ?

— Non, pas vraiment...

Mu par une impulsion, il s'enquit des projets de la jeune femme pour le déjeuner. Devait-elle rentrer chez elle ?

— Non... répondit-elle. Jean-Marc est sur l'eau, pour toute la journée.

Augustin Lafargues l'invita alors dans un petit restaurant marocain. Si le cœur lui disait... Ils pourraient parler de l'affaire de façon plus agréable.

Sylvia accepta volontiers l'offre. Elle éprouvait le besoin de se détendre et la perspective d'aller au restaurant, occasion fort rare pour elle, lui plaisait.

— Mais votre amie, s'inquiéta soudain Sylvia, ne trouvera rien à y redire ?

— Philippine ? Non... Elle passe le week-end chez des amis, à Rennes.

Sans qu'il sût pourquoi, la dernière intervention de la voyante agaça le journaliste. Peut-être encore sous le choc de la dispute avec la pétulante rousse, Sylvia avait-elle avivé le souvenir des différends entre lui et sa compagne...

Il était encore trop tôt pour pouvoir déjeuner. Les jeunes gens décidèrent d'aller faire quelques pas sur le port de plaisance. Une brise légère faisait chanter les mâts des voiliers alignés autour des pontons, le temps ensoleillé ne se prêtait pas à des conversations macabres. Aussi, à la demande de Sylvia, Augustin Lafargues parla-t-il de sa vie de journaliste. Ils se trouvèrent comme point commun les études de lettres initialement choisies par l'un et l'autre. Lorsqu'il était étudiant, Augustin se disait très attiré par la littérature engagée dans l'action. Malraux ou Garcia Lorca faisaient ses délices. De là au journalisme, le pas avait vite été franchi. Sylvia avait-elle eu un parcours semblable ?

— Oui et non, répondit la jeune femme. J'ai été prof de français durant quelques années puis j'ai quitté l'enseignement quand je me suis aperçue que seuls, ou presque, les écrivains ésotériques m'intéressaient.

— Vous voulez parler des initiés aux sciences occultes ? Ils ne doivent pas être légion !

— Si, détrompez-vous. Mais ils peuvent être lus aussi par tout un chacun. Prenez par exemple le cas de Virgile, ou plus près de nous, des auteurs aussi différents en apparence que Victor Hugo, Antonin Artaud, René Daumal ou Françoise Dolto…

— La psychanalyste ? Vous plaisantez ? Moi-même je l'ai lue et l'ai comprise… enfin, je le croyais jusqu'à aujourd'hui.

— Mais oui, bien sûr, rit Sylvia. C'est ce que je viens de vous dire. Elle n'a pas écrit pour une élite. Simplement lorsque, relatant des thérapies avec des nourrissons, elle parle aux bébés en leur expliquant qu'ils ont choisi de naître de leur père et de leur mère et qu'il faut donc assumer la situation, aussi difficile soit-elle…

— Vous pensez aussi que l'âme choisit sa vie future

avant de s'incarner ? s'étonna le journaliste. Mais c'est idiot ! Tout le monde serait alors beau, riche et intelligent !

Sylvia tenta de persuader son compagnon qu'il confondait les désirs de l'esprit, de l'intelligence avec les besoins de l'âme qui, pour s'élever, doit endurer des épreuves. Augustin Lafargues lui rétorqua que cette façon de voir les choses était bien pratique pour des gouvernements totalitaires. Le peuple, croyant subir le châtiment d'une vie antérieure, perdait alors toute velléité de révolte et continuait à subir, de génération en génération, le joug de leurs dirigeants !

Tous deux n'étaient absolument pas d'accord. Pourtant ils prenaient un certain plaisir à discuter ensemble et à tenter de se convaincre l'un, l'autre.

En arrivant au restaurant, alors qu'ils prenaient place, ils continuèrent sur leur lancée, négligeant le regard étonné du serveur surpris d'entendre des clients s'interroger sur l'existence de Dieu, fût-ce un dimanche.

— Un couscous, Sylvia ? Mais vous ne pensez pas que croire en Dieu et en la métempsychose en même temps, c'est paradoxal ? Oui monsieur. Et une bouteille de Sidi Brahim également.

— Non bien sûr, beaucoup de premiers chrétiens croyaient en la réincarnation jusqu'à ce qu'un concile de l'Eglise ne s'en mêle.

Augustin Lafargues profita de l'absence de Philipine pour fumer un peu plus que de raison. Tandis qu'on leur apportait des cafés, Sylvia dissertait sur le sujet de son mémoire de maîtrise. L'ésotérisme chez Gérard de Nerval.

— Vous rappelez-vous le poème *El Desdichado* ? lui demanda-t-elle.

— *Je suis le Ténébreux, le Veuf, l'Inconsolé, le Prince d'Aquitaine à la Tour Abolie. Ma seule Etoile est morte et mon luth constellé...*

— *Porte le Soleil Noir de la Mélancolie*, finit Sylvia, palliant au trou de mémoire d'Augustin. Eh bien, ce poème possède une dimension alchimique et une autre mantique, c'est-à-dire fondée sur la divination.

Et la jeune femme essaya d'expliquer au journaliste cette dernière lecture du poème. Pour ce faire, elle prit ses cartes du Tarot de Marseille dans son sac. En toutes occasions elle l'emportait. Puis elle raconta qu'un jour, pour s'amuser, elle avait voulu tirer un jeu à Nerval à partir des cartes implicitement indiquées dans cette strophe. La première d'ailleurs, la lame XV, celle du diable, n'offrait aucun mystère. Son nom, écrit dans la marge en face du premier vers par la main de Nerval, sur l'exemplaire d'Alexandre Dumas, l'attestait. Le Diable représentait le Veuf, le Ténébreux, Pluton, roi des Enfers, la deuxième carte, celle de la Maison-Dieu, la lame XVI était évoquée par la Tour Abolie.

Tout en parlant, Sylvia disposait ses cartes sur la table : le Diable en haut, la Maison-Dieu un peu plus bas à sa gauche. Puis elle sortit une troisième, l'Etoile, qu'elle plaça à la droite du Diable, en face de la Maison-Dieu.

— Vous ne remarquez rien, Augustin ? s'exlama-t-elle ravie.

L'incompréhension totale que manifesta le journaliste n'altéra pas l'ardeur de la jeune femme.

— Mais si ! glapit-elle, les yeux brillants. Je ne fais que me conformer aux directives de Nerval. Il tirait les cartes aussi, vous savez ! Et regardez ! Après cette strophe, c'est fini ! Il ne fait plus allusion à des lames du Tarot.

— Je ne vous contredirai pas, fit le journaliste, circonspect.

— Mais il en manque une ! continua la jeune femme. Si je veux lui faire un jeu, il faut une quatrième carte ! Il a le pour, ici en maison I, le contre, là en maison VII, le problème posé en maison X ; il faut la réponse, en bas, en maison IV.

— Ah bon ! Et cela est important pour les lecteurs de Nerval ? hasarda Augustin.

— Mais bien sûr ! trépigna Sylvia. C'est le testament du poète ! N'oubliez pas que *El Desdichado* s'appelait d'abord le Destin. Nerval a voulu brouiller les pistes. Or, lorsqu'il manque une carte dans un jeu, on fait la somme des autres. Tous les voyants le savent. Alors, si on additionne le chiffre quinze à seize, qu'on rajoute dix-sept, cela nous donne la somme de…

— Quarante-huit, compta Augustin, plus rapide.

— Comme il n'y a que vingt-deux lames majeures, on additionne quatre et huit, qui font douze.

Tandis que Sylvia cherchait sa quatrième carte, elle demanda au journaliste s'il se rappelait la façon dont était mort Gérard de Nerval.

— Il s'est pendu, craignant une nouvelle attaque de folie.

— Oui, et regardez la réponse à son jeu !

Augustin Lafargues prit la carte que lui tendait Sylvia. Il s'agissait de la lame XII, le Pendu...

Le journaliste siffla entre ses dents. Puis il demanda à la jeune femme si Nerval, en écrivant ce poème, avait déjà résolu de se pendre. Sylvia pensait que oui, mais il était trop long d'en expliquer les raisons. Tout tenait dans ce jeu de cartes.

— Pourquoi donc, insista Augustin, placez-vous cette carte en maison I, et cette autre en maison VII. C'est bien ça ?

N'obtenant pas de réponse, le journaliste releva la tête et regarda Sylvia. Son visage était devenu tellement blême qu'il se demanda si la jeune femme ne souffrait pas d'un malaise.

— Vous ne vous sentez pas bien ? Vous désirez sortir un peu ? s'inquiéta-t-il.

— Non, balbutia-t-elle. Répétez-moi ce que vous venez de dire.

Le journaliste avait totalement perdu le fil de ses pensées. Pourtant, Sylvia semblait abîmée dans une telle réflexion que son regard demeurait fixe. Elle pria son compagnon de demander l'addition. Il fallait à tout prix retrouver l'inspecteur Le Gwen...

Lorsqu'ils furent dehors, elle parut moins fébrile. Soucieux, Augustin Lafargues l'interrogea sur la cause de son émoi. Avait-il dit ou fait quelque chose de mal ?

Elle le regarda, interloquée, et le rassura. Il ne s'agissait pas de lui mais de l'assassin. Sans plus amples commentaires, elle emprunta le téléphone portable de son compagnon et composa le numéro que Quentin Le Gwen lui avait donné, en cas d'urgence. Le portable du policier grésillait. Il ne pouvait pas lui parler en ce moment mais lui donnait rendez-vous, une heure plus tard, chez elle.

*

Après avoir coupé la communication avec Sylvia Nathan, l'inspecteur Le Gwen fit part de sa perplexité à Michel Le Fur. La jeune voyante demandait à le voir. Excitée comme elle l'était, elle avait sûrement trouvé quelque chose…

Quant à eux, les inspecteurs savaient d'avance que leur périple à Plougastel-Daoulas ne serait pas des plus fructueux. Tout d'abord, ils avaient eu un mal de chien à trouver le hameau de Jeanne Le Pape, perdu dans les terres, au milieu d'un entrelacs de petites routes sinueuses, toutes semblables aux yeux d'un étranger au pays. Certes, la nature et les talus moussus qui jalonnaient naguère la campagne étaient préservés, mais trouver le fil d'Ariane dans ce labyrinthe tenait de l'exploit. Deux ou trois fois ils avaient dû demander leur chemin. On leur répondait invariablement : « Mais c'est simple ! Vous prenez la deuxième à droite, puis la troisième à gauche. Au stop vous tournez encore à gauche puis c'est la quatrième à droite. Là, vous verrez un calvaire. » Vexé, Quentin Le Gwen ne débouchait jamais sur ce fichu calvaire…

Quand, enfin, croyant s'être égarés et voulant faire demi-tour dans l'ancienne cour d'une ferme en ruine, ils s'aperçurent que la maison de Jeanne Le Pape, de l'autre côté de la rue, les narguait. Sortirent de la voiture deux inspecteurs de méchante humeur…

La fouille de la maison ne leur apprit pas grand-chose,

si ce n'est que la propriétaire des lieux était d'une propreté méticuleuse. Dépité, Quentin Le Gwen constata que deux assiettes, deux verres et des couverts avaient fini de sécher sur l'égouttoir de l'évier. Jeanne Le Pape avait un hôte la veille au soir, mais elle avait pris le soin de faire la vaisselle avant de partir. Donc, pas d'empreintes. Qu'avaient-ils mangé et où était le plat ? Il inspecta le réfrigérateur, en sortit le beurrier de ses mains gantées, puis il dénicha dans le four les restes d'un poisson. Il emballait le tout pour le laboratoire d'analyses quand il vit, près de la cuisinière, une bouteille de vin à moitié entamée. Elle alla rejoindre le beurre et le poisson.

Pendant ce temps, à l'étage, pour la énième fois de sa carrière, Michel Le Fur révisait ses classiques. Il défit tout d'abord le lit et s'empara du drap de dessous, sans même l'examiner. Il visita la corbeille à linge sale, inspecta l'armoire de fond en comble et passa dans la salle de bain. Il fut étonné de ne pas y trouver la moindre glace. Il récolta de menus objets dont une brosse à cheveux et, muni de son butin, descendit rejoindre son collègue.

Tous deux sortirent alors et firent le tour de la maison. Au pignon, un ancien enclos retint leur attention. Des empreintes de pneus dans la boue séchée y étaient visibles. L'inspecteur Le Fur se relevait quand il aperçut, de l'autre côté de la rue, un peu en contrebas, le visage curieux d'une femme derrière ses rideaux. Trois minutes plus tard, les inspecteurs frappaient chez les Grimaud.

Avant même de les saluer, la femme qui vint leur ouvrir leur déclara qu'elle venait d'avertir la police que deux hommes avaient pénétré chez sa voisine…

— Mais nous sommes de la police, rectifia Le Gwen.

— Oui, je sais... On m'a prévenu que tout était normal. Mais où se trouve mademoiselle Le Pape ? Elle a eu un accident ? s'inquiéta la femme.

Sans être profondément peinés par l'annonce du meurtre de leur voisine, monsieur et madame Grimaud parurent choqués. L'ancien ébéniste à la retraite et sa femme s'inquiétèrent de savoir si les inspecteurs avaient déjeuné. Comme Le Fur, intéressé, répondait par la négative, madame Grimaud, une femme vive, entre deux âges, s'éclipsa dans la cuisine afin de confectionner une omelette “à la fortune du pot”. Elle laissa à son mari le soin d'offrir à “ces messieurs” l'apéritif. C'est à ce moment-là que Quentin reçut l'appel de Sylvia Nathan.

Ils dégustaient à présent une omelette gargantuesque composée de tout ce qui avait pu tomber entre les mains de la maîtresse de maison. Le résultat était surprenant, et bon. Quentin Le Gwen en déduisit que son hôtesse était un être chaleureux et bienveillant. Leur conversation ne le démentit pas par la suite.

— Quand avez-vous vu Jeanne Le Pape pour la dernière fois ?

— Hier au soir, vers dix-neuf heures, inspecteur. Elle est venue m'emprunter une bouteille de vin que je lui ai donnée. Elle avait l'air un peu gênée de me demander ce service, pourtant si naturel entre voisins...

— Buvait-elle toute seule ? s'enquit Michel Le Fur.

— Sûrement pas. Mais elle avait quelqu'un à dîner, hein, Roger ? fit Louise Grimaud à son mari, dans un sourire.

Puis, se tournant vers ce dernier, elle lui rappela sa réflexion de la veille, dès que leur voisine avait eu le dos tourné. A sa manière de demander une bouteille en rougissant et de chercher un prétexte pour cela, Jeanne Le Pape devait recevoir un petit ami.

— C'était son genre ?

La réponse collégiale des Grimaud conforta l'opinion déjà faite des inspecteurs.

En tirant des bouffées de sa pipe, Roger Grimaud prit la parole. Jeanne Le Pape n'était pas une femme liante. Réservée et timide, elle avait passée sa jeunesse à soigner sa mère impotente et acariâtre. Lorsque cette dernière était morte, quatre ans auparavant, on aurait pu penser que sa fille profiterait un peu de la vie. Il n'en avait rien été. Au contraire. Toujours confinée entre ses murs, se satisfaisant de peu, Jeanne Le Pape semblait agir comme si elle eût encore subi le joug de sa mère. Telle était, en tout cas, l'opinion des Grimaud. Aussi le couple avait-il été agréablement surpris de savoir qu'un homme franchissait la porte de cette femme austère.

— L'avez-vous vu ? demanda Quentin sur le qui-vive.

— Non, pas vraiment. Une fois ou deux peut-être, de dos. Et encore… Il venait à la nuit tombée. Je ne pourrais pas vous dire si ce type est brun ou blond. Et toi, Louise ? fit-il en s'adressant à sa femme.

L' interpellée hocha la tête. Elle n'avait pas prêté attention aux allées et venues de cet homme qui, de plus, garait sa voiture derrière la maison de Jeanne. A moins d'être indiscrète, il aurait fallu entrer dans l'enclos pour apercevoir le véhicule, invisible de la route. Néanmoins, la veille, une chose curieuse s'était produite aux alentours de vingt heures. Encouragée par les inspecteurs, Louise Grimaud poursuivit :

— Nous sortions le chien, hein Roger… Et nous nous sommes dit que ce type ne savait pas conduire. Il est passé devant nous, tous feux éteints ! J'ai eu juste le temps de deviner le profil de mademoiselle Le Pape, assise sur le siège avant.

— Auriez-vous fait attention à la marque du véhicule ?

Mais madame Grimaud fut incapable d'éclairer les inspecteurs à ce sujet. Son mari non plus. Tout juste s'accordèrent-ils à penser que la voiture, plutôt petite, était de couleur claire. Beige ou grise, ils étaient en désaccord sur ce point.

En remerciant les Grimaud pour leur accueil, Quentin Le Gwen se dit que, de toute façon, l'analyse des empreintes des pneus permettrait à la police de connaître la marque de cette mystérieuse voiture. C'était juste une question de temps.

*

L'après-midi était avancé lorsqu'ils sonnèrent chez Sylvia Nathan. La jeune femme prenait le thé en compagnie d'Augustin Lafargues. Si Quentin Le Gwen ne fut pas ravi de voir son ancien copain de fac, en pareille occasion, il n'en fit pas montre. Il supposa, à juste titre d'ailleurs, que si la voyante avait découvert quelque chose, bouleversée, elle en avait déjà fait part au journaliste. Il faudrait simplement canaliser les ardeurs de ce dernier afin qu'il ne divulgue rien de compromettant pour le bon déroulement de l'enquête.

Les policiers attendirent d'être installés devant qui une tasse de thé, qui un whisky, avant d'entendre les révélations de Sylvia. Et ce qu'ils apprirent les intéressa tant, que Michel Le Fur se servit une autre rasade du seul breuvage anglo-saxon susceptible d'être bu. Il faut dire, à sa décharge, qu'il avait recraché une partie de son premier verre sur la table du salon quand Sylvia leur avait fait part de sa réflexion. C'est en tirant les cartes à Nerval que la lumière s'était faite en elle.

— Ah ! Parce que vous tirez aussi les vers du nez des morts ! s'étrangla-t-il. Et alors ? La journée sera bonne pour lui ?

Dans l'indifférence générale, l'inspecteur Le Fur essuya les dégâts. Ses gloussements cessèrent lorsque Sylvia leur raconta la suite.

— Il n'y a rien de drôle, inspecteur. L'assassin a déjà sévi deux fois. Je puis maintenant vous certifier qu'il y aura encore deux ou trois autres morts.

— Hein ! s'exclama Quentin Le Gwen. Comment pouvez-vous en être persuadée ?

— Il fait un jeu… Comme un voyant. Seulement, au lieu de poser des cartes sur une table, il place des gens dans la ville et il les tue…

Un silence monacal accueillit les propos de la jeune femme. Tous, le visage tendu, attendaient de plus amples explications avant de se forger une opinion.

— Nous avons été étonnés d'une chose, poursuivit la voyante. Pourquoi l'assassin déplaçait-il les corps de ses victimes ? Eh bien, je vais vous en donner la raison… Dans l'esprit de ce tordu, il fallait que le premier cadavre soit retrouvé au numéro un d'une rue quelconque et le second au numéro sept…

— Mais le corps de Jeanne Le Pape a été découvert dans une église ! objecta Le Fur. Ça ne colle pas avec vos théories !

— Pardon, inspecteur, de vous contredire. Jeanne Le Pape est morte près des cierges. L'assassin a ensuite traîné son corps dix mètres plus bas et l'a laissé juste au-dessous d'une station de chemin de croix, la septième, où l'on peut lire : « Jésus tombe pour la deuxième fois ». Vérifiez, si vous ne me croyez pas !

Prise au sérieux à présent, Sylvia put continuer son exposé sans être interrompue. Pour elle, l'assassin défiait ses dons de voyance et lui laissait, via la police, des indices ici et là. Pour quelle raison ? Elle n'aurait su le dire. Peut-être la détestait-il… Quoi qu'il en fût, il avait décidé de poser le jeu le plus simple possible, celui qu'utilisent la plupart des cartomanciens lorsqu'ils demandent une réponse rapide : le tirage en croix. D'ailleurs, le front des victimes n'arborait-il pas ce symbole ? Ce jeu nécessitait l'utilisation de quatre cartes, voire cinq si le voyant faisait la synthèse.

Joignant le geste à la parole, Sylvia Nathan prit ses cartes. Elle posa le Bateleur à sa gauche, la Maison-Dieu et la Papesse à sa droite. Elle montra du doigt deux emplacements encore vides : en haut et en bas. Si synthèse il y avait, la carte représentant la somme des quatre autres serait placée au milieu de ce jeu.

Pour la première fois, Augustin Lafargues prit la parole.

— Comment l'assassin pourrait-il faire la synthèse ? Il a laissé deux cartes à droite. Laquelle va-t-il choisir ?

— En effet, c'est le hic, admit Sylvia. A mon avis, il n'a pas su choisir entre les deux, d'où l'importance particulière du crime de Jeanne Le Pape. Il doit symboliser un acte primordial dans le passé de l'assassin. A mon avis, le flash que j'ai eu l'autre jour n'est pas étranger à cette histoire… Ce n'était pas une prémonition mais la vision d'un événement qui s'est déjà produit autrefois. Enfant, l'adulte que nous recherchons à présent, a tué sa mère…

— Ce ne sont là que conjectures ! objecta Le Gwen. Moi je ne comprends toujours pas une chose. Pourquoi parlez-vous des chiffres *un* et *sept* comme d'une évidence ?

Consciente de s'adresser à des néophytes en matière de voyance, Sylvia Nathan reprit ce point, limpide pour elle. Quatre lames du Tarot formaient une croix. La première, celle de gauche, en l'occurrence le Bateleur, correspondait à une maison astrologique ; la maison I. La seconde, en bas, encore inconnue, se situait dans la maison IV. La troisième, celle de la Papesse et de la Maison-Dieu, dans la maison VII. Et la dernière, ignorée elle aussi, dans la maison X.

— Si nous vous suivons bien, résuma Le Fur, deux meurtres vont encore être commis ; l'un devant le numéro quatre d'une rue quelconque de Brest, l'autre devant le numéro dix. A moins de poster un flic dans chaque rue, le jour dit, je ne vois pas bien comment nous pourrions nous sortir d'affaire. Et puis, quelle boule de loto ce gazier va-t-il sortir en premier ?

— Le prochain meurtre aura lieu devant le numéro dix d'une rue énigmatique, je l'avoue. On place la carte de la maison X avant celle du bas, qui correspond, en maison IV à la réponse attendue par le consultant.

— Y a-t-il suffisamment d'indices dans le jeu de l'assassin pour que nous puissions le coincer dès maintenant ? s'interrogea Quentin Le Gwen.

— Pas encore, hélas… Je ne pourrai lire son jeu que lorsqu'il m'aura expédié, comme je le crains, les deux dernières cartes. Mais j'insiste, inspecteur… continua Sylvia, perturbée. En pour, c'est-à-dire à sa gauche, le meurtrier a placé ce qui joue en sa faveur, représenté par le Bateleur. Il s'agit donc d'un individu qui, très tôt depuis son adolescence, a manipulé son entourage. Il a l'esprit d'entreprise et, par des tours de passe-passe, dupe les gens. A sa droite, il a posé deux cartes. Comme je vous le disais tout à l'heure, une seule aurait suffi : on ne recouvre pas une lame du Tarot de Marseille…

— Vous songez encore à un matricide ? l'interrompit Le Gwen. C'est bon… Bien que je n'y croie pas personnellement, je vais demander aux collègues de faire des recherches dans ce sens. Ils ne doivent pas être légion les enfants qui, depuis une trentaine d'années, ont tué leur mère dans la région. Si cet hypothétique gosse a été fiché par nos services, nous le retrouverons en liberté ou en prison…

Avant de s'en aller, les inspecteurs recommandèrent à Augustin Lafargues de ne rien divulguer à son journal de ce qu'il avait entendu chez Sylvia. Pendant ce temps, cette dernière, à la demande de Le Gwen, établissait une liste de tous ses clients, amis et connaissances. En la parcourant très rapidement des yeux, l'inspecteur s'étonna :

— Tiens ! Vous avez omis de mentionner notre ami journaliste, ici présent ! Si vous vous souvenez de qui que ce soit d'autre, prévenez-moi. C'est important.

Il allait ouvrir la porte lorsqu'un jeune homme flanqué d'un chien fit irruption dans la pièce. Il sembla ahuri de trouver tout ce monde chez lui. Sylvia fit les présentations.

Dans l'escalier, Quentin Le Gwen ne put s'empêcher de faire remarquer à son collègue :

— Tu as vu comme il est beau, ce Jean-Marc ? Un vrai dieu… Notre voyante ne doit pas s'ennuyer tous les jours…

— Peuh ! Un Dieu, ça ! rétorqua Le Fur, blessé dans ses rondeurs. Tout à fait banal ce gus. *Ecce quidam*, quoi !

☆

Mercredi 23 Octobre.

La soirée s'annonçait maussade pour Philippine Leroy. Songeuse, la jolie rousse regardait la tempête battre les carreaux. Depuis plus d'une heure la pluie redoublait d'intensité et cinglait les vitres. Il ne fallait pas songer à aller au cinéma ce soir, comme prévu. Avec un temps pareil, son pantouflard de journaliste ferait le gros dos pour sortir. Elle allait malgré tout lui proposer cette distraction. Depuis trois jours, c'était tout juste s'il avait desserré les lèvres. Bien sûr, l'affaire du second cadavre semblait le perturber mais il y avait des limites à ne pas franchir. Lorsqu'elle était rentrée de Rennes, l'avant-veille, il ne l'avait pas même questionnée au sujet de sa soirée. Cela faisait longtemps qu'elle ne s'était pas autant amusée… Seule ombre au tableau : l'absence d'Augustin. S'il était venu, il aurait été piqué par son succès auprès de la gent masculine… Un soupçon de jalousie lui remettrait les idées en place. Bon gré mal gré, elle lui toucherait un mot de la délicatesse d'Antoine et de l'empressement de Pierre-Henry à son égard.

Elle lorgna sur son compagnon, assis à son bureau. Elle guettait chez lui le premier signe de fatigue pour le déranger dans son travail, quand le téléphone sonna.

— Tu peux répondre, s'il te plaît, Philippine ?

La jeune femme obtempéra. Lorsque son interlocutrice se fut présentée, elle ne put s'empêcher de faire la grimace, tout en surveillant la politesse de son timbre de voix.

— Augustin ! C'est pour toi ! Ma-de-leine, articula-t-elle tout bas.

L'empressement du journaliste à se saisir du combiné déconcerta son amie. Quel agrément trouvait-il aux radotages de cette vieille piquée ? Cela resterait toujours un mystère pour elle. Heureusement, la sorcière avait passé l'âge de plaire à des godelureaux ! Encore que…

Philippine rêvassait avec dégoût aux amours d'Harold et Maude quand Augustin raccrocha. Son air préoccupé agaça plus encore la soupçonneuse rouquine.

— Madeleine a besoin de moi. J'y vais tout de suite. Ne m'attends pas. Cela risque d'être long.

— Je peux t'accompagner ? proposa Philippine.

Le claquement de la porte avait déjà précédé un "non" ferme et sonore.

*

Les fortes bourrasques gênèrent un peu Augustin Lafargues dans sa conduite. Néanmoins, dix minutes plus tard, il sonnait chez Madeleine. La voyante, les traits tirés, emmitouflée dans son manteau, l'attendait déjà dans son vestibule.

— Excusez-moi de gâcher votre soirée, Augustin. Mais avec ce meeting politique à Brest, il n'y a plus le moindre taxi de libre.

— Ce n'est rien, au contraire. On y va tout de suite.

Ils firent demi-tour et retournèrent en ville, sur le port de commerce, non loin de chez Augustin.

Ce fut Jean-Marc qui vint leur ouvrir.

— Elle est couchée ? demanda aussitôt Madeleine, un peu essoufflée.

— Non, elle vient de se lever, répondit le jeune homme, agacé. Mais…

Madeleine n'attendit pas l'objection du beau planchiste. Sans plus ample civilité elle passa devant lui et se précipita dans le salon de Sylvia. Le journaliste n'osa pas la suivre. Il interrogea du regard l'ami de la voyante qui bougonna :

— Mais faites donc ! De toute façon, on n'est plus chez soi ici, alors…

Lorsqu'Augustin pénétra à son tour dans la pièce,

Madeleine était déjà assise sur le bord du canapé où Sylvia, allongée et toute menue, avait l'air d'une petite fille. Bien qu'il s'attendît, d'après le tableau brossé par Madeleine, à trouver la jeune femme malade, le journaliste fut consterné de voir combien, en l'espace de trois jours, elle avait maigri. Surtout, son état de faiblesse générale le frappa.

— Il faut aller à l'hôpital, Sylvia, je t'en prie, murmura Madeleine en caressant le front de son amie.

— Non je ne veux pas… Tu sais combien j'ai horreur de ces endroits. Ils me rappellent…

Mais la vieille dame l'empêcha de continuer.

— Chut ! Je sais… Mais sois raisonnable. On te fera juste quelques examens.

— Vous êtes sans doute aussi guérisseuse ? ironisa Jean-Marc, debout, les bras croisés.

— Vous ! Taisez-vous !

Jamais Augustin Lafargues n'avait vu Madeleine manifester autant de violence dans ses propos. Ce n'était pas son genre. Elle devait être terriblement inquiète.

— Oh ! Je vous en prie, ne vous disputez pas pour moi, gémit Sylvia. Jean-Marc a fait ce qu'il a pu pour me persuader d'aller à l'hôpital. Il a appelé un médecin aussi, hier.

Madeleine s'excusa de sa rudesse auprès du jeune homme. Un peu amadoué, celui-ci avoua que l'état de son amie avait empiré considérablement depuis la visite de ce médecin. Il n'avait rien trouvé d'anormal, si ce n'est une grosse fatigue et une tension trop basse.

Il fallut une demi-heure de discussion pour enfin

décider la jeune voyante à se rendre aux urgences. Pendant que Jean-Marc lui préparait un sac dans la chambre, Madeleine continuait à rassurer son amie. Elle resterait auprès d'elle, cette nuit, à l'hôpital. Augustin Lafargues, voyant que la pauvre femme était elle-même fatiguée, proposa ses services. Un bref instant, Sylvia serra les doigts du journaliste d'une main sans force. Ce simple contact le fit frissonner.

Il détourna les yeux quand Jean-Marc embrassa son amie. Sylvia ne voulait pas que celui-ci l'accompagne. Deux gardes chiournes lui suffisaient amplement, plaisanta-t-elle.

Augustin Lafargues conduisait en silence. Sur le siège arrière, Sylvia, la tête posée contre l'épaule de Madeleine, paraissait somnoler. Dans son rétroviseur, il pouvait se rendre compte du souffle régulier de la jeune femme. S'il avait été à la place de Jean-Marc, jamais il n'aurait accepté de confier Sylvia à deux étrangers, somme toute…

Il aida la jeune voyante à sortir de la voiture et accompagna Madeleine au bureau des admissions pour s'occuper des formalités d'usage pendant qu'un interne examinait Sylvia dans un endroit inconnu du journaliste. Puis se sentant désormais inutile, il décida de rentrer chez lui. Il était plus de vingt et une heures mais il n'avait pas faim. Dès qu'il alluma son bureau, un léger crépitement retint son attention. Il chercha d'où provenait ce bruit et s'aperçut que le combiné de son téléphone était posé sur la table. Persuadé d'avoir pourtant bien raccroché après le coup de fil de Madeleine, il allait remettre l'appareil en place quand une voix étrangère et monocorde provenant de l'écouteur le surprit. Dix secondes plus tard, un juron retentit dans son appartement pourtant vide.

— La garce !

Pour se venger de sa soirée sabotée, Philippine, avant de partir, avait appelé l'horloge parlante de New-York…

*

Au même moment, Térésa Le Roux fouillait les poches de son mari. Elle avait commencé par rogner petit peu par petit peu sur l'argent de sa semaine mais cette méthode n'était pas assez efficace. Même si elle arrivait à lésiner sur les courses, il lui faudrait encore quinze jours avant d'avoir réuni la somme nécessaire pour lui permettre de revoir Philippe. Sans compter que son mari en avait assez de manger des nouilles à chaque repas ou presque… Il fallait agir. Vite. Raymond Le Roux venait de rentrer de sa tournée, les poches pleines d'argent liquide et de chèques. Il irait déposer le tout à la banque le lendemain matin. Pour l'instant, il prenait une douche et sifflotait un air horripilant… C'était l'occasion rêvée. Assez négligent, il s'était déshabillé dans la chambre, laissant sa veste sur le bord du lit, son pantalon sur la moquette.

Térésa, préleva d'abord de la liasse cinq billets de deux cents francs qu'elle cacha dans l'armoire sous une pile de torchons. Puis, prise d'un remord, elle retourna dans la chambre et rafla le reste.

Telle Perrette et le pot au lait, elle égouttait ses spaghetti qu'elle préparait cette fois-ci à la carbonara - il fallait bien changer un peu - comptant et recomptant ses prochaines nuits d'amour obtenues, finalement, à peu de frais. C'est alors que son mari surgit dans la cuisine, le cheveu rare et mouillé. Son air inquiet et chiffonné ne surprit pas Térésa.

— Dis donc… Tu n'aurais pas rangé par hasard le fric que j'avais laissé dans mon pantalon ?

— Quoi, hurla-t-elle en montant sur ses ergots. Tu ne vas pas me dire que tu l'as perdu !

— Non… calme-toi, il a dû tomber dans la voiture.

Dix minutes plus tard, il revenait, bredouille et penaud.

— Rien… Vraiment je ne comprends pas…

— Moi je comprends ! répondit Térésa pète-sec. Monsieur se balade avec des billets en vrac dans sa poche… Comme si l'argent tombait du ciel et qu'il suffisait de se baisser pour le gagner. Et on peut savoir combien tu as paumé ?

— Heu… Environ mille cinq cents francs.

"Menteur", songea Térésa qui avait épargné le triple sous ses torchons.

Il ne lui fut pas difficile de sortir ce soir-là. En fait, elle avait trouvé la bonne tactique, même si renouveler l'expérience tiendrait de l'exploit… Son mari était si contrit qu'il n'avait pas osé élever la voix lorsque, la bouche pincée, elle avait déclaré vouloir changer d'air.

Rien n'aurait pu l'empêcher de retrouver Philippe, pas même la pluie battante ou les coups de boutoir du vent. Elle était si excitée qu'elle avait presque oublié de récupérer le principal : l'argent. Pour pouvoir le prendre dans l'armoire, en toute quiétude, elle avait exigé de son mari qu'il redescende les étages afin de vérifier que les billets n'étaient pas tombés sur une marche. Le pauvre niais ! Elle serrait entre ses doigts la rançon de son bonheur, bien décidée à en profiter. Lorsque la banque lui avait téléphoné pour la prévenir que son compte n'était plus crédité, elle en aurait pleuré de dépit. Et pas question de faire un chèque en bois… D'ailleurs, Philippe n'exigeait que du liquide. Jamais elle n'aurait pensé trouver autant de plaisir dans cette relation. Et surtout, pour la première fois de sa vie, elle avait envie de refaire l'amour avec le même homme. D'habitude, ces corps à corps avec des inconnus la laissaient au matin épuisée de dégoût, même si elle ne pouvait s'empêcher de recommencer.

Le bar était presque vide ce soir. Il tombait sans doute tellement d'eau que les soiffards ne se risqueraient pas dehors, de crainte d'une contamination. Ruisselante de pluie, Térésa commanda un grog. Juchée sur son tabouret de bar, elle tournait la tête vers la porte dès qu'un rare client entrait. Un homme, au physique quelconque, s'assit à côté d'elle. Sans se préoccuper de sa voisine, il sortit de sa poche un jeu de cartes qu'il étala sur le comptoir, sous l'œil indifférent du barman, habitué aux fanas du poker ou de la belote. Au bout d'une demi-heure, Térésa, fatiguée d'attendre, et en quête de distractions, jeta un coup d'œil morne au joueur de cartes. Il paraissait si absorbé qu'elle s'en étonna.

— Vous faites une réussite ? demanda-t-elle pour tuer le temps.

L'homme se tourna vers elle, aimable.

— Non, je lis mon avenir… Enfin, je regarde plutôt ce que les cartes me prédisent pour le mois prochain.

— Vous savez faire ça ? Mon mari adore, lui aussi, tous ces trucs. Moi, je n'y crois pas du tout.

— Vous voulez que je vous fasse un jeu ? Enfin comme ça… pour s'amuser.

Cette proposition était si inattendue que Térésa refusa, tout d'abord. L'homme ne s'en offusqua pas et reprit le cours de son destin. Puis, comme elle n'avait rien d'autre à faire, elle s'enquit du prix d'une éventuelle consultation.

— Offrez-moi une bière si vous y tenez, mais c'est tout.

L'argument tenta Térésa. Il fut décidé, pour plus de commodité, qu'ils s'installeraient au fond du bar, à l'abri des regards indiscrets. La jeune femme prit soin, malgré tout de s'asseoir face à la porte, au cas où Philippe se déciderait à venir.

L'homme battait les cartes avec dextérité. On le sentait rompu à ce genre d'exercice.

— Choisissez-en douze, s'il vous plaît, de la main gauche.

En riant, Térésa fit ce qu'on lui demandait. L'homme resta un moment silencieux, puis, prenant une longue inspiration, déclara :

— Vous êtes une femme incomprise… Votre mari n'est pas à la hauteur…

— Mais c'est vrai ! Ça alors, c'est incroyable ! Comment faites-vous ?

— Il y a un autre homme dans votre vie, continua l'autre, imperturbable. Voyez ici, le valet de cœur. Il vous aime, même s'il a une curieuse manière de vous le montrer.

— Vous pensez qu'il m'aime pour de vrai ? balbutia Térésa, émue.

— Oui, poursuivit l'homme sur le même ton. Il est plus jeune que vous… très beau. Il vous proposera bientôt de bâtir quelque chose de solide avec vous. Mais armez-vous de patience pour l'instant. S'il paraît froid et désinvolte, c'est qu'il répugne à montrer ses sentiments. Vous serez récompensée de vos efforts le 2 Novembre.

— Mais c'est tout Philippe, ça ! s'exclama Térésa ravie. Oh ! Attendez-moi une minute. Il vient d'entrer. Je vais le prévenir et je reviens.

Tandis qu'elle courait presque vers le flipper qu'un grand blond, agité de convulsions, asticotait, l'homme ramassa ses cartes en murmurant :

— Quelle idiote.

Térésa, à présent sûre d'elle, minaudait à côté de Philippe, osant même lui reprocher son retard.

— Mais tu ne savais même pas si je viendrais ! Moi non plus d'ailleurs. . Et puis, arrête de t'affaler ainsi. Tu me caches la boule Tu as bu ou quoi ?

Philippe était bougon mais Térésa ne s'en vexa pas. Elle savait maintenant que sa froideur n'était qu'une façade.

— Ecoute, viens avec moi. Je voudrais te présenter un type hyper génial.

Tout en parlant à un Philippe maussade, la jeune femme se retourna vers la salle.

— Oh, ça alors… Il est parti.

☆

Vendredi 25 Octobre.

De bonne heure au commissariat, les inspecteurs Le Gwen et Le Fur prenaient connaissance du rapport de police relatif aux empreintes de pneus laissées par l'assassin dans l'enclos de Jeanne Le Pape. D'après les analystes, il s'agissait d'une voiture légère. La faible profondeur des traces l'attestait. Le véhicule roulait surtout en ville. Les pneus avant étaient usés à l'extérieur, preuve que la voiture empruntait souvent des ronds-points. Plus intéressant, les spécialistes étaient pratiquement certains qu'il s'agissait d'une Renault Twingo, vu la largeur des pneus et l'écartement des roues. Un éclat de phare ou une trace de peinture auraient permis de le certifier. Malheureusement, les inspecteurs n'avaient pas trouvé ce genre d'indices.

— Je connais quelqu'un qui en possède une, fit remarquer Quentin Le Gwen en riant. S'il savait qu'on peut le soupçonner, il en piquerait une jaunisse.

— Ah, bon ! Et qui c'est, ça ?

— Mon ancien copain de fac, Augustin Lafargues.

— Eh… Attends un peu là… s'exclama Michel Le Fur, rêveur. Tu fais vraiment confiance à ce type ? Après tout, que sais-tu de lui ? Sans compter qu'il connaît bien Sylvia Nathan… Il est toujours fourré sans ses jupes…

— Tu plaisantes, Michel ! Je suis aussi sûr de lui que de moi… ou presque. Il fait son boulot de journaliste, c'est tout.

Mais Michel Le Fur, aussi tenace qu'un pitt-bull, n'en démordait pas. Il fit remarquer à son collègue que Lafargues s'intéressait, trop à son goût, aux voyants. Sa prétendue enquête sur les extralucides de Brest n'était-elle pas un prétexte pour s'immiscer dans ce milieu ? A cela, Quentin Le Gwen, nullement troublé, objecta que c'était Bernard Anzo, le directeur du journal, qui avait ordonné ces recherches.

— Il peut nous en persuader, objecta Le Fur. Il n'est pas difficile, pour un journaliste, de manœuvrer son patron et de lui faire croire, après coup, qu'il a eu l'idée du siècle ! Tu te rappelles la couleur de sa tire ?

— Blanche.

— Les Grimaud ont parlé d'une voiture claire. Beige ou grise. Ils l'ont aperçue de nuit. Si la caisse de Lafargues était sale… Ecoute, mon vieux… Tu penses ce que tu veux, mais moi, je vais suivre de près ton ex pote de fac.

Quentin Le Gwen ne prenait pas au sérieux les doutes de son collègue et le lui fit savoir. Il demanderait à Sylvia Nathan son avis. Peut-être, dans sa liste, connaissait-elle un autre propriétaire de Twingo, voiture assez courante.

La police détenait fort peu d'indices, hormis ce véhicule. Il n'y avait aucune trace de sperme sur le drap de Jeanne Le Pape. Et pour cause, la victime était vierge. Son assassin ne s'était pas servi non plus de sa brosse à cheveux. Les deux inspecteurs décidèrent de se rendre chez Hélène Tréguier, l'amie de Sylvia Nathan. Quentin Le Gwen avait appris de la bouche d'Augustin Lafargues que la jeune voyante avait dû être hospitalisée l'avant-veille. Le journaliste paraissait vraiment inquiet de l'état de la jeune femme et ne savait dire combien de temps la voyante serait alitée. Or, il était impératif que quelqu'un surveille son courrier. L'assassin pouvait récidiver et envoyer une autre carte au bureau de Sylvia. C'est dans cette perspective que les inspecteurs désiraient s'entretenir avec la fleuriste.

Lorsqu'ils arrivèrent place Georges-Perros, il n'était pas tout à fait neuf heures. Le rideau de fer de la boutique, encore baissé, indiquait que la commerçante devait être à son domicile. Au lieu de l'attendre au café du coin, ils choisirent de monter aussitôt chez elle. Ils n'avaient guère de temps devant eux, ce matin-là.

Hélène Tréguier ouvrait sa porte quand elle aperçut les policiers sur le palier. A leur vue, elle pâlit.

— Sylvia va plus mal ? Il est arrivé quelque chose à l'hôpital ?

— Non, non, ne vous tourmentez pas, madame, la rassura Le Gwen. Nous désirions juste vous demander un service.

La fleuriste laissa entrer les inspecteurs et leur proposa un café sur le pouce. Son livreur serait en bas dans vingt minutes et elle ne pouvait le faire attendre. L'inspecteur Le Gwen fut amusé de constater que l'appartement était la réplique de celui de Sylvia, à l'étage supérieur. En remarquant toutes les poupées rangées contre la cloison et un vieux nounours pelé, le flic se dit que cette femme au physique plutôt ingrat, abritait l'âme d'une petite fille. Les inspecteurs refusèrent le café et restèrent debout durant leur bref entretien afin de ne pas la déranger.

Ils lui demandèrent si, le cas échéant, elle serait capable de reconnaître une enveloppe jumelle de celle qu'avait reçue Sylvia, quinze jours auparavant.

— Elle était écrite à la machine, fit Hélène. Je suis certaine de cela. Maintenant, vous certifier que je pourrais la distinguer parmi d'autres, rien de moins sûr. Je puis, par contre, prendre tout son courrier et vous le réexpédier. Mais je n'ai pas la clef de sa boîte à lettres.

— Nous allons passer tout à l'heure à l'hôpital et nous vous l'apporterons. Auriez-vous l'amabilité de venir nous donner directement le courrier au commissariat au lieu de le poster ?

Hélène parut gênée. Ils devaient comprendre… Elle n'avait pas de voiture et ce simple aller-retour quotidien en bus lui mangerait beaucoup de temps.

Il fut donc décidé qu'un inspecteur viendrait chaque jour, après le passage du facteur, récupérer le courrier de Sylvia chez la fleuriste. Les policiers eurent d'ailleurs, beaucoup plus tôt qu'ils ne l'escomptaient, des nouvelles de la dite fleuriste…

☆

Samedi 26 Octobre.

Dans une chambre de l'hôpital de la Cavale Blanche, Madeleine, depuis une heure, attendait la visite des médecins qui délivreraient un bulletin de sortie à son amie Sylvia. Pelotonnée dans un fauteuil, la jeune femme, livide, les yeux cernés, venait de quitter son pyjama pour endosser des vêtements de ville. Ce simple geste semblait l'avoir exténuée à un point tel qu'à présent elle somnolait. Taraudée par l'angoisse, Madeleine la couvait de son regard. Il fallait qu'elle eût raison… D'ailleurs, tout portait à croire en la justesse de son raisonnement… Jusqu'aux médecins qui, bien évidemment, n'avaient rien décelé d'anormal sur le plan physiologique. Et pour cause : ils ne pouvaient rien trouver… Analyses de sang parfaites… Si ce n'est un léger manque de magnésium et de fer. Quoi de plus banal ? Seule, la tension très basse de Sylvia leur posait quelque inquiétude. Ils n'étaient pas préparés à ce genre de phénomène, et surtout n'étaient pas prêts à l'entendre… Qui, du reste, aurait pu la croire ? Personne, pas même Sylvia, la principale concernée. Pourtant, Madeleine savait que la jeune femme risquait de mourir si Yann-Fañch Quémerc'h n'intervenait pas aujourd'hui même… Mais, ne serait-il pas déjà trop tard ?

Voulant chasser ses idées noires, la voyante se leva et arpenta l'étroite pièce aseptisée. Sur la table roulante où finissait de refroidir le déjeuner que Sylvia n'avait pas entamé, elle effleura du doigt un livre encore à moitié recouvert de son papier d'emballage. *Les Poètes Psychomantiques*, lut-elle. Cadeau d'Augustin Lafargues… Pas étonnant que la pauvre fille n'ait pas eu la force de l'ouvrir. Ce jeune homme manquait parfois de sens commun, songea-t-elle. Il eut été mieux inspiré en lui offrant une BD amusante… Ou un bouquet de roses, comme le magnifique envoi d'Hélène Tréguier qui embaumait la chambre… Un peu trop d'ailleurs, étant donné les incessants maux de tête de Sylvia ! Madeleine n'avait pas encore rencontré la fleuriste, malgré les allées et venues des deux femmes depuis trois jours dans cet hôpital. Il faudrait, plus tard, pallier ce manque… Oui, la jeune voyante avait beaucoup d'amis. Se pouvait-il que, parmi eux, se cache un hypocrite aux desseins maléfiques ? Car le problème résidait là !

Un coup discret à la porte sortit Madeleine de ses réflexions. Augustin Lafargues entra dans la chambre.

— J'arrive trop tôt ? Les médecins sont passés ?

S'apercevant alors que Sylvia dormait, le journaliste baissa la voix et s'enquit de l'état de santé de la jeune femme.

— Comme hier, stationnaire, chuchota la voyante. Les médecins pensent à une dépression nerveuse. Elle en a tous les symptômes, paraît-il…

Le ton que prit Madeleine en prononçant la fin de sa phrase ne permettait aucun doute. L'amie de Sylvia n'accordait aucun crédit au verdict des docteurs.

— Ils ne veulent pas la garder encore quelques jours ? s'inquiéta Augustin Lafargues.

— C'est Sylvia qui veut partir. Et comme ses analyses sont normales… Mais ils ont pris rendez-vous pour elle avec un psychiatre. Elle doit le voir ce soir, vers dix-huit heures.

— Je vous conduirai toutes deux.

— C'est inutile, Augustin. Nous n'allons pas là-bas.

L'intonation de Madeleine était si péremptoire que le journaliste se demanda ce qu'elle pouvait manigancer…

Il ne tarda pas à le savoir. Sitôt après la visite des

médecins, tous trois quittèrent l'hôpital de la même façon qu'ils y étaient venus ! Augustin Lafargues conduisait, tandis que, sur la banquette arrière, Sylvia se lovait contre l'épaule de Madeleine. Celle-ci pria son chauffeur improvisé de prendre la direction de Saint-Renan.

— On ne ramène pas Sylvia chez elle ? s'étonna le journaliste.

— Non. Dépêchez-vous, s'il vous plaît, Augustin. On va chez un diskonter.

— Un quoi ? s'étrangla-t-il.

— Un diskonter… Un guérisseur, si vous préférez… Enfin, en l'occurrence, un désenvoûteur.

Pour le coup, le journaliste freina et la Twingo blanche pila net. Il se retourna.

— Ecoutez Madeleine. Je vous aime beaucoup. J'aime beaucoup Sylvia, mais là, je ne suis pas d'accord. Si Sylvia a besoin d'être soignée, nous allons tout mettre en œuvre pour le faire. Mais elle ne mettra pas les pieds chez un charlatan !

— Pourquoi décidez-vous pour elle ? cria Madeleine. Et qui êtes-vous pour elle ? Non mais… regardez-la un peu ! Nous sommes là à nous disputer et elle ne se réveille même pas ! Mais vous ne comprenez donc rien ? Et garez-vous un peu mieux, d'abord. Inutile de nous faire emboutir, de surcroît.

Sur le bas-côté de la route, ils discutaient à présent plus calmement. Soucieuse de persuader le journaliste, Madeleine tentait de le ranger à ses vues. C'était, pour elle, l'unique solution. Tous les examens cliniques avaient été pratiqués. Les médecins avaient joué leur rôle mais s'étaient trompés de pièce. Jamais ils n'auraient pu admettre l'intervention de magie noire. Pourtant, il s'agissait de cela. Madeleine en était persuadée. Elle avait vu des cas semblables. Pour envoûter quelqu'un, il suffisait d'acheter un livre sur la question dans une librairie ésotérique peu scrupuleuse. On avait retiré de la vente, il y a une vingtaine d'années de cela, un bouquin qui expliquait la façon de se suicider. Comment pouvait-on accepter au su et au vu de tout le monde, des ouvrages divulguant un mode d'emploi du crime ? Sans compter certains voyants indignes qui pratiquaient des envoûtements moyennant une forte rétribution. Elle-même s'était vu proposer, quelques années auparavant, une somme de dix mille francs qu'une cliente avait posé sur sa table, en petites coupures, à condition que Madeleine jette le mauvais œil sur son mari et parvienne à le tuer.

— Mais ce ne sont que superstitions et sottises ! objecta Augustin. Il est clair que si quelqu'un se croit envoûté, il ira de moins en moins bien et pourrait même s'infliger une maladie qu'il n'avait pas au départ. Ce n'est que de l'autosuggestion !

— Croyez-vous que les chiens, les chats ou les vaches ont un psychisme assez puissant pour se laisser impressionner ? Non… Alors comment expliquez-vous leur guérison après les manipulations du diskonter ? Allons, Augustin… Faites-moi confiance. Au pis, l'état de Sylvia ne changera pas, au mieux elle recouvrera la santé. Nous n'avons rien à perdre de toute façon.

Ce dernier argument eut raison de l'hostilité d'Augustin.

La cour de ferme de Yann-Fañch Quémerc'h ressemblait à un parking d'hôtel. Y étaient stationnées sept ou huit voitures aux plaques d'immatriculation variées. On venait de loin, semblait-il, pour consulter l'homme.

Une femme accorte et grassouillette vint leur ouvrir. Au grand dam d'Augustin Lafargues, elle les invitait déjà à s'installer dans la salle à manger où une dizaine de personnes prenaient leur mal en patience, quand Madeleine déclina son identité. Soulagé, le journaliste vit aussitôt la femme refermer la porte doucement et les conduire dans sa cuisine.

— Yann-Fañch m'a parlé de vous, madame, et de votre amie. Il m'a dit qu'il l'examinerait en priorité.

La paix qui régnait dans la vaste cuisine de ferme rendit confiance au journaliste. Même Sylvia accepta un bol de café et une part de gâteau breton. Toutefois, la jeune femme paraissait si triste et si lasse qu'Augustin Lafargues, à l'instar des médecins, était persuadé qu'elle souffrait de dépression.

— Mon mari va arriver d'un instant à l'autre. Il a été appelé chez Yvon, son frère, pour un transfert de lait.

— Bien sûr… répondit Augustin, aimable, bien qu'il ne comprît pas un traître mot aux paroles de son hôtesse.

Contente de voir son compagnon se dérider un peu, Madeleine lui expliqua ce dont il s'agissait. Un transfert de lait était une action de vengeance entre paysans, qui s'opérait par l'entremise d'un enchanteur. Le sorcier jetait un sort sur les vaches de son ennemi et les faisait tarir. En revanche, tout le lait venait gonfler les mamelles des bêtes de celui qui cherchait à se venger.

— Pas sympa de la part du petit camarade... répondit Lafargues. Mais pratique, dans un sens, pour les quotas laitiers. Et votre grand homme, Madeleine, s'amuse à ce petit jeu ? Ce n'est pas très gentil !

— Il pratique un contre-transfert. Je vous ai déjà dit qu'il n'envoûtait pas, sauf en cas de légitime défense.

— Puisque vous avez l'air d'être dans les secrets des dieux, Madeleine, seriez-vous assez aimable pour me faire connaître la signification de "diskonter". J'aurai l'air moins idiot quand sa majesté Marabout Ier daignera quitter ses sujets bovins pour condescendre à s'intéresser aux simples ruminants que nous sommes.

— Arrêtez de vous moquer, Augustin...

De bonne grâce cependant, Madeleine apprit à Augustin que le mot breton "diskonter" voulait dire "celui qui décompte". C'était un détenteur du "secret". Il l'avait obtenu par son père ou un autre diskonter qui le lui avait légué avant de mourir. Ce guérisseur, pour soigner, utilisait des formules magiques.

L'exposé de la voyante fut interrompu par l'arrivée d'un homme d'une cinquantaine d'années. Petit et carré, il portait des bottes en caoutchouc et fumait la pipe. Après avoir accroché son caban à une patère, il se dirigea aussitôt vers Sylvia, sans manifester une once d'intérêt pour Madeleine ou Augustin.

Il ne posa aucune question à la jeune femme, se contentant d'examiner ses yeux et de lui tâter le pouls. Puis il lui demanda d'une voix très douce pour un homme, de bien vouloir s'allonger sur la table de la cuisine. Madame Quémerc'h n'avait pas attendu la formulation de son mari pour débarrasser la longue table en bois de ses bols et du plat. Elle aida ensuite Sylvia à grimper sur le meuble en la soutenant par les aisselles tandis que l'homme faisait signe à Madeleine et à Augustin de le suivre dans le couloir. C'est à ce moment, seulement, qu'il leur serra la main.

— A mon sens, c'est grave… Pas de doute possible. Cette fille est envoûtée mais elle ne doit pas le savoir… enfin, pas maintenant. Celui ou celle qui a fait ça voulait la tuer. Alors, je ne vous pose qu'une question. Retour ou non à l'envoyeur ?

Le journaliste, paraissant dépassé par les événements, interrogea Madeleine du regard.

— Non… répondit celle-ci après quelques secondes. Le retour de bâton sera de toute façon inévitable un jour ou l'autre pour ce salopard. Laissons faire le destin.

— Bon… comme vous voudrez. Revenez avec moi dans la cuisine. Vous répéterez après moi ce que je vous demanderai de dire.

Il s'en suivit une scène qui devait rester longtemps gravée dans la mémoire des participants. Jamais encore, Augustin Lafargues n'avait prié comme il dut le faire. Suivant les directives du diskonter, il fit chorus à l'homme de l'art quand celui-ci appela les Saints Anges pour avoir le pouvoir. Devant le corps immobile de Sylvia, il psalmodia :

— Saint Dieu, Saint Fort, Saint Immortel… ait pitié de nous.

Ils répétèrent trois fois ces incantations, et le désenvoûteur continua :

— Saint Michel Archange Chef, Saint Michel Archange Epée de Dieu, Saint Michel Archange Blessure de Satan, Saint Michel Archange Donnateur d'Huiles Bénies… Prie et intercède pour nous.

— Prie et intercède pour nous, réitérèrent Augustin et Madeleine.

Pendant que la litanie des saints se poursuivait, monocorde et troublante à la fois, Augustin Lafargues observait le visage de Sylvia. Nulle crispation ne venait altérer la pureté de ses traits. Il était évident qu'elle faisait confiance à ses amis et à cet homme.

L'avenir lui donnerait-il raison ? Elle-même semblait appartenir à cette kyrielle de saints invoqués pour lui venir en aide.

— Saint Rawel Ange Divin, Saint Oriphiel Ange Divin, Saint Phanuel Ange Divin, Saint Erechiel Ange Divin, Saint Shamshavel Ange Divin, Saint Kokabéel Ange Divin, prie et intercède pour nous.

— Prie et intercède pour nous…

Après les archanges, c'était au tour des anges… Le journaliste avait du mal à se concentrer. Malgré lui, son sens critique se tenait toujours en éveil. Comment le diskonter faisait-il pour connaître par cœur cette liste inépuisable aux consonances barbares ? Mystère. Avant qu'il ne commence, Madeleine avait glissé un mot à l'oreille d'Augustin. Non seulement l'escouade des soldats de Dieu était légion, mais encore, le désenvoûteur ne devait pas se tromper dans l'ordre de leur entrée en scène, sous peine de recommencer depuis le début.

— Saintes Dominations, Saints-Trônes, Saints Chérubins, Saints Séraphins, Saintes Milices Universelles, priez et intercédez pour nous.

Puis la voix de Yann-Fañch Quémerc'h se tut. L'homme fit le tour de la table et vint se placer derrière la tête de Sylvia. Il souffla trois fois sur le visage de la jeune femme, s'ensaliva la pulpe du pouce et, au-dessus du plexus solaire de sa patiente, fit un signe de croix. Il recommença six fois la même opération, effleurant les autres principaux puits d'énergie du corps. Avant d'accomplir ces gestes symboliques, il s'ensalivait à nouveau le pouce.

Enfin, il prit des bûchettes posées sur la table. Augustin en avait compté neuf. Il les tint serrées dans la mains droite et marmotta pour lui seul des paroles sans doute magiques. Le journaliste ne comprit pas un traître mot aux incantations. Il n'aurait même pas su dire si l'homme parlait latin ou breton. Peut-être un mélange de ces deux langues. A intervalles réguliers, il faisait passer une bûchette dans la main gauche. Ce véritable compte à rebours renseigna Augustin Lafargues sur le sens du mot “diskonter”, plus que tout autre discours. Lorsque l'homme n'eut plus de petits bâtons de bois dans la main droite, son oraison cessa.

— Vous pouvez vous lever, madame, fit-il à l'adresse de Sylvia, c'est terminé…

Augustin Lafargues ne s'attendait pas à un miracle. Pourtant, il montra au désenvoûteur sa déception lorsque Madeleine dut se précipiter vers sa jeune consœur pour l'empêcher de tomber.

— Ne soyez pas trop pressé, Monsieur, répondit

l'homme, imperturbable. Il faudra patienter deux jours encore avant d'observer un mieux chez votre amie. Durant ce laps de temps, elle ne doit pas rester seule. Vit-elle avec quelqu'un ?

— Oui, déclara Madeleine, soucieuse. Mais ce jeune homme n'a les yeux de Chimène que pour sa planche à voile. Je préférerais qu'elle habite chez moi pendant quarante-huit heures. Y a-t-il d'autres précautions à prendre, monsieur ?

— Il vaudrait mieux que, durant ces deux jours, en attendant le résultat thérapeutique, elle n'ait pas de contact avec l'eau. Bien sûr, elle peut en boire, mais qu'elle évite de se laver. Je vais lui préparer le louzou qu'elle devra porter toujours sur elle pendant neuf jours et neuf nuits. Voulez-vous me suivre un instant, madame ? Et vous aussi, monsieur, si vous le désirez.

Pendant que madame Quémerc'h s'occupait de Sylvia, son mari entraîna les deux amis de la jeune femme dans l'arrière-cuisine dont il referma la porte.

Augustin Lafargues fut impressionné par le nombre de pots, de flacons, de fioles multicolores qui encombraient les étagères du réduit. Il se serait cru chez une herboriste ou dans une officine du début du siècle, lorsque les pharmaciens, en véritables alchimistes, préparaient eux-mêmes drogues et onguents. Mais ce qui suivit ébranla un peu la confiance du journaliste. A grands maux, grands remèdes. Or, à l'instar de ces patients qui retirent tout crédit à leur médecin parce que celui-ci ne leur prescrit que de l'aspirine, Augustin Lafargues tiqua lorsqu'il vit ce que le diskonter mit dans un sachet de toile lié par un fil de lin. L'homme y déposa uniquement un sou, neuf grains de sel et neuf feuilles de verveine. Pas de quoi s'éclater avec cette tisane nauséabonde… songea le journaliste. Il y avait pourtant tellement de récipients étiquetés sur lesquels on pouvait lire des noms barbares et mystérieux. Tout en préparant sa mixture, le guérisseur demanda :

— Savez-vous, par hasard, si votre amie dort sur un oreiller à plumes ?

Cette question, aussi anodine que saugrenue, eut le don, au grand étonnement d'Augustin, de mettre en émoi Madeleine.

— Vous voyez aussi des plumes ? bredouilla-t-elle. C'est important, n'est-ce pas ? Alors, j'avais raison…

— Les envoûteurs utilisent souvent la plume comme vecteur. Tout à l'heure, lorsque j'exorcisais cette jeune femme, j'ai clairement perçu le mal s'insinuer en elle durant son sommeil. Quoi qu'il en soit, je vous conseille vivement d'ouvrir au plus vite cet oreiller et de brûler la chose que vous trouverez à l'intérieur.

Malgré lui, Augustin Lafargues frissonna. Que pouvait-on pourtant découvrir dans un oreiller à part d'inoffensives plumes ? Il ne put s'empêcher de faire savoir au diskonter ce que lui criait sa raison. Quel individu pourrait se rendre au domicile de Sylvia, découdre son oreiller et y placer un objet ?

— Mais personne, monsieur, ne s'est introduit chez elle, répondit Yann-Fañch Quémerc'h le plus naturellement du monde. N'oubliez pas que la pensée crée la matière. Le sorcier n'a besoin que d'un cheveu ou d'une photo de sa victime pour opérer…

Le journaliste se contenta de cette explication qui ne lui convenait pas. Après avoir dessiné sur le sachet de toile un signe cabalistique, le diskonter remit ce talisman à Madeleine.

— Que vous doit-on, monsieur ?

— Donnez-moi ce que vous voudrez. Avez-vous apporté du tabac pour ma pipe ? Non… Eh bien ! Un peu d'argent alors. Mais jamais plus que ce que je pourrais dépenser par jour, en nourriture.

Ne connaissant pas les appétits de l'homme, Augustin Lafargues lui tendit trois cents francs. Le diskonter prit le billet de deux cents et lui rendit l'autre.

*

Au même moment, Quentin Le Gwen recevait une communication téléphonique au commissariat. La fleuriste, Hélène Tréguier, pensait avoir reconnu une enveloppe parmi le courrier de Sylvia Nathan. Elle s'excusait de ne pas avoir appelé plus tôt mais un enterrement l'avait retenue à son magasin toute la matinée. Elle avait dû confectionner en un temps record deux coussins mortuaires et trois gerbes afin de les livrer à quatorze heures précises à l'église Saint-Martin.

Quentin Le Gwen et Michel Le Fur prirent aussitôt la direction de la place Georges-Perros. Quand ils entrèrent dans la boutique, la fleuriste, les mains gantées de caoutchouc vert, était occupée à tailler des rosiers d'appartement qu'elle venait de recevoir. D'un mouvement de tête, elle désigna son bureau.

— Regardez vous-même, inspecteurs. Le tas, à gauche…

Au milieu de six lettres aux suscriptions manuscrites, un courrier de l'Urssaf et une note de l'EDF, Quentin Le Gwen sortit une enveloppe sans en-tête, tapée à la machine. Le policier reconnut aussitôt l'envoi. La frappe du “y” était légèrement engorgée d'encre. Bien qu'il eût envie d'ouvrir la missive, il ne le fit pas. La déception, à peine voilée, qu'il lut sur le visage de la fleuriste l'amusa. Il n'assouvirait pas sa curiosité.

— Nous vous remercions, madame, pour votre concours.

— De rien. Si je peux vous être utile. Oh ! Attendez une petite minute. Sauriez-vous où est Sylvia ? J'ai appelé l'hôpital tout à l'heure. On m'a dit qu'elle était sortie. Je ne crois pas que ce soit très raisonnable. Elle paraissait si faible encore hier…

— Je pense savoir où elle se trouve, répondit Quentin, prudent. Je lui dirai de vous joindre.

*

Aidée de son amie Madeleine et du journaliste, Sylvia Nathan montait les escaliers qui la conduisait à son appartement. Elle avait tenu à retourner chez elle prendre quelques affaires et prévenir Jean-Marc qu'elle séjournerait un petit moment chez Madeleine. Suivie de ses cerbères, elle ouvrait la porte de son logement quand son chien, fou de joie de la retrouver, jappant et virevoltant, faillit la renverser. L'accueil de son ami fut moins chaleureux.

— Pourquoi ne m'as-tu pas prévenu de ton départ ? Je serais moi-même allé te chercher ! Inutile de déranger des étrangers.

L'attaque, claire et nette, visait Madeleine et Augustin Lafargues. Ils ne s'y trompèrent pas. Sylvia prévint une riposte verbale de leur part et eut un geste tendre pour son compagnon. Elle l'avait appelé à plusieurs reprises mais il était sorti. Jean-Marc se calmait de son accès d'humeur lorsque la jeune femme lui annonça, avec précaution cependant, qu'elle repartait se reposer deux jours chez Madeleine.

— Dis tout de suite que je suis incapable de m'occuper de toi ! ragea-t-il. Quelle belle preuve d'amour !

Il boudait tel un enfant. Agacé, Augustin Lafargues vit Sylvia, les traits altérés par la fatigue, tenter de désarmer la colère de Jean-Marc. Il faudrait la comprendre. N'avait-il pas des régates à disputer prochainement ? Elle ne se sentait pas le courage, en ce moment, de rester seule toute la journée. Qu'arriverait-il si elle s'évanouissait encore ?

Pendant que le couple s'expliquait, Madeleine fit une chose dont elle ne se serait jamais crue capable. D'habitude si discrète, elle s'éclipsa dans la chambre de son amie, tapota le lit à deux places, et, ne trouvant rien, ouvrit l'armoire sans le moindre état d'âme. Sur l'étagère du bas, elle découvrit ce qu'elle cherchait : des oreillers. Elle délaissa le premier, en mousse, et s'empara du second, en plumes, qu'elle glissa dans un grand sac plastique apporté à cet effet. Avant de retourner dans la salle, elle posa le sac près de la porte d'entrée.

Jean-Marc paraissait être revenu à de meilleurs sentiments. Il fut convenu qu'il viendrait chercher Sylvia chez Madeleine lorsque la jeune voyante se sentirait mieux.

Le trajet jusqu'à Lambézellec fut un peu morose. Aucun occupant de la voiture ne parlait. Sylvia, sans être endormie, gardait les paupières closes. De temps à autre, Madeleine observait le visage crispé de leur conducteur dans le rétroviseur. Elle se prit à sourire. Elle seule savait lire dans le regard d'Augustin Lafargues comme dans un livre ouvert. Il faudrait qu'il fasse attention. La partie n'était pas encore gagnée pour lui…

Dès leur arrivée, Madeleine et le journaliste installèrent la jeune femme dans la chambre d'amis et redescendirent dans la cuisine, laissant Sylvia se reposer. Aussitôt, la maîtresse de maison prit des ciseaux dans un tiroir et se mit à découper l'enveloppe de l'oreiller.

— On peut peut-être ouvrir la fenêtre ? proposa Augustin. Toutes ces plumes…

— Ah ! C'est vrai. J'oubliais vos allergies ! lui répondit Madeleine dans un clin d'œil.

Pourtant, cette précaution ne fut pas vaine. En fourrageant la taie de son avant-bras, Madeleine provoqua une véritable tempête de neige dans sa cuisine. Un duvet se déposa même dans la tasse de café d'Augustin.

— Vous ne trouvez rien ? Je le savais bien… Se rengorgea le journaliste. A-t-on idée de croire à de pareilles inepties et…

Mais Augustin Lafargues ne termina pas sa phrase. Ce que brandit alors Madeleine le laissa pantois.

— Des inepties, et quoi encore ? fit-elle goguenarde.

— Mais qu'est-ce que c'est ce truc ? C'est invraisemblable…

Superstitieuse, Madeleine fit un signe de croix avant

de poser la “chose” sur la table. C’était une sorte de cercle non fermé, d’une vingtaine de centimètres de diamètre, et composé uniquement de plumes agglutinées les unes aux autres, sans que l’on pût malgré tout, observer la moindre trace de colle ou d’un liant quelconque.

— On dirait un anneau… fit Augustin, perplexe.

— Non… c’est une couronne funéraire. Il manque trois centimètres pour qu’elle soit fermée… La vie de Sylvia ne tenait qu’à trois petits centimètres, ajouta-t-elle, songeuse.

— Que voulez-vous dire ?

La voyante fit part au journaliste de la certitude qu’elle venait d’acquérir. Quelqu’un, quelque part, voulait la mort de Sylvia. Incapable de la tuer de ses propres mains, il s’était adressé à un sorcier qui, lors de plusieurs séances d’envoûtement, s’était concentré sur cette tresse. Nuit après nuit, au contact de la tête de Sylvia sur son oreiller, le travail satanique s’élaborait, petit à petit, comme un cancer. La jeune voyante, au fil des jours, perdait de plus en plus ses forces. Sans l’intervention de Yann-Fañch Quémerc’h, elle serait morte au moment où la couronne aurait été achevée.

Augustin Lafargues, bien qu’ébranlé, ne pouvait admettre, qu’à distance, l’on puisse agir sur de la matière inerte. Il allait dire sa façon de voir les choses, lorsqu’un crissement de graviers dans l’allée du jardin le fit regarder par la fenêtre.

— Mince, les flics. Essayons de planquer ça. Vous nous voyez leur expliquer votre théorie ? Ils nous feraient tout de suite un contrôle anti-dopage.

Quand Michel Le Fur, accompagné de Quentin Le Gwen, aperçut le journaliste, son visage se rembrunit. Pourtant, son collègue, tout sourire, vint serrer la main de son ancien camarade de faculté.

— Mais on ne voit plus que toi, ces derniers temps.

— Vous venez de tuer un coq pour une messe noire ? renchérit Le Fur, en embrassant la pièce du regard.

— Non. Je finissais de changer d'enveloppes à mes oreillers, fit Madeleine sans se laisser démonter. Et puis maintenant, vous savez, les sorcières sont des femmes pratiques. Elles n'utilisent plus que du prêt-à-cuire pour leurs orgies démoniaques.

Très vite, la conversation prit un tour sérieux, et même un peu guindé. Les inspecteurs désiraient voir Sylvia. Madeleine objecta que la jeune femme dormait mais Quentin Le Gwen insista. Augustin Lafargues sentit que sa présence gênait les deux hommes. Aussi, prit-il congé de Madeleine en lui promettant de l'appeler le soir-même.

Lorsque celle-ci descendit l'escalier en compagnie de la jeune femme encore vacillante, elle se dit que les flics devaient avoir une fameuse raison pour sortir ainsi Sylvia de son lit.

— Je suis désolé de vous déranger, Sylvia. Mais je dois vous montrer quelque chose, s'excusa Quentin Le Gwen en tirant une carte de son portefeuille.

— Je l'ai reçu au courrier ? C'est ça ? bredouilla Sylvia, la bouche sèche.

— Pas celle-ci, mais sa sœur jumelle qui est au labo. Pourriez-vous nous faire connaître sa signification ? C'est urgent.

Madeleine, par-dessus l'épaule de Sylvia, reconnut la lame XV du Tarot de Marseille, la carte du diable…

— Si c'est pour cela que vous désiriez voir mon amie, c'était inutile, j'aurais pu vous renseigner moi-même.

A peine avait-elle prononcé sa phrase que Madeleine sut qu'elle venait de commettre un impair. Furieuse contre elle, elle se serait giflée. La réaction de Le Fur ne se fit pas attendre, du reste.

— Pourquoi, madame ? Vous êtes voyante ? Je ne vois pourtant pas de plaque sur votre maison…

Sylvia vint au secours de son amie. Madeleine tirait les cartes, certes, mais en amateur. Elle ne recevait aucune rétribution pour cela. L'incident fut vite clos d'ailleurs, grâce à l'intervention de Quentin Le Gwen. Il se fichait éperdument que Madeleine travaille au black, si c'était le cas. Il n'appartenait ni au service de répression des fraudes, ni au fisc.

— Et si vous connaissez les cartes, madame, ajouta-t-il, tant mieux. Vous pourrez nous aider. Une seule chose nous intéresse : débusquer le coupable avant qu'un autre crime n'ait lieu.

Un peu rassérénée, Madeleine prit la carte des mains de Sylvia. Elle voulait éviter à son amie un trop gros effort de concentration.

— Je pense que l'assassin, s'il est vrai qu'il tire un jeu en croix, va placer cette nouvelle carte en maison X. Tu es d'accord avec moi, Sylvia ?

— Tout à fait. Cette lame domine le jeu du tueur. Elle concerne son présent venant du passé. Intéressant…

— Il se voit comme un diable, hein ? demanda Le Fur.

— Ce n'est pas aussi simple, répondit la jeune femme. Regardez cette figure androgyne. Elle possède un sexe masculin, mais a pourtant des seins. Cette lame est celle des passion charnelles, de la sexualité au mieux, de la débauche au pire.

— Vous pensez à un obsédé sexuel ? s'enquit Quentin.

— Il pourrait l'être, à moins qu'il n'ait des problèmes d'identité. Mais rappelez-vous la carte du Bateleur. Elle désignait aussi bien la victime que l'entreprise de son assassin. De même la Papesse, incarnée par Jeanne Le Pape, mais qui, d'une manière ou d'une autre, doit avoir un lien avec l'histoire personnelle de l'assassin. A propos, inspecteur, avez-vous découvert un matricide quelconque dans la région ?

— Cette piste n'a rien donné pour l'instant. Le seul garçon à avoir tué ses parents, dans le Finistère, il y a quinze ans, est toujours sous les verrous...

Par la porte de la cuisine restée entrouverte, trois chats firent irruption en éclaireurs. On entendait miauler le gros de la troupe dans la salle à manger. Toutes affaires cessantes, Madeleine entreprit de nourrir son bataillon.

— Ils sont pire que mes nains de jardin, à bouffer toujours comme ça, murmura Le Fur à l'oreille de Le Gwen.

— Oh non ! Tes enfants ont encore plus d'appétit. Rassure-toi.

Colette, la femme de Michel Le Fur, venait de donner naissance à des jumeaux

La conversation reprit son cours normal lorsque Madeleine eut terminé son service de cantinière.

— Bon, grommela Le Fur. On résume. Moi aussi j'ai

une tétée à dix-huit heures. Si j'ai bien pigé, la prochaine gagnante à avoir une croix gratis sur le front sera une pute ? C'est ça ?

— C'est fort possible, en effet, murmura Sylvia. A moins qu'il ne s'agisse de quelqu'un qui gagne beaucoup d'argent. C'est l'une des significations possibles de la carte du Diable.

— Ou d'un voyant… renchérit Madeleine. C'est la lame des dons occultes.

— Evidemment… murmura Le Fur. Pourquoi faire simple alors qu'on peut faire compliqué. L'idéal serait de dégoter une richissime horizontale poussant des cris mystiques. Facile !

Madeleine parut absente un instant, puis elle prit le bras de son amie.

— Ce sera une femme, Sylvia. Brune. Tu la connais, pas moi.

— Vous avez des flashes, aussi, madame ? s'enquit Quentin Le Gwen d'une voix qu'il voulait rendre naturelle.

— Eh bien, on va faire son portrait robot, renchérit Le Fur.

— Je ne suis pas clairvoyante, répondit Madeleine avec simplicité. Je possède le don de clairaudience. J'entends des voix télépathiques, si vous préférez.

— De mieux en mieux ! ne put s'empêcher de s'exclamer Michel Le Fur. Dans la chanson *Jeanne d'Arc est de retour*, je ne vous donne pas le La, mais trois notes : Do, Ré, Mi !

— Je vous prie d'excuser mon collègue, madame,

bredouilla Quentin Le Gwen. Il n'a pas voulu vous offenser. Il est toujours comme cela lorsqu'un problème le turlupine.

— Cela n'a aucune importance, monsieur. J'ai l'habitude de ce genre de réactions. Et puis, votre ami est angoissé parce que l'un de ses enfants pleure et a de la fièvre.

Michel Le Fur, pour le coup, regarda la voyante comme un mourant sa dernière hostie. Madeleine le rassura. Le petit perçait sa première dent. A deux mois il était précoce.

Curieusement, le policier demanda à son hôtesse la permission de téléphoner. Alors qu'il se levait, un chat lui sauta sur l'épaule, un autre s'agrippa à son veston.

— Pardon, madame. Vous pourriez rappeler vos moutons ? dit-il avec toute la gentillesse du monde.

Sylvia Nathan montrait des signes évidents de fatigue. Quentin Le Gwen attendit que son collègue eût fini de dialoguer avec Colette au sujet de leur lardon pour prendre congé. Il voulait encore savoir une chose ; Sylvia connaissait-elle de près ou de loin le propriétaire d'une Twingo claire ?

— A part Augustin Lafargues, je ne vois pas... Mais j'ignore quel véhicule possèdent la plupart de mes clients...

Perplexe, Quentin se leva. Les services de la police avaient déjà mené leur enquête. Or, aucune personne figurant sur la liste des amis, clients et relations de Sylvia, n'était propriétaire de ce type de voiture, hormis le journaliste, bien entendu...

Même si l'inspecteur renâclait à cette idée, il savait que la voiture de son camarade devrait subir un contrôle méticuleux.

— Juste un mot, inspecteur, demanda Sylvia. Il n'y a pas de date au dos de cette carte ?

— Si… le 2 Novembre. Jour des morts…

☆

Mardi 29 Octobre.

— Le taxi est là, Sylvia. Tu es sûre de vouloir rentrer tout de suite ? Reste jusqu'à demain matin… D'autant plus que si Jean-Marc fête sa victoire avec des copains, tu risques d'être seule une bonne partie de la nuit…

En guise de réponse, la jeune femme embrassa son amie. Toutes deux venaient de finir de dîner.

— Non, Madeleine, tu es gentille mais je préfère partir maintenant. Le chien n'a pas dû sortir de la journée.

L'argument valait son poids pour la madone des animaux. Elle n'insista pas.

— Prends bien soin de toi, ma chérie. Et appelle-moi demain.

Dans la voiture qui la ramenait chez elle, Sylvia songeait aux derniers événements des jours passés.

Tout s'était déroulé comme dans un brouillard. D'un geste machinal, elle caressa l'amulette pendue à son cou. Elle avait conscience d'avoir été bien malade. Depuis la veille, son état s'était considérablement amélioré. Cependant Sylvia ne comprenait toujours pas les causes de cette immense fatigue ni les raisons de ce prompt rétablissement. Parfois, il lui venait à l'esprit qu'elle avait été envoûtée, bien qu'elle ne crût pas en ce genre de phénomènes. En tous cas, l'idée de Madeleine de l'amener chez ce guérisseur s'était révélée bénéfique. Elle se sentait à présent en pleine forme et aurait même volontiers fait la fête en compagnie de Jean-Marc. Elle était contente pour lui. Depuis le temps qu'il galérait, il méritait de gagner cette régate.

— Pourriez-vous vous arrêter à la gare, monsieur ? Je voudrais acheter des cigarettes.

Le chauffeur de taxi opina du chef, peu loquace. Pour une fois, Sylvia aurait eu pourtant plaisir à discuter, même du temps. Beaucoup de monde circulait sur le boulevard Clémenceau. Il devait y avoir un spectacle au Quartz. Le taxi dut freiner pour laisser passer un groupe de personnes en tenues de soirée qui, manifestement, ne connaissaient pas l'usage des passages piétons. Toutes les lumières des néons aux couleurs chatoyantes ou agressives conféraient à la ville un aspect festif. Au dernier feu avant la gare, le chauffeur se rangea sur la file de gauche et mit son clignotant. Sylvia regardait autour d'elle, heureuse de ces petits riens qui vous donnent l'impression de revenir au monde des vivants. Soudain, elle eut l'impression que son cœur allait exploser…

— Arrêtez-vous là, monsieur. Je vous dois combien ?

D'une main fébrile, elle cherchait de l'argent dans son portefeuille mais son regard traversait sans le voir le visage du chauffeur pour se fixer sur un point du trottoir, de l'autre côté de l'avenue, à l'angle du boulevard Gambetta.

L'enseigne lumineuse de l'hôtel clignait par intermittence. De la porte grande ouverte de l'établissement, comme pour une invite, s'échappait un flot de lumière qui éclaboussait le trottoir. Sylvia le trouva obscène, bien que la maison fût des plus respectables. Le couple se décida à entrer. La femme prit le bras de l'homme pour franchir le seuil, mais lui se dégagea aussitôt de l'étreinte. La voyante les suivit des yeux puis, comprenant qu'ils ne ressortiraient pas si vite, elle entra dans le bar-tabac qui faisait face à l'hôtel. Assise à une table accolée à la grande baie vitrée, elle scrutait la façade aveugle. Il était encore tôt pour pratiquer ce type d'exercices, à fortiori pour vouloir se coucher. Une chambre s'éclaira au second étage. Sylvia reconnut l'ombre chinoise de la femme derrière le rideau. Furtive, elle s'éclipsa vers d'autres horizons.

C'est alors que Sylvia s'aperçut qu'elle tournait sa petite cuiller dans le vide. Sa tasse de café, toujours fumante, attendait, quelques centimètres plus loin. Elle secoua la tête pour tenter de réagir, puis, peu à peu, elle eut l'impression de réintégrer son corps, déserté depuis le choc de la vision. Elle ne souffrait pas, n'éprouvait pas encore de colère. Juste une totale incompréhension… Il avait suffi d'un hasard incroyable pour que sa vie se trouve bouleversée : passer là, à cette minute, devant cet hôtel et découvrir que l'homme qui partageait son existence la trompait avec la femme de l'un de ses clients :

Raymond Le Roux. Mais comment Jean-Marc et Térésa Le Roux avaient-ils pu se rencontrer ? Comment deux êtres aussi différents l'un de l'autre avaient-ils pu se plaire ? C'était inimaginable. Soudain, la gorge de Sylvia se noua et des larmes lui piquèrent les yeux. Elle ne voulait pas pleurer pourtant, pas avant d'avoir compris. L'image de son père, la faisant tourner dans ses bras, s'imposa à elle, sans qu'elle sût pourquoi. Elle en conçut un chagrin aussi violent qu'immédiat, comme si ce père, figé, si jeune dans la mort, idéalisé jour après jour depuis plus de vingt ans, venait tout à coup de ressurgir pour disparaître à nouveau. Cette vision fulgurante, telle la lumière d'une étoile perçue encore de la terre mais pourtant éteinte dans les abîmes du néant, laissa Sylvia brisée. Elle se surprit à hoqueter dans le café : « Papa, pourquoi m'as-tu abandonnée ? ». C'était ridicule. Elle le savait. Cependant, jamais encore, la douleur de cette perte ne s'était manifestée avec autant d'acuité.

« Je deviens complètement cinglée… Pourquoi est-ce que je n'arrive même pas à penser à Jean-Marc ? Si quelqu'un me demandait la raison de mes pleurs, devrais-je lui répondre : “C'est mon papa, il est mort… Cela fait vingt-deux ans maintenant !” Allons ma fille… Ressaisis-toi. Un peu de courage. tu est idiote. »

Sylvia, après avoir jeté un dernier regard sur le rectangle de lumière de la chambre d'hôtel se leva et se dirigea vers la cabine téléphonique. Elle éprouvait le besoin de parler à quelqu'un avant de rentrer chez elle.

*

— Mais non, je te dis que tu ne me déranges pas. Je

n'attends personne. Voyons, tu m'as demandé quelque chose de fort… un whisky ? Un cognac ?

— Les deux s'il te plaît.

— Eh bien, toi ! Tu ne fais pas les choses à moitié… Si tu permets, je te mets deux verres. Tu peux me croire sur parole, le mélange de ces alcools n'est pas terrible.

Augustin Lafargues prépara trois verres, mit en sourdine "*Don Giovanni*" et alla s'asseoir dans un fauteuil, face à Sylvia.

— Et maintenant, raconte-moi. Qu'y a-t-il ?

Cette simple phrase prononcée avec gentillesse fut accueillie par un torrent de larmes.

— Décidément, décréta le journaliste, j'ai un don certain de faire pleurer les femmes.

Quand elle put parler, Sylvia raconta au jeune homme son départ de chez Madeleine, la course en taxi et l'inconvenable rencontre.

— Eh bien, répondit froidement Augustin Lafargues, c'est une excellente nouvelle ! Pas de quoi larmoyer ! Au contraire.

Sylvia le regarda, stupéfaite. Puis, elle crut comprendre ce que tentait d'insinuer le journaliste.

— Tu trouvais Jean-Marc antipathique. C'est ça ?

— Pas du tout. Enfin… pas vraiment. Ce n'est pas là le problème. Si tu préfères, la bonne nouvelle, elle est pour moi…

Sylvia renonça à sonder plus avant cet homme énigmatique. Elle but une gorgée de cognac, puis une autre de whisky et décida, après avoir regoûté au premier breuvage, que le cognac était meilleur.

— Tout doux, Sylvia. Tu n'as pas l'habitude de boire... Tu vas être pompette, et je ne pourrai pas te ramener chez toi. Les flics se sont saisis de ma voiture...

Sylvia, étonnée, interrogea le journaliste du regard. Peu décontenancé, ce dernier expliqua qu'une Twingo de couleur claire avait été aperçue chez Jeanne Le Pape. D'après la liste que la jeune femme avait remise à Quentin Le Gwen, il semblait être le seul à posséder ce genre de véhicule.

— Mais c'est idiot ! déclara la voyante. Ils ne vont tout de même pas te soupçonner !

Augustin Lafargues se leva pour prendre une cigarette et en proposer une à Sylvia.

— Le Gwen, je ne crois pas... Mais son alter ego ne m'a pas à la bonne. Enfin, même si la situation n'est pas des plus agréables, elle n'est pas dramatique... Une chose m'ennuie pourtant. Ma voiture était sale, et je l'ai fait nettoyer dimanche.

Et alors ?

— Ils vont penser que je l'ai fait exprès !

Sylvia convint qu'il y avait un risque, en effet. Cependant soupçonner Augustin Largues lui paraissait tellement inimaginable qu'elle se promit d'en toucher un mot à l'inspecteur Le Gwen, lorsqu'elle le reverrait.

Le visage du journaliste devint anxieux. Il s'enquit des intentions de Sylvia.

— Au sujet de Jean-Marc ? Je n'en sais rien. Rompre... Sûrement. Mais c'est ridicule... J'ignore comment j'arriverai à lui parler de cela. Je devrais lui en vouloir, et c'est de moi que j'ai presque honte tu comprends ça, toi ?

En signe d'assentiment, Augustin Lafargues hocha la tête. Encouragée par cette connivence, Sylvia parla du sentiment étrange qui l'avait habité, deux heures auparavant quand elle avait découvert le pot-aux-roses. Pourquoi avait-elle pensé si fort à son père à ce moment-là ? Il était pourtant mort alors qu'elle allait avoir treize ans…

Augustin Lafargues semblait ému par cette révélation. Il alla s'asseoir sur le canapé, à côté de Sylvia, et entoura de son bras, les épaules de la jeune femme, dans un geste fraternel.

— C'est sans doute la première fois qu'un petit ami te trompe… Alors tout naturellement, il t'est revenu en mémoire la trahison essentielle de ta vie… Je crois que tout enfant en veut inconsciemment au parent mort qui l'a abandonné. Tu n'as peut-être jamais été encore en situation d'appréhender l'horreur de la rupture définitive avec ton père. Certes tu savais qu'il était mort, mais ne l'imaginais-tu pas heureux, libéré, dans un ailleurs hypothétique ?

— Si, répondit Sylvia, d'une voix troublée.

— Et l'infidélité de Jean-Marc vient de te rejeter dans la réalité crue de la cassure irrémédiable ; la vraie… j'entends…

Puis d'un ton plus gai, il ajouta :

— Relis Racine, ma fille. Tout est dit.

— Comment sais-tu cela Augustin ?

Le jeune homme sembla hésiter avant de répondre…

— Ma mère est morte lorsque j'avais douze ans. Je lui en veux encore de ne pas m'avoir assez aimé…

Les traits d'Augustin s'étaient altérés. Cet aveu devait

lui coûter. Sylvia lui prenait la main lorsque la sonnette retentit. Aussitôt, sans attendre la réponse du maître des lieux, une jeune femme surgit dans l'appartement. En voyant Sylvia, assise dans le salon, elle parut un instant décontenancée. La voyante reconnut tout de suite la ravissante rousse Philippine Le Roy, l'amie d'Augustin. Elle avait presque oublié son existence. Elle se leva.

— Je m'en vais, Augustin. Merci encore pour… Racine. Au revoir, mademoiselle.

— Ce n'est pas moi qui vous chasse j'espère ? Je m'en voudrais…

La voix aigre de la journaliste démentait ses propos.

Sylvia voulut serrer la main d'Augustin mais celui-ci esquiva le geste et l'embrassa sur la joue.

— Je t'appelle demain. Rentre vite et ne t'inquiète pas.

Alors que la jeune femme refermait la porte d'entrée, elle entendit la pétulante rousse exploser.

— A nous deux maintenant ! Qu'est-ce qu'elle te voulait, cette pétasse ?

Sylvia Nathan ne connut pas la suite de cette altercation houleuse. Elle ne vit pas non plus, quand elle fut dans la rue, que le journaliste la regardait de sa fenêtre.

— Tu m'écoutes !

Augustin Lafargues laissa retomber le rideau et se resservit un verre.

— Non, Philipine. Je ne t'écoute plus. Tu viens de refaire ton petit numéro de fille gâtée. Le dernier en date, le coup de l'horloge parlante, me vaudra au bas mot deux mille francs. Alors maintenant, ça suffit. Tu me laisses tranquille et tu t'en vas.

Le ton acerbe du journaliste inquiéta un peu son amie. Elle crut bon de changer de tactique et mit du myosotis dans l'acier de sa prunelle. Câline, elle s'approcha de l'homme. Comme elle cherchait ses lèvres, Augustin se détourna.

— La réponse est non, Philippine, dit-il d'une voix troublée.

— La réponse à quelle question ? fit-elle, étonnée.

Puis, elle découvrit une once de tristesse dans les yeux de l'homme qu'elle aimait.

— Tu veux dire qu'entre nous c'est fini ? C'est ça ? On ne fera rien ensemble ?

Le bleu myosotis de ses yeux vira au pervenche. Son petit menton volontaire trembla. Augustin Lafargues la trouva très belle à ce moment-là. Il en conçut une certaine honte mêlée à un sentiment confus. Pourtant, il se sentait sûr de lui.

— Je suis désolée de te faire de la peine, Philippine. Mais je ne t'aime pas suffisamment pour te rendre heureuse. Maintenant, je le sais. Tu mérites mieux que l'admiration et la tendresse que je ressens pour toi.

— Salaud ! C'est à cause de cette fille… hein ?

— Elle n'y est absolument pour rien. Laisse-la en dehors de cela. C'est de nous qu'il s'agit. Je n'envisage pas que l'on puisse vivre ensemble, c'est tout… Je ne conçois pas l'idée de faire un enfant avec toi… Nous sommes trop différents.

Le journaliste avait pris son élan pour prononcer ces mots irrémédiables. Il s'en voulait de devoir faire de la peine à Philippine qu'il aimait beaucoup. Le problème était là. Lorsqu'il pensait à ses sentiments pour elle, il éprouvait toujours le besoin de rajouter un adverbe quelconque après le verbe aimer. C'était mauvais signe. Y avait-il une manière élégante de rompre ? Il en doutait… Ou alors, manœuvrer de façon à ce qu'elle prenne elle-même la décision… Mais l'aurait-elle prise ? Philippine restait là, devant lui, comme tétanisée. Il n'osait pas faire le moindre geste et ne savait quelle attitude adopter. Il aurait préféré la voir hurler, trépigner, supplier, selon son habitude. Mais la jeune femme, sans réaction, semblait avoir perdu ses repères.

— Si tu préfères, tu peux rester cette nuit, bredouilla-t-il.

Il ne savait pas pourquoi il venait de lui faire cette proposition. Peut-être parce qu'il avait peur pour elle. Peut-être par lâcheté devant ce chagrin dont il était la cause. Toujours est-il que cette phrase eut le mérite de faire réagir Philippine. Jamais Augustin Lafargues ne fut aussi heureux de recevoir une gifle magistrale.

— Tu me le paieras, ordure ! Je te le jure !

La jeune femme tourna les talons et s'enfuit dans la nuit.

☆

Jeudi 31 Octobre.

En cette fin d'après-midi mordorée comme une feuille automnale, Hélène Tréguier ne savait plus où donner de la tête, ni où poser les pieds dans son magasin envahi de chrysanthèmes et de cyclamens. Peut-être avait-elle commandé trop de pots en cette veille de Toussaint ? Il était si difficile de prévoir la demande de la clientèle ! Pourtant la boutique n'avait pas désempli depuis deux jours. Seulement, il en allait des fleurs comme de la haute couture. La mode dictait sa loi. Et cette année, les clients boudaient les traditionnels chrysanthèmes pour se tourner vers des compositions où le jaune et le blanc dominaient. Manque de chance, elle s'était trompée là encore, en pariant pour le rouge. Aussi, se dépêchait-elle, avant la fermeture du magasin, de solder ses pots.

Inutile, donc, de commenter son humeur lorsqu'un client entra et demanda un bouquet de marguerites.

— Vous ne préféreriez pas des chrysanthèmes, monsieur ? C'est plus de saison, et je fais un prix intéressant…

Mais l'homme insista. Où diable allait-elle dénicher ces fichues marguerites ? Elle en avait pourtant reçu quelques-unes. Elle regarda de biais ce client peu orthodoxe. Elle l'avait déjà vu mais ne parvenait pas à se rappeler le lieu ni le moment de cette rencontre.

— Auriez-vous la gentillesse de m'en mettre dix-neuf ? demanda l'homme, fort aimable.

— Vous savez, monsieur, répondit Hélène d'un air bougon, ce ne sont pas des roses rouges. La botte n'est pas chère et…

— J'insiste. Il m'en faut dix-neuf. Elle va sûrement les compter.

Qui donc était cet olibrius ? En dénombrant ses marguerites, Hélène Tréguier essayait d'imaginer la femme radin que ce type avait dû épouser. Mais la fleuriste n'allait pas être à court de surprises…

— Pourriez-vous les effeuiller, madame ?

— Quoi ? Pour le même prix vous pouvez avoir les pétales, vous savez !

L'homme, pourtant, avait l'air sain d'esprit et ne paraissait pas vouloir se moquer d'elle. Aussi s'exécuta-t-elle, arrachant les pétales blancs des fleurs à leur cœur jaune.

— Vous ne laisserez qu'un pétale à l'une des fleurs, s'il vous plaît.

Suivant les instructions peu conventionnelles de ce client plus que bizarre, Hélène Tréguier dut emballer les moignons pendus au bout de leurs tiges. Le client désirait une présentation très soignée. Comme il fallait, en outre, livrer la chose, Hélène s'inquiéta de la façon dont elle serait accueillie par la destinataire. Lorsque l'homme quitta la boutique, elle jeta aussitôt un œil sur le nom et l'adresse de l'heureuse bénéficiaire. Quelle ne fut pas sa surprise ! C'est à ce moment-là, seulement, qu'elle reconnut l'individu…

Une heure plus tard, Sylvia poussait la porte de la boutique.

— J'arrive trop tôt, Hélène ? Tu es prête ?

Hélène Tréguier comptait partir le soir même pour Rouen, afin de passer le week-end de la Toussaint auprès de sa mère. Quand elle avait fait part de ses intentions à Sylvia, la voyante lui avait proposé de la conduire à la gare.

— Tu as le temps de boire un café ? J'en ai pour une demi-heure environ. En attendant, regarde dans la grande vasque noire. Tu as de la littérature… Entre autre. Je te préviens tout de suite : je n'y suis pour rien ! Ne t'avise pas de me jeter cette horreur à la figure !

Intriguée, Sylvia se saisit du bouquet qui lui était destiné. Elle lut la carte agrafée au papier et, sous le regard éberlué de son amie, commença à compter les tiges.

— Ne te fatigue pas. Il y en a dix-neuf. Et en plus, ma parole, tu as l'air contente !

Sylvia avait, en effet, les yeux un peu plus brillants que d'ordinaire.

— C'est le bouquet le plus attendrissant que j'aie jamais reçu. La carte XIX est celle du soleil, de l'amour vrai… Il s'est souvenu de mes leçons… N'as-tu jamais effeuillé des marguerites lorsque tu étais petite ?

Prosaïque, Hélène Tréguier haussa les épaules.

— Payer cent cinquante francs avec la livraison pour dire ces banalités à une femme… moi, tu sais… Il te plaît, au fait, ce journaliste ? A ta place, je me méfierais ! Offrir un bouquet à la Saint-Valentin, soit. Mais la veille d'une Toussaint ! Il a peut-être un humour au troisième degré… Si, par-dessus le marché, il connaît les cartes du Tarot…

— Ne sois pas idiote ! Tes soupçons sont stupides.

*

Ce soir-là, la circulation dans Brest était dense. Bien qu'elle s'y fût prise à l'avance, Sylvia craignait de ne pas arriver à l'heure à la gare. De plus, comble de l'agacement pour la conductrice, sa passagère, sans mot dire, regardait sa montre toutes les cinq minutes. Pour la distraire, Sylvia reprit la conversation, interrompue par les premiers bouchons.

— Pourquoi ne prends-tu pas le TGV ? C'est tout de même plus rapide !

— Je préfère le train express. L'autre me donne des bourdonnements aux oreilles. Du moment que j'ai de quoi lire… A propos de rapidité, où en es-tu avec l'homme qui tire plus vite que son ombre ?

Cette vulgarité verbale, de la part d'Hélène, étonna la voyante. Il était clair que la fleuriste désirait la choquer.

— Tu parles de Jean-Marc ? J'ai rompu avec lui, mais en attendant qu'il trouve un logement, il habite encore chez moi. C'est l'affaire de quelques jours…

— Ce que tu peux te montrer poire avec les hommes ! commenta la fleuriste. A ce sujet, tu ne vaux pas mieux que cette Térésa.

Sylvia haussa les épaules. Eprouvant le besoin de se confier, elle avait raconté à Hélène la liaison de son ancien ami avec la femme de son client. Peut-être aurait-elle dû taire les détails de l'explication qui avait suivi ? En y songeant, Sylvia éprouvait une cuisante humiliation. Jean-Marc avait d'abord nié être l'amant de Térésa Le Roux, puis empêtré dans ses mensonges, il avait fini par avouer une faiblesse d'un soir. Désabusée, la voyante l'avait alors pris sur le mode de l'ironie, se moquant des goûts douteux de son compagnon, lui qui se targuait souvent d'être un esthète. Ses propos n'étaient pas très amènes pour la femme de Raymond Le Roux. Elle ne méritait sans doute pas les critiques rossardes de Sylvia, mais à coups bas, profil bas. D'ailleurs, ce camouflet avait eu le mérite de mettre le feu aux poudres. Mortifié, Jean-Marc n'avait pu s'empêcher de changer de tactique.

La voyante se souvenait encore de sa morgue lorsqu'il lui avait déclaré : « Mais que crois-tu ma fille ? Tu t'imagines que je couche avec la première venue pour rien ? Combien, à ton avis, coûte la planche à voile qui m'a permis de gagner la dernière régate ? ». Après ces révélations, Sylvia était partie vomir. Jean-Marc, sur ses talons, continuait à vociférer. Térésa Le Roux n'était pas la seule... Deux ou trois autres femmes lui offraient leur lit et leur portefeuille... La plus âgée, de trente ans son aînée, était sa cliente la plus assidue... Pour qu'il se taise enfin, Sylvia l'avait giflé. Le pire moment fut le suivant ; lorsqu'en pleurs, Jean-Marc jura n'aimer qu'elle. Elle l'aurait alors volontiers flanqué à la porte, mais il emmenait le chien...

— A quoi penses-tu Sylvia ? A ton journaliste ? Tu es amoureuse de lui ?

— Je ne suis pas prête à aimer qui que ce soit...

Elles arrivèrent à la gare juste à temps. Sylvia aida son amie à porter les bagages. Elle la prévint qu'elle ne pourrait pas venir la rechercher le dimanche suivant. Elle se trouverait à Rennes, à un festival de la voyance.

☆

Samedi 2 Novembre.

En ce début de soirée, Térésa Le Roux se morfondait. Il ne lui restait plus que quelques heures pour trouver de l'argent. Rendu méfiant, son mari ne laissait plus traîner des liasses de billets dans ses poches. Il prenait le temps de se rendre à la banque toutes les fins d'après-midi, avant la fermeture de l'établissement. Ainsi, pensait-il, sa femme n'aurait plus à le taxer de négligence. Si Térésa avait su à quel point Raymond se tiendrait sur ses gardes, elle aurait manifesté moins de zèle à le tourmenter, la dernière fois où elle l'avait volé. Désormais elle ne pourrait plus compter sur sa collaboration bien involontaire...

Elle s'était sans doute montrée trop gourmande la semaine passée. Tous les soirs, elle avait rejoint Philippe. Les six mille francs que lui avait coûté cette fantaisie l'avaient rendue heureuse, mais fauchée. Or, plus d'économies, plus d'homme ! Elle connaissait la loi dictée par Philippe, acceptée par elle. Comment se résoudre, cependant, à renoncer à ses nuits d'amour ? C'était tout à fait impossible. D'ailleurs, Philippe ne l'aurait pas compris... A la pensée qu'il pût croire que Térésa se lassait de leurs jeux et de leurs conventions, la jeune femme fut secouée de frissons. Et que vendre ? Térésa ne possédait pas d'objets de grande valeur. Elle n'écartait pas, bien évidemment, le projet de cambriolage de son appartement. Elle retirerait quelqu'argent de la télévision, du magnétoscope et de deux ou trois meubles en acajou légués par tante Alice. Mais cette opération, pour être menée à bien, exigeait une organisation sans faille, et donc du temps. Dans quinze jours, elle serait prête. En attendant, il fallait assurer la jonction.

Enervée, Térésa Le Roux fila le bas qu'elle venait de mettre. Raymond choisit le mauvais moment pour interrompre sa femme dans le cours de ses pensées. Par l'entrebaillement de la porte de leur chambre, il lui demanda :

— Je sors faire les courses. Que veux-tu manger ?

— Je m'en fous ! Un plat tout préparé… J'en ai assez de faire la bonne dans cette maison.

Le représentant de commerce ne se fit pas prier pour s'éclipser . Il connaissait le caractère impétueux de sa femme et ne voulait pas en faire les frais.

C'était sa nouvelle manie de faire les courses. En avait-il assez de manger des nouilles à chaque repas ? Sans doute… Mais il n'osait pas élever de protestations devant elle. Cette sortie inopinée de son mari arrangeait Térésa. Elle en profiterait pour s'esquiver à son tour, même sans argent. Elle allait tout expliquer à Philippe. Il lui accorderait sûrementt une avance… Elle était prête à lui signer une reconnaissance de dettes. Et puis, le type du bistrot qui lui avait tiré les cartes lui avait prédit que ce deux Novembre serait pour elle un véritable jour de chance. Philippe allait se déclarer…

Un peu plus confiante, Térésa sortit de chez elle. Elle ne se rendit pas compte, quand elle monta dans le bus, qu'un break bleu la suivait.

Au volant de sa voiture, Raymond Le Roux esquissa un triste sourire. Son pitoyable plan avait marché. Il n'était pas difficile de tendre la perche à Térésa lorsque celle-ci désirait jouer les filles de l'air… Depuis quelque temps, elle ne prenait même plus la peine de lui signifier, un peu tendue, qu'elle sortait. Elle partait, c'était tout. Pour la première fois, Raymond Le Roux voulait voir la réalité en face. Conscient que Térésa avait changé, il avait besoin de mettre un visage et un nom sur le salaud qui lui volait sa femme. Car il était certain d'une chose : il ne s'agissait plus de coucheries à droite ou à gauche. A des signes à peine perceptibles ; une expression rêveuse, une façon de répondre avec plus de gentillesse, Térésa avait une liaison sérieuse. Il le lui ferait payer cher… Elle le prenait vraiment pour un jambon !

*

Au même moment, Sylvia s'apprêtait à se rendre au cinéma. La séance de vingt heures lui convenait. Elle se coucherait tôt comme cela. Le lendemain, il lui fallait être en forme pour tenter de briguer, au festival de la voyance de Rennes, le titre officieux de meilleur extralucide de Bretagne. Elle pensait avoir peu de chance d'être l'heureuse élue mais espérait se classer parmi les cinq premiers. Même si elle n'était pas favorable à ce genre de manifestations trop tapageuses à son goût, elle avait besoin de soigner sa publicité. Comme elle prenait son sac sur la commode, Jean-Marc, assis sur le canapé du salon qui lui servait aussi à présent de lit, lui demanda d'une voix timide :

— Tu sors ?

— Oui je sors. Mais cela ne te regarde pas.

Le jeune homme ne tint pas compte du ton acerbe de Sylvia.

— Je pensais que l'on pourrait peut-être dîner en ville, tous les deux. Cela nous ferait du bien de faire le point… de repartir sur de nouvelles bases… C'est moi qui t'invite bien sûr, s'empressa de rajouter Jean-Marc.

Une semaine encore auparavant, cette proposition eût

ravi Sylvia. A présent, elle la prenait comme une offense supplémentaire.

— Et avec quel argent ? Celui de Térésa Le Roux, je suppose ! Non merci, je ne voudrais pas que la pauvre femme se ruine pour m'offrir un steak frites. Elle a besoin de toutes ses économies, la malheureuse ! répondit Sylvia, ironique. Invite-la plutôt ! Tu lui es très cher, tu sais !

Jean-Marc soupira et reprit la lecture de son journal. Mais la voyante ne le laissa pas s'en tirer à si bon compte.

— Encore un détail, Jean-Marc. Tu as eu quatre jours pour te trouver un nouvel appartement. Je te laisse vingt-quatre heures, pas une minute de plus. Demain soir, lorsque je rentrerai de Rennes, tu auras déguerpi. Compris ?

— Et le chien ? hasarda le beau planchiste dans une dernière tentative pour gagner du temps.

— Tu l'emmènes si tu veux ; je m'en moque à présent.

Et Sylvia tourna les talons. Elle espérait avoir eu l'air convaincant lors de sa dernière réplique qu'elle ne pensait pas le moins du monde. Le setter gordon était la dernière carte de Jean-Marc. Feindre l'indifférence vis-à-vis de Nic constituait pour elle une chance supplémentaire de se voir, au plus vite, débarrassée de la présence de cet homme qu'elle exécrait à présent.

— Inutile de fermer la porte, Sylvia. Je sors aussi.

*

La voyante eut du mal à trouver une place de parking à proximité du haut de la rue Jean-Jaurès. Aussi dut-elle marcher cinq bonnes minutes avant d'apercevoir, face à elle, les salles de cinéma. Le piéton du feu tricolore était au rouge. Sylvia décida malgré tout de traverser, pensant qu'elle en aurait le temps. Juste devant elle, une voiture blanche n'attendit pas que le feu passe au vert et démarra en trombe. Machinalement, Sylvia jeta un coup d'œil assassin sur le chauffard qui, deux secondes plus tard, aurait pu la renverser. Ce regard fugitif la laissa perplexe. Le profil entrevu ne lui était pas étranger. Le conducteur, un homme aux cheveux châtains, coupés court, lui rappelait quelqu'un de familier. Pourtant, elle eût été incapable de mettre un nom sur son visage. Mal à l'aise, Sylvia suivit des yeux la voiture, une Twingo, qui continuait sa route vers la place de Strasbourg. Elle atteignait le cinéma quand un liquide chaud et gluant coula sur la lèvre supérieure. Elle saignait du nez…

*

Il espéra ne pas avoir été reconnu. Que faire, sinon ? Sacrifier Sylvia ce soir ne faisait pas partie de son plan. Il fallait qu'elle fût l'ultime victime, la cerise sur le gâteau, la récompense suprême pour sa rédemption… Pourtant, tout serait fichu si elle avait réussi à l'identifier… Maîtriser son pouls… Il battait trop vite. Il essuya du revers de sa main gantée la sueur malsaine qui perlait à son front et lui piquait déjà les yeux. Avant tout, garder son calme… Il enrageait de cette malchance ! Pourtant, le danger de croiser Sylvia dans la rue existait bel et bien… Un jour ou l'autre, il devait s'y attendre… Il tenta de se rassurer. Il n'avait pas eu d'autre choix que celui de démarrer avant qu'elle ne traverse et passe devant lui. Si jamais elle l'avait vu de face… Une peur rétrospective tétanisa les muscles de ses jambes. Il devait absolument se calmer, empêcher la crise de se produire… Elle contrarierait ses projets de la nuit.

L'homme mit son clignotant non loin de la place de Strasbourg et arrêta son véhicule sur le bord de la chaussée. De la boîte à gants, il sortit un sac en plastique, le plaça contre son visage et se mit à expirer. Il devait à tout prix chasser le trop plein d'oxygène de ses poumons. Une image lui traversa l'esprit. Le pauvre forain, avant de mourir, avait le problème inverse. Il cherchait désespérément de l'air et s'agrippait à sa ventoline. La vie offrait de ces hasards rigolos ! Il éclata de rire. Déjà, les picotements significatifs aux mains s'atténuaient. La lourdeur des bras s'estompait et le cœur reprenait un rythme normal. C'était sûrement grâce au Bateleur, qui, de là-haut, veillait sur lui. Peut-être Jeanne Le Pape se trouvait-elle en sa compagnie ? Tous deux avaient compris sa mission. Il le sentait. Sa maman aussi commençait à admettre… Elle mettait plus de temps… Normal… Et le boudait encore un peu. Bientôt, elle serait fière de lui et lui dirait des mots d'amour… Comme elle devait être contente d'avoir retrouvé une partie de ses cartes ! Toutes les voyantes ne pouvaient, comme elle, se targuer de posséder un jeu vivant ! Il gloussa. “Vivant” n'était sans doute pas le mot approprié. Si Sylvia l'avait entendu, elle n'aurait pas manqué de le corriger ! Transfiguré par la mort, plutôt… Voilà l'expression qu'il cherchait. Bien sûr, sa maman n'aurait pas d'emblée les vingt-deux arcanes majeurs du Tarot. Trop risqué pour lui. Mais enfin, elle pouvait déjà recommencer à s'amuser.

Elle posséderait trois cartes de plus ! Ensuite, il partirait, changerait de ville et poursuivrait son œuvre jusqu'à ce que sa maman, enfin contente, l'accueille au ciel. Comme il fera bon alors de se pelotonner contre elle et de tirer des jeux, ensemble, aux nouvelles connaissances !

Un filet de bave coula à la commissure de ses lèvres entrouvertes. Le visage de l'homme offrait alors un curieux mélange d'expression extatique, propre au ravissement de certains mystiques, et de débilité mentale. Heureusement pour lui, personne, sur le bord de la route, n'était là pour l'observer.

*

A quelques pâtés de maisons de là, dans le quartier de Saint-Marc, Térésa attendait la venue de Philippe. Elle l'espérait, plutôt, n'étant jamais assurée de le retrouver. Ils étaient convenu que ce petit troquet de nuit serait le prochain lieu de leur rendez-vous. Philippe, en effet jouait à présent de prudence et ne voulait pas que Térésa aille à sa recherche de bistrot en bistrot. C'était tout à son honneur, d'ailleurs... Désirant partir avec lui sur de nouvelles bases, Térésa lui avait avoué être mariée. Il n'avait pas eu l'air de lui en vouloir. Toutefois, il lui avait suggéré de se montrer prudente. Elle ne devait pas devenir la victime d'un mari jaloux et irascible.

Haut perchée sur ses talons, la petite femme s'avança vers le juke-box. Elle sentait, posés sur elle, les coups d'œil avinés mais néanmoins concupiscents des mâles de l'endroit. Il faut dire qu'elle était la seule femme et qu'elle avait sorti le grand jeu. N'ayant plus d'argent à proposer à Philippe, elle avait pallié ce manque en se fardant et s'habillant avec un soin particulier. Sa minijupe rouge, boutonnée sur le derrière ne cachait que ce qu'on aurait pu, naguère, appeler sa plus stricte intimité. Un pull angora blanc réhaussé de broderies vertes et bleues et de perles mauves laissait voir, par le décolleté, la naissance de son soutien-gorge. De grands anneaux pendus aux lobes de ses oreilles agrémentaient le tout. Cette déesse, callipyge des bouis-bouis, ne s'aperçut pas qu'une longue échelle à son collant noir invitait les regards à grimper jusqu'au céleste séjour.

Deux gars, un peu plus hardis que les autres, s'approchèrent d'elle et lui conseillèrent certains disques. Tour à tour, Térésa repoussa leurs avances déguisées en riant. Sensible aux hommages masculins, elle ne voulait pas toutefois risquer de s'attirer les foudres de son ami si jamais celui-ci s'avisait de pousser la porte du bar.

Ce ne fut pas Philippe qui entra. L'homme s'assit à une table sans chercher à capter l'attention de Térésa qui, appuyée au juke-box, se trémoussait au rythme d'une samba.

Lorsqu'elle l'aperçut, elle revint tout naturellement vers lui et lui tendit la main.

— Tiens ! Vous ici ? fit-elle, radieuse. La dernière fois, je vous ai cherché mais vous étiez déjà parti… Je peux m'asseoir une minute avec vous ?

Sans attendre la réponse du nouveau venu, elle héla le patron et commanda deux demis. Les clients, un peu déçus, se détournèrent du couple et commentèrent, entre eux, les résultats du dernier tiercé.

Térésa avait déjà bu la moitié de son verre quand elle entreprit l'inconnu sur le sujet qui lui tenait à cœur.

— Sans vouloir vous vexer, je pense que vos cartes se sont trompées. Vous m'aviez dit qu'aujourd'hui serait pour moi un très grand jour. Or, il ne s'est rien passé…

— La soirée vient à peine de commencer. Soyez patiente, et vous verrez.

— Vous avez apporté vos cartes ? s'enquit Térésa avec un espoir non dissimulé.

— Je n'en ai pas besoin. Vos yeux sont un support tout aussi efficace.

La jeune femme rosit, ne sachant pas trop de quelle manière interpréter les paroles de l'homme ! Voyant ou voyeur ? Il se rendit compte de son trouble et tenta de la rassurer. Il lui était possible de lire l'avenir dans l'iris de ses interlocuteurs. Mise en confiance, Térésa s'appliqua alors à ne jamais détacher son regard du sien et, coopérative, écarquilla même les yeux tout en lui parlant.

La magie devait faire son effet car, à brûle-pourpoint, il déclara d'une voix rauque :

— Méfiez-vous, Térésa. Votre mari vous surveille. Sa voiture est garée près du bar… Il guette votre sortie. Je le sens…

La jeune femme se leva aussitôt, entrebâilla la porte, et revint s'asseoir une minute plus tard.

— Ça alors ! Vous êtes impayable ! Comment faites-vous ?

L'admiration sincère qu'éprouvait Térésa pour cet extraordinaire médium ne lui fit pas oublier son rôle de collaboratrice active : elle ouvrit démesurément deux yeux ronds, rougis à présent par l'effort soutenu et l'alcool.

Les mots se bousculèrent dans sa bouche. Il devait tout

savoir d'elle. Pêle-mêle, elle raconta ses problèmes d'argent, les exigences particulières de Philippe, ses craintes de le décevoir, et d'essuyer elle-même une rebuffade de sa part si jamais elle ne trouvait pas le moyen de le payer. Compréhensif, il hochait la tête de temps à autre. Puis, d'un geste apaisant, il mit fin à cette logorrhée.

— Je sais… Je sais. Ecoutez… Je puis peut-être vous aider. Et, je vous en prie, reposez-vous les yeux… J'ai lu tout ce que je devais savoir.

Soulagée, Térésa ferma un instant les paupières dont les cils larmoyants, collés par le rimmel, peignirent sur sa peau de pittoresques figues verdâtres.

L'homme la regarda alors d'un air doux. Il lui expliqua que, pour lui, l'argent n'était pas un problème. Il avait cette chance d'en gagner tant que tant. Hélas, il était seul à profiter de cette manne. D'un naturel timide, jamais il n'avait osé approcher une femme. Et plus le temps passait, plus le pas lui semblait difficile à franchir.

Cette fois-ci, ce fut une bouche stupéfaite que Térésa ouvrit malgré elle.

— Vous voulez dire que vous êtes encore puceau, à votre âge ! s'exclama-t-elle un peu plus fort qu'il ne l'aurait fallu.

L'homme baissa la tête, dans une attitude triste et humiliée. Aussitôt, Térésa regretta son franc-parler. Elle ne désirait pas lui faire de peine. Elle posa sa main sur celle de son compagnon.

— Excusez-moi, je suis idiote ! Mais loin de moi l'envie de vous offenser… Ce doit être déjà assez pénible pour vous…

— Si vous voulez… balbutia-t-il. Je sais bien, qu'à côté de votre Philippe, je ne fais pas le poids. Vous, par contre, vous me plaisez terriblement. Intelligente, intuitive et belle, vous êtes mon idéal de femme.

Il leva alors vers elle un regard pétri d'admiration. Térésa, mal à l'aise, se balança d'une fesse à l'autre sur sa chaise. Avait-elle bien compris ? Cherchait-il une aventure d'un soir avec elle, histoire de se dégourdir ? Ou lui proposait-il une véritable liaison ? Même pour de l'argent, elle n'aurait pas accepté cette seconde proposition. Elle avait ses principes et tenait à rester fidèle à Philippe.

— Que désirez-vous exactement ? finit-elle par demander, épuisée par ces vaines supputations intellectuelles.

— Juste deux heures de votre précieux temps. Pour moi, ce serait une véritable libération. Et je vous jure, sur la tête de ma mère, de ne plus vous importuner par la suite…

L'homme palpa la poche intérieure de sa veste d'un geste significatif avant de poursuivre :

— Et donnant, donnant. Je vous propose six mille francs pour notre petit contrat.

Après avoir jeté des coups d'œil furtifs autour de lui, le mécène du Kãma-sũtra sortit le plus discrètement possible son portefeuille au cuir déformé par une pléthore de billets de banque.

Impressionnée, Térésa se retint de siffler. Cela eût fait mauvais genre. Son sens pratique aiguisé, elle calcula ce que cette somme considérable permettait de lui offrir : six nuits d'amour avec Philippe. L'affaire méritait considération et lui laissait le temps d'organiser, chez elle, un faux cambriolage. Elle regarda l'homme sous un jour nouveau. Certes, il lui paraissait toujours aussi anodin, mais l'argent embellissait les visages les plus falots. Et puis Térésa savait par expérience qu'un homme non averti des plaisirs amoureux n'en valait pas deux. Au bout d'une demi-heure de culture physique, elle serait quitte pour quelques abdominaux au mieux, quelques contusions au pis. Elle pourrait même rejoindre Philippe plus tard dans la soirée…

— Marché conclu ! fit-elle, la mine épanouie.

— J'étais sûr que vous sauriez me comprendre. Ecoutez-moi bien. Vous allez passer par la porte de service. Ainsi, votre mari ne vous verra pas sortir. Vous vous rendrez aussitôt à l'hôtel des Voyageurs, rue Branda. Je vous y rejoindrai dans une heure. Demandez à l'accueil la chambre réservée pour monsieur et madame Fernandez. C'est le numéro dix…

— Je vois que vous avez tout prévu, s'exclama Térésa un peu blessée dans son amour-propre. Et si j'avais refusé votre proposition ?

— N'oubliez pas que je suis voyant ! rétorqua l'homme. Et puis, une femme intelligente comme vous sait à qui elle peut se fier…

☆

Dimanche 3 Novembre.

Pour son premier congrès sur les arts divinatoires, la ville de Rennes, en collaboration avec France 3 Ouest et une association de voyants ayant pignon sur rue, n'avait pas lésiné sur les efforts d'organisation ni sur les moyens logistiques. Un immense chapiteau dressé sur la place de la Mairie accueillait extralucides et curieux. La journée serait divisée en deux moments forts. La matinée verrait élire, après plusieurs épreuves, le meilleur extralucide de la région, tandis que l'après-midi serait consacré à diverses conférences et débats contradictoires.

C'était surtout le premier temps de la manifestation qui intéressait Sylvia. Elle ne pensait pas gagner ce concours officieux mais désirait se confronter à des confrères. Si elle arrivait à se placer parmi les meilleurs, ce succès lui apporterait la publicité dont elle avait besoin. Si elle ne parvenait pas à s'imposer, elle ne perdrait rien, si ce n'est, peut-être, sa propre estime.

Tôt le matin, Sylvia était allée chercher Madeleine chez elle. Cette dernière, hélas, ne pouvait participer au concours réservé aux professionnels qui s'acquittaient de leurs charges. Néanmoins, captivée par l'événement, Madeleine avait tenu à accompagner son amie.

Les deux femmes arrivèrent place de la Mairie, à neuf heures. L'épreuve ne commençant qu'à dix heures, Sylvia flâna entre les différents stands et eut le loisir de se reposer des fatigues de la route. Elle regardait un jeu divinatoire qu'elle ne connaissait pas lorsque Madeleine la poussa du coude.

— Regarde qui veut nous dire bonjour, Sylvia…

A dire vrai, l'homme qui vint, la main tendue, saluer Madeleine n'avait pas encore aperçu la jeune femme.

— Bonjour Madeleine. Je suis ravi de vous trouver ici. Je participe au concours. Dommage que vous ne puissiez être des nôtres ! Vous nous auriez tous battus !

— C'est gentil, Hugo… A propos, connaissez-vous mon amie Sylvia ?

Pendant une fraction de seconde, les traits d'Hugo de L'Astre s'altérèrent. Il attacha son regard sur l'amulette que portait Sylvia autour du cou puis, bien vite, remit de l'ordre dans ses yeux.

— Je n'ai pas ce plaisir, mais j'ai beaucoup entendu parler de vous. Nous nous reverrons sûrement tout à l'heure, n'est-ce pas ?

Puis, sans attendre la réponse, le voyant s'éloigna à grands pas.

— Je n'ai pas l'impression, Madeleine, que ma présence dans ces lieux lui soit aussi agréable qu'il le prétend. Et j'ai l'intuition, ajouta Sylvia en riant, qu'il craint de me voir participer au concours. Pas vrai ? C'est plutôt flatteur, non ?

Madeleine ne la détrompa pas. Bouleversée, elle venait de tout comprendre… Jamais, elle n'aurait cru Hugo de L'Astre capable d'une telle forfaiture. Seule, sa petite voix télépathique lui avait soufflé à l'oreille l'écœurante vérité. Lorsqu'elle l'entendait, Madeleine était certaine de ne pas se tromper. Mais elle devait se taire, tout du moins jusqu'à ce que Sylvia ait passé avec succès les épreuves qui l'attendaient…

— A quoi penses-tu Madeleine ? Tu as l'air soucieux.

— A rien, ma belle. Viens, on appelle les concurrents. Il faut se dépêcher.

Dans un endroit du chapiteau, une estrade, séparée du reste par de grandes plantes vertes, attendait les candidats ! Face à elle, une vingtaine de rangées de chaises étaient réservées aux spectateurs. Madeleine trouva une place encore libre au troisième rang et s'assit aussitôt de crainte de se voir piquer sa chaise.

Un à un, les voyants, à l'appel de leur nom, montèrent sur l'estrade où étaient disposés dix-huit minuscules box, séparés les uns des autres par un rideau bleu.

Sylvia fut la cinquième à grimper les quelques marches. Un bon chiffre, pensa Madeleine en croisant les doigts. Hugo de L'Astre, appelé en avant-dernière position, gravit les degrés de sa démarche de félin. Madeleine ne connaissait pas les autres candidats. Seuls, deux ou trois noms lui disaient vaguement quelque chose.

Lorsque tous les voyants se furent installés, l'animateur prit un micro et se dirigea vers un homme âgé, au crâne dégarni qui tenait entre les mains une série de grandes enveloppes jaunes en papier kraft. Après des circonlocutions interminables au gré de Madeleine, le présentateur, entourant toujours de son bras protecteur le petit bonhomme, comme pour mieux affirmer sa virilité, consentit enfin à le faire connaître au public.

— Pour m'assister, voici, mesdames, messieurs, maître Chevillard, huissier de justice à Rennes. Il va remettre à nos sympathiques candidats une enveloppe, cachetée bien sûr. Chaque pli contient la photographie d'un monument ou d'un site de France, connu de tous. Nos concurrents auront dix minutes pour tenter de reconnaître l'endroit en question. Il va sans dire que les petits malins qui décachetteraient leur enveloppe seraient é-li-mi-nés !

Souriant à ce qu'il croyait être une boutade, l'animateur attendit des rires ou une réaction du public. Rien ne vint. Après ce flop, il eut le mérite d'être plus bref.

Sylvia, à présent, se concentrait sur son enveloppe close. Elle la palpait, la retournait dans tous les sens, cherchant à résoudre l'énigme. Tout d'abord, l'image d'un tableau de Kandinsky, aux formes géométriques, lui vint à l'esprit. Mais il ne pouvait pas s'agir d'une peinture. Elle respira lentement, fit le vide en elle. La vision confuse d'une foule se pressant aux guichets s'imposa à elle ? Où se rendaient tous ces gens ? Au loin… des formes blanches. Une autre, en verre… Un dôme. Pour mieux s'imprégner de cette image mentale, la voyante ferma les yeux. Des parterres fleuris… si beaux qu'ils auraient gagné n'importe quel concours d'horticulture… Derrière le verre, des cascades d'eau. Sylvia ne s'était jamais rendue dans cet endroit. Malgré tout, un nom, comme un écho lointain se rapprochant de plus en plus, finit par dominer tout le reste.

Elle écrivit ce nom sur un papier placé à cet effet dans son box et attendit. La plupart des candidats avaient déjà posé leur stylo. Trente secondes plus tard, une petite musique annonçait la fin de l'épreuve. Il était temps !

Une hôtesse d'accueil vint prendre les copies pour les apporter à cinq personnalités du monde de la voyance ou de l'astrologie qui composaient le jury.

Verdict fut rendu un quart d'heure plus tard. Sylvia, pas plus que les autres candidats, n'avait la permission de sortir de son box. Elle aurait pourtant volontiers grillé une cigarette, histoire de se détendre.

L'animateur, après avoir parlé aux membres du jury, revint sur scène, une feuille à la main.

— Mesdames, messieurs, j'ai l'extrême plaisir de vous annoncer qu'à l'issue de cette épreuve, nous avons trois gagnants. Quatre de nos candidats ont rendu copie blanche ! Deux d'entre eux ont parié pour la tour Eiffel. Enfin ! Soyons sérieux ! ajouta le présentateur du show-business en s'approchant de l'un des fautifs. Comment avez-vous pu croire que nous choisirions ce monument ? Même un enfant de dix ans aurait senti le piège !

Un murmure désapprobateur parcourut les spectateurs comme une houle sur l'onde agitée. Un homme du dernier rang, sans doute aviné, apostropha fort et clair le boute-en-train de service.

— Eh toi ! Pas besoin d'ouvrir une enveloppe pour deviner que t'es le cocu du siècle !

Rires dans la salle pendant que deux organisateurs chassaient le malotru.

Le malheureux vilipendé bafouilla quelques mots sur scène avant de décider de se la jouer sobre. Et ce fut presque de mauvaise humeur qu'il annonça les gagnants.

— J'appelle à me rejoindre Hugo de L'Astre, de Brest ; Laëtitia Saint-Clair, de Redon et Sylvia Nathan, de Brest également. Nous remercions tous les autres candidats pour leur sympathique participation.

La première pensée de Sylvia fut qu'elle avait trouvé

le lieu en question. Le Futuroscope de Poitiers. Puis, elle réalisa qu'un combat, à armes égales, allait enfin l'opposer à son confrère : Hugo de L'Astre. Elle n'en fut pas mécontente. Elle qui, une heure plus tôt aurait été ravie de figurer parmi les finalistes, désirait à présent lui damer le pion. Etre classée deuxième à l'issue du tournoi lui importait guère, du moment qu'Hugo de L'Astre terminât troisième…

Pour la seconde épreuve, les trois finalistes avaient le droit d'utiliser leurs cartes ou autre support mantique de leur choix. On leur accorda un moment de détente au préalable. Délassement relatif toutefois. Il leur était interdit de quitter la scène et de communiquer avec les jurés. L'hôtesse proposa à Sylvia une boisson, qui en profita pour lui demander un cendrier. Elle chercha des yeux le visage de son amie. Beaucoup de spectateurs avaient quitté leur place le temps de l'entracte. Mais Madeleine, fidèle au poste, ébaucha dans sa direction le signe de la victoire. Cette nouvelle preuve d'affection inconditionnelle réchauffa Sylvia plus encore que le café apporté par l'hôtesse.

Puis, le présentateur revint sur le podium accompagné d'une femme d'un certain âge, choisie, au dernier moment dans la foule, par les membres du jury. La seconde épreuve commençait. Il s'agissait, pour les trois voyants, de deviner la profession de cette femme. Se pliant aux règles du jeu, elle passa devant chaque candidat muni d'un micro et choisit, ici et là, des cartes, selon la demande. Bien entendu, personne ne devait lui poser de questions. Lorsque vint le tour de Sylvia, la voyante serra un instant la main de la femme et la regarda droit dans les yeux. L'image d'enfants alités s'imposa aussitôt à elle. Par acquis de conscience, elle lui enjoignit de tirer quatre cartes, la priant de se concentrer sur son métier. Le jeu de la dame confirma la vision de Sylvia qui griffonna un mot sur son bulletin réponse.

Vingt minutes plus tard, Sylvia bavardait avec Madeleine dans l'assistance lorsque le présentateur réclama le silence général.

— Mesdames, messieurs, veuillez excuser notre petit retard. Les réponses de nos candidats, assez proches les unes des autres, méritaient réflexion. Sur le premier bulletin, celui de madame Laëtitia Saint-Clair, est écrit le mot : "médecin scolaire". Monsieur de L'Astre pense, lui, que notre mystérieuse inconnue est infirmière. Quant à mademoiselle Nathan, sa réponse est : pédiatre.

Alors madame, ne nous faites plus languir ! Eclairez-nous ! Que faites-vous exactement ?

Le femme se dit réellement impressionnée par les performances des voyants. Tous trois avaient deviné qu'elle exerçait une profession dans le domaine de la santé. Pourtant, aucun d'eux n'avait pressenti qu'elle parcourait le monde… Médecin sans frontières, telle était sa véritable fonction à présent. Mais si elle soignait adultes et vieillards, elle était bel et bien pédiatre de formation.

Une salve d'applaudissements accueillit les révélations de la femme. Sylvia, déclarée gagnante, fut assaillie par une foule de sympathisants et de clients potentiels qui lui demandaient sa carte.

Quand elle put se libérer, elle chercha Madeleine.

La remise de prix n'aurait lieu qu'au début de l'après-midi et Sylvia avait une faim de loup. Elle décida d'inviter son amie dans l'un des meilleurs restaurants de la ville. Sa victoire valait bien ce petit sacrifice pécuniaire, même si ses finances ne lui permettaient pas trop souvent ce genre de fantaisies.

Elle trouva Madeleine en compagnie d'un vieux monsieur.

— Sylvia ! Ma belle ! Je te présente Félicien Lemaître, l'un de nos confrères. Et, félicitations ! ajouta Madeleine, l'œil pétillant de fierté. Mais je le savais bien… Tu es la meilleure de nous tous.

Sylvia rougit de confusion et, pour couper court aux effusions trop chaleureuses de son amie, elle s'intéressa aux vieil homme. A la retraite depuis plus de douze ans, il aimait encore, de temps à autres, se retremper dans l'atmosphère de la voyance qui avait été la sienne pendant quarante années.

— Mais si, mademoiselle, vous avez été remarquable. N'en ayez pas honte ! Quelle bonne idée de la part de Rennes d'avoir renoué avec ce genre de manifestations.

— Ah bon ? s'étonna Sylvia. Il me semblait que c'était le premier congrès sur le sujet.

— Pas du tout… Mais vous êtes trop jeune pour le savoir. Il y a vingt ans, se tenait le dernier festival de voyance, non loin d'ici. Je m'en souviens d'autant mieux que j'avais gagné le troisième prix ! Le premier, hélas, n'a pas porté chance à cette pauvre Monique…

Puis conscient d'avoir gaffé, le pauvre homme essaya de se rattraper.

— Ne vous en faites pas, monsieur, répondit Sylvia en riant. Je ne suis pas si superstitieuse ! Qu'est-il donc arrivé à cette femme ? ajouta-t-elle.

— Elle a été trouvée assassinée chez elle, trois mois après avoir gagné. Jamais la police n'a pu mettre la main sur le criminel....

— Répétez-moi son nom s'il vous plaît... De quelle façon a-t-elle été tuée ? fit Sylvia, la voix altérée.

Tandis que le vieil homme parlait, un flash s'était imposé à elle... le même qui l'avait déjà hantée...

— Elle s'appelait Monique Barrot, mais répondait au nom de madame Lucie pour ses clients. Sans être amis, nous nous voyions de temps en temps... C'est à l'arme blanche qu'elle a été tuée...

— Avait-elle des enfants ?

— Au moment de sa mort, elle vivait avec son fils, âgé d'une douzaine d'années, je crois... Son prénom, attendez... Je ne me souviens plus très bien... Pierre, Jean ou Paul... Le prénom de l'un des apôtres. Elle avait perdu accidentellement une petite fille, quelques années précédant ces faits. La pauvre femme ne s'était jamais remise de ce décès.

Sentant Sylvia bouleversée, Madeleine lui demanda si tout allait bien. Mais la jeune femme repoussa gentiment la sollicitude de son amie.

— Savez-vous, monsieur, ce qu'est devenu son fils ?

— Ma foi... non. Je n'ai plus entendu parler de lui.

Sylvia sortit de son sac un calepin et, avec la permission de son interlocuteur, nota ses coordonnées, ainsi que, de peur de l'oublier, le nom de Monique Barrot.

Ces révélations n'entamèrent pas le solide appétit de Sylvia. Attablée à présent devant des ris de veau aux langoustines, elle huma avec délice le fumet délicat qui s'échappait de son assiette.

— Tu vas manger tout ça ? Après les oursins ? s'étonna Madeleine. Eh bien, ma petite fille, je ne te reconnais plus.

— J'aurais peut-être pu inviter Hugo de L'Astre… Tu ne crois pas ?

— C'eut été la dernière des bêtises à faire, répondit Madeleine entre deux bouchées de sole meunière. D'ailleurs, je l'ai vu quitter le congrès. Il a été tellement vexé d'avoir été évincé de la première place par toi, que, tu peux me croire, il ne sera pas présent cet après-midi, à la remise des prix. Et puis, ajouta Madeleine d'une voix douce, je dois t'avouer autre chose…

Les précautions que prit Madeleine avant de parler alertèrent le sixième sens de Sylvia déjà fortement sollicité en ce jour. Un peu à la manière d'une aide-soignante qui tente d'encourager un patient, Madeleine rappela à son amie ses anciens troubles physiques, sa maladie et son hospitalisation. Tous ces événements semblaient déjà loin à Sylvia. Mais lorsque la voyante lui annonça qu'Augustin Lafargues et elle-même avaient craint pour sa vie, la jeune femme ne put s'empêcher de frissonner.

— Tu sais ce qui m'est arrivé, hein, Madeleine ! Alors, je t'en prie, dis-le moi…

— Ma petite fille, je ne t'en aurais jamais parlé si, aujourd'hui, je n'avais compris l'origine de tes maux. Tu dois une fière chandelle à Yann-Fañch Quémerc'h. Il t'a sauvée d'une mort certaine…

Et Madeleine expliqua à Sylvia ce que la jeune femme avait pris pour une simple séance de guérison empirique. Il s'agissait en fait d'un véritable désenvoûtement.

— Mais qui aurait voulu m'envoûter, Madeleine ? Tu crois en ces idioties ?

— Même Augustin Lafargues en est persuadé à présent… C'est pour te dire ! Quant à l'instigateur de ces joyeusetés, je ne t'étonnerai pas si je t'apprends qu'il s'agit d'Hugo de L'Astre.

Madeleine fit part à Sylvia de cette certitude, acquise le matin même. Tout d'abord, le voyant avait paru surpris de voir la jeune femme. Sans doute, la croyait-il toujours au plus mal. Puis, lorsque son regard s'était posé sur l'amulette de Sylvia, donnée par le désenvoûteur pour la préserver de toute attaque, Hugo de L'Astre, par une expression affolée, s'était trahi ! Madeleine avait capté sa pensée. Le voyant craignait par-dessus tout le retour à l'envoyeur. Sans doute, trop sûr de lui, comme à l'accoutumée, ne s'était-il pas suffisamment protégé en invoquant les démons… On ne joue pas impunément à ces jeux dangereux.

— Mais pourquoi avait-il agi de la sorte ? s'écria Sylvia encore incrédule quoique ébranlée par ces révélations.

— Tu lui fais de l'ombre, répliqua Madeleine. Il a pris, à mon sens, très au sérieux ce concours. S'il l'avait gagné, sa renommée aurait franchi les frontières du Finistère. Il a manigancé ce stratagème pour t'empêcher d'être à Rennes aujourd'hui.

— Admettons… Et s'il recommençait Madeleine ? J'ai peur…

La voyante tapota la main de son amie tandis qu'un serveur leur apportait une onctueuse crème brûlée.

— Tu ne peux plus craindre ses agissements. Il le sait bien d'ailleurs. Garde toutefois l'amulette…

Alors qu'elles regagnaient le congrès, Sylvia, à son tour, fit part à son amie de ses propres doutes. La rencontre du vieux voyant l'avait perturbée ce matin-là. Dès qu'il avait commencé à raconter l'histoire de cette pauvre tireuse de cartes, elle avait clairement reçu la vision d'un enfant lardant de coups de poignard le corps de sa mère. Ce flash, elle l'avait déjà eu auparavant, lorsque l'inspecteur Le Gwen lui avait montré les cartes de la Papesse et de la Maison-Dieu.

— Je m'en souviens, répondit Madeleine. Et plus que jamais, tu penses que ce jeune garçon et l'assassin de Brest ne font qu'un. C'est cela ?

Sylvia hocha la tête en signe d'assentiment. Quelle ne fut pas sa surprise lorsque Madeleine déclara d'une voix neutre :

— J'en suis certaine également…

*

L'après-midi passa très vite. Après avoir reçu son prix - en l'absence d'Hugo de L'Astre, tel que l'avait prédit Madeleine - Sylvia assista à deux conférences, puis, fatiguées de leur journée, les deux femmes décidèrent de regagner Brest.

La nuit était tombée lorsque Sylvia déposa Madeleine au pas de sa porte. Pour autant, la soirée lui réservait encore des surprises, et non des moindres. Un mot épinglé à sa porte l'invitait à se mettre en contact avec le commissariat, et cela, à n'importe quelle heure. Sylvia prit le temps toutefois de rentrer chez elle et d'appeler Augustin Lafargues. Aucune réponse. Pourtant, le journaliste avait l'habitude de conserver sur lui son portable. Avant de ressortir, Sylvia eut tout du moins la satisfaction de voir que les affaire de Jean-Marc n'étaient plus là…

Au commissariat, c'était l'effervescence. Inhabituelle pour un dimanche soir. Dès que Sylvia se fut présentée, un lieutenant de police appela aussitôt le commissaire Benoît. Si le grand patron désirait la voir, se dit Sylvia le cœur battant, il s'était passé quelque chose de grave. Et soudain, ce fut le déclic, lorsque, derrière le bureau d'accueil, elle vit un calendrier affiché au mur. Comment avait-elle pu oublier ? Nous étions le trois Novembre, le lendemain du deux. La dernière fois qu'elle avait vu cette date, écrite au revers de la carte du diable, elle était bien malade… mais tout de même !

— Veuillez me suivre, Madame. Le commissaire vous attend.

Sylvia n'eut pas le temps de s'appesantir sur son manque de discernement. Presque poussée dans le bureau par le lieutenant de police, la jeune femme eut la désagréable sensation que trois paires d'yeux se fixaient sur elle.

— Asseyez-vous, Madame, fit le commissaire d'une voix sombre. Nous vous avons cherchée toute la journée.

Un peu haletante, Sylvia relata, en trois mots, son emploi du temps.

— Et comment s'est passé pour vous ce concours ?

s'enquit Quentin Le Gwen, montrant un peu plus de chaleur dans le regard que les autres.

Sylvia, intimidée, bredouilla qu'elle avait obtenu le premier prix.

— Tant mieux… marmonna le commissaire. Je connais un de nos amis qui va avoir besoin de toutes vos lumières pour sauver sa peau

La gorge sèche, Sylvia crut qu'elle allait s'évanouir. Elle se cramponna aux bras de son inconfortable fauteuil et griffa le bois de ses ongles.

— Augustin ? réussit-elle à articuler. Il est arrivé quelque chose à Augustin Lafargues ?

— Non, pas à ce fouille-merde, grommela Le Fur. Enfin, pas pour l'instant.

Quentin Le Gwen s'amusa alors du soulagement immédiat qui venait de transfigurer le visage de la voyante.

— Vous vivez bien avec un certain Jean-Marc Vautier, non ? questionna le commissaire en s'asseyant sur le coin du bureau.

Pour toute réponse, Sylvia demanda un verre d'eau. Quand elle eut obtenu satisfaction, elle put enfin parler.

— Je vivais avec lui, pour être plus exacte. Me direz-vous enfin ce qui s'est passé ?

Quentin Le Gwen prit alors la parole. Le corps d'une femme avait été retrouvé, tôt ce matin-là, dans une chambre d'hôtel de la rue Branda. La victime gisait sur le lit, tout habillée, dans la même position que, naguère, le forain et Jeanne Le Pape. L'assassin avait déposé la carte du diable sur le bas-ventre de la femme.

— Une prostituée ? s'enquit Sylvia.

Malgré elle, la jeune femme cherchait à gagner du temps. Elle entrevoyait une partie de la vérité et se refusait à l'entendre. La peur lui nouait l'estomac, engourdissait ses muscles. Elle se frotta les yeux pour tenter de refouler ses larmes. Mais elle connaissait d'avance l'identité de la victime.

— Non, répondit Quentin Le Gwen. Pour une fois, il semblerait que votre intuition vous ait trompée. Il s'agit de l'épouse de l'un de vos clients : Térésa Le Roux.

Voilà pourquoi Jean-Marc se trouvait impliqué à ce meurtre, songea Sylvia. C'était si absurde…

— Et Jean-Marc ? s'entendit-elle prononcer.

Tandis que Quentin Le Gwen baissait la tête, gêné, le commissaire Benoît, sans états d'âme, fournit à la voyante l'explication demandée. L'hôtelier connaissait Téresa de vue, pour l'avoir déjà reçue en tant que cliente dans son établissement. La veille, elle s'était présentée seule à la réception, réclamant la clé de la chambre dix. Les deux fois précédentes, elle était accompagnée d'un jeune homme qui restait toujours un peu en retrait. Néanmoins, son physique était suffisamment remarquable pour que l'hôtelier ait pu établir, le matin même, un portrait robot.

Et pour prouver ses dires, le commissaire Benoît exhiba l'image réalisée sur support informatique.

Pas de doute possible. Même Nic, le chien, aurait reconnu son maître. Sylvia tenta alors de convaincre son auditoire qu'il s'agissait d'une méprise. Jean-Marc entretenait peut-être une relation avec Térésa Le Roux. Ce n'était pas pour autant qu'il l'avait tuée.

— Vous êtes un étrange avocat… marmonna le commissaire. Le fait qu'il vous trompe n'a pas l'air de vous déranger.

Sylvia sentit aussitôt qu'elle avait le pouvoir et l'occasion d'enfoncer Jean-Marc ou de le sauver. Tout dépendait de ce qu'elle allait dire maintenant. Le jeune homme devait se trouver dans un autre bureau, non loin d'elle. Avait-il dit la vérité ? Sûrement… Pour sauver sa peau, il avait dû ravaler le peu d'amour-propre qui lui restait. Pourtant, son orgueil à elle souffrait de devoir déballer devant ces flics toute cette humiliation subie.

— J'étais au courant, en effet, de ses frasques, murmura-t-elle.

Le reste de sa pitoyable histoire fut plus facile à dévoiler. Le premier pas franchi, les autres suivaient naturellement. Elle n'omit rien, ni sa rencontre fortuite avec Jean-Marc alors qu'il pénétrait dans un hôtel, ni la dispute qui en avait découlé, ni la honte qu'elle avait ressentie lorsque le jeune homme lui avait craché à la figure le nom de ses autres conquêtes.

— Vous souviendriez-vous, par hasard, du nom de ces femmes ? l'interrompit Quentin Le Gwen.

— Non… D'ailleurs, il ne m'a donné que les prénoms. L'un, parmi eux, me paraissait démodé… Peut-être s'agissait-il de la meilleure d'entre elles, d'après lui… Elle était son aînée de trente ans.

Sylvia ne cherchait plus à refouler ses larmes, ni à les essuyer. Le débordement soulageait son âme blessée.

— Essayez de vous rappeler, insista Le Gwen.

— Yvonne… non. Simone. Oui, c'est ça, Simone.

Les trois policiers se regardèrent d'un air entendu. Le commissaire Benoît apprit alors à Sylvia que Jean-Marc, interpellé chez elle dans l'après-midi alors qu'il bouclait ses dernières valises, faisait à présent l'objet d'une garde à vue.

— C'est moi qui lui ai donné cet ultimatum, précisa Sylvia. Il avait jusqu'à ce soir pour se trouver un autre logement.

— C'est en effet ce qu'il nous a dit, commenta le commissaire. Mais nous étions en droit de penser qu'après le meurtre de sa maîtresse, il cherchait à fuir.

D'une voix neutre, Quentin Le Gwen prit le relais. Faire parler Jean-Marc n'avait pas été une tâche bien difficile. Au bout de dix minutes d'interrogatoire, il avouait tout, même ce qu'on ne lui demandait pas, sauf le fait d'avoir tué Térésa Le Roux. Il prétendait ne pas l'avoir vue la veille et se targuait d'un alibi. Monsieur avait passé la nuit à conter fleurette à une certaine Simone Labbé, veuve d'un capitaine au long cours.

— Tout à fait délicat, votre gigolo, glosa Le Fur en se curant les ongles. Balancer ainsi ses colocataires de bidet ! Le hic est que sa friandise douairière ne le connaît pas. Elle semble victime d'une soudaine épidémie d'Alzheimer.

— Tout de même, protesta Sylvia. On peut arriver à prouver que l'on connaît intimement une personne !

— Mais il l'a fait, répondit Le Fur de sa voix doucereuse. Toutefois, rien n'établit qu'il surfait hier soir entre ses draps roses.

— Le compte en banque de cette femme… suggéra Sylvia.

— Nous y songeons… Demain est un autre jour. A notre humble avis, ce frétillant hareng mérite quelques heures de conserve…

☆

Lundi 4 Novembre.

Sylvia se réveilla fatiguée. Après avoir nourri le chien et s'être fait couler un bain, elle réfléchit aux événements de la veille en buvant un café brûlant. L'heure des bilans avait sonné pour elle. Dans la colonne crédit, elle mettait son premier prix de concours. Les clients, friands de ce genre de publicité, ne manqueraient pas de se montrer curieux à son égard, d'autant plus que France 3 Ouest lui avait demandé de participer à une émission télévisée. Elle placerait peut-être autre chose dans cette colonne, même si elle n'osait pas encore y songer. Sur sa feuille blanche, séparée en deux, elle traça un point d'interrogation. Quant au débit, elle inscrivit sa vie sentimentale, Jean-Marc et Hugo de L'Astre.

Sylvia ignorait encore qu'elle aurait pu coucher là l'un des moments à venir, dont le douloureux écho se prolongerait longtemps en elle comme un glas.

La petite place Georges-Perros était vide lorsqu'elle y gara sa voiture. Un violent vent d'est soulevait du bitume les feuilles défuntes du tilleul. Brunes et légères, elles tourbillonnaient sans but, telles des âmes errantes. Le rideau de fer de la “Fleur d'Ys”, toujours baissé, claquait sa plainte à la bourrasque qui ne se lassait pas d'écouter sa voix de crécelle.

Sylvia se demanda si Hélène était rentrée de Rouen. Elle ne travaillait pas le lundi. Peut-être en avait-elle profité pour rester un jour de plus chez sa mère.

La jeune femme hésita un moment sur le palier du premier étage et regarda sa montre. Trop tôt pour prendre un café et papoter avec son amie. Elle continua donc jusqu'au second. Elle avait pris du retard dans son courrier et désirait profiter de cette heure matinale pour y remédier. Certains clients préféraient ce moyen de consultation. Ils confiaient leurs soucis ou déboires au papier, ajoutant souvent dans l'enveloppe quelques photos. Répondre par lettre exigeait plus de nuances et de diplomatie et demandait, de ce fait, une grande disponibilité.

Vers dix heures, Sylvia appela Quentin Le Gwen sur son portable. Assez choquée par les révélations de la veille, elle avait oublié de lui rapporter la conversation qu'elle avait eue à Rennes avec Félicien Lemaître. Le policier, déjà sur la route, s'apprêtait d'ailleurs à se rendre chez elle. L'inspecteur Le Gwen, contrairement à ce qu'aurait cru Sylvia, se montra fort intéressé par l'histoire de cette voyante rennaise, assassinée à coups de couteau par un mystérieux inconnu.

— Je vais me mettre en rapport avec mes collègues rennais. Il serait bon de fouiller les archives et de comparer les armes. S'il s'agit du même assassin, nous pouvons parier qu'il a utilisé la même lame. Les psychopathes de ce type sont fétichistes. Encore faut-il qu'on n'ait pas retrouvé, à l'époque, l'arme du crime…

— Je pensais que vous ne croyiez pas en mes visions ? le taquina Sylvia. Je vous avais pourtant fait part de ma certitude d'avoir affaire à un enfant matricide…

— Ma chère Sylvia, répondit Le Gwen, en souriant, je n'accorde à vos flashes qu'un intérêt relatif. Le fait que cette femme était voyante me passionne davantage. Il ne faut négliger aucune piste. Mais je vous promets de me renseigner sur le fils de Monique Barrot. Il se peut d'ailleurs que je fasse un saut à Rennes jeudi ou vendredi prochain.

Lorsque Sylvia serra la main de Quentin Le Gwen, elle ne put s'empêcher de lui demander ce qui allait arriver à Jean-Marc.

— Rien, sans doute… Cela m'étonnerait fort que ses victimes consentantes portent plainte. En tout cas, nous le relâcherons dans la journée. Mais ne vous inquiétez pas. Michel Le Fur veille sur lui comme une bigouden sur sa coiffe. Même s'il ne fait pas dans la dentelle, vous pouvez être certaine qu'avec lui, votre Jean-Marc ne fera plus un faux-pli.

— Ce n'est pas “mon” Jean-Marc, répondit Sylvia en riant. Coiffe ou pas, ce n'est pas à lui de porter le chapeau. Parce qu'il n'est pas coupable !

— C'est ce que l'avenir nous dira.

*

Après le départ du policier, Sylvia descendit un étage et frappa, à tout hasard, à la porte d'Hélène. La fleuriste arborait des taches noires sur les manches de son pull jaune et au front.

— Tu fais encore le ménage ? s'en amusa Sylvia.

Aussitôt Hélène se regarda dans un miroir.

— Oh, mon dieu ! De quoi ai-je l'air ! Non… je profitais de ma journée de libre pour nettoyer mon four. Une horreur ! Je ne te raconte pas. Mais entre… Je vais préparer un café.

Tandis qu'elles dégustaient leur breuvage favori, Sylvia rendit compte à son amie de tous les événements de la veille. La mort de Térésa Le Roux laissa Hélène pantoise. Aussitôt elle s'enquit du sort de Jean-Marc. Ne risquait-il pas d'être suspecté ?

— C'est déjà fait. Il est en garde à vue, lui annonça la voyante.

— Tans mieux, répondit Hélène, laconique.

Connaissant la piètre opinion d'Hélène sur la gent masculine, Sylvia préféra changer de sujet et raconta sa petite virée à Rennes. Par pudeur, elle n'insista pas sur son propre succès et préféra mettre en valeur Madeleine, qui avait eu la révélation de la malfaisance d'Hugo de L'Astre, rien qu'en l'observant.

— Je suis certaine qu'elle aurait gagné le concours si elle avait eu le droit d'y participer, ajouta Sylvia.

— Sans doute… Mais sans vouloir t'offenser, je trouve que beaucoup de rats gravitent autour de la voyance. Quand je pense à ce salaud qui a failli t'envoyer *ad patres*, j'en frémis d'indignation. Que peut-on contre lui ?

— Rien du tout… Comment veux-tu prouver quoi que ce soit ?

— D'où l'inutilité des arts divinatoires, conclut Hélène. Il est préférable de ne pas connaître la vérité si, par la suite, on ne peut utiliser ce que l'on sait pour agir.

— Ce n'est pas si simple, répliqua Sylvia. Je vais te présenter Madeleine. Elle meurt d'envie de te rencontrer. Et tu verras, c'est bien le diable si, à nous deux, nous ne finissons pas par te convaincre ! Es-tu libre demain pour dîner ?

Hélène parut absente. Un peu triste aussi. Sylvia se demanda si la fleuriste n'était pas jalouse de son amitié pour Madeleine. Il en allait souvent des liens amicaux comme des relations amoureuses. Ne voulant pas blesser cette femme qu'elle estimait, Sylvia se promit de mettre un frein à son enthousiasme lorsqu'elle lui parlerait à nouveau de Madeleine. Pourtant, Hélène sembla sincère lorsqu'elle lui répondit.

— Demain, je ne crois pas... Mais je te jure que je serais ravie de connaître ton amie ! Le week-end prochain, peut-être. Seulement, je me demande si je ne vais pas devoir partir pour Rouen... J'aurais peut-être dû y rester.

Soudain, Sylvia se rendit compte que, depuis plus d'une heure qu'elle bavardait, pas une fois elle ne s'était inquiété de la façon dont Hélène avait passé ces fêtes de Toussaint. Elle en éprouva de la honte et du remords. D'une manière naturelle, elle essaya de se rattraper. Quelque chose tracassait Hélène, c'était certain. Pressée par la voyante, la fleuriste avoua son angoisse vis-à-vis de sa mère.

— Depuis deux mois que je ne l'ai vue, elle a vraiment changé. Pas dans les grandes lignes... Surtout dans les détails. Trois ou quatre fois, tandis qu'elle me parlait, elle s'est arrêtée au milieu d'une phrase, ne sachant plus ce qu'elle voulait me dire. Nous avons aussi passé le samedi après-midi au supermarché. Eh bien ! Dimanche matin, elle a voulu faire des courses, prétendant qu'il n'y avait plus rien à manger chez elle.

— Elle perd la mémoire, c'est ça ? s'enquit doucement Sylvia.

Hélène parcourut la pièce de long en large. Elle aurait aimé montrer sa mère à un spécialiste. Seulement, son fournisseur passait le lendemain matin. Impossible de le joindre durant le long week-end férié. Elle était donc rentrée à Brest à contrecœur.

Les deux jeunes femmes parlèrent longtemps de ce douloureux problème. Sylvia se rangea à l'avis de son amie. Il valait mieux qu'Hélène retourne au plus vite à Rouen pour tenter de résoudre au moins, certains détails matériels.

*

L'après-midi fut loin d'être calme pour Sylvia. Ses deux premiers clients soupirèrent bien des fois d'être dérangés pendant leur consultation par des coups de téléphone intempestifs. Les retombées de sa prestation rennaise commençaient déjà à se faire sentir. Si cela continuait, son carnet de rendez-vous serait bientôt rempli pour les trois mois à venir. Certaines personnes, qui avaient assisté à son triomphe, n'hésiteraient pas à parcourir trois cents kilomètres pour la rencontrer. Ravie, sans trop vouloir le montrer, Sylvia se demandait si Hugo de L'Astre allait profiter du même engouement du public. Après tout, sa place de second n'était pas négligeable.

Lorsqu'elle ouvrit la porte de la salle d'attente à son

troisième et dernier client, Sylvia, mal à l'aise, se sentit rougir. A la place du soi-disant Alphonse Lagathu dont la voix chevrotante de nonagénaire mal en point l'avait suppliée de le recevoir en urgence, se tenait, grand et droit, un Augustin Lafargues en pleine forme.

— Que fais-tu là ?

— Comme tu le vois, répondit le journaliste en reprenant les intonations du vieillard cachectique. Je ne recule devant rien pour tenter d'apercevoir, entre deux portes, ma Dame qui ne semble apprécier que la compagnie des barbons chenus.

— Eh bien, entre, idiot !

Depuis l'envoi du fameux bouquet, Sylvia était restée sans nouvelles du journaliste. A dire vrai, elle n'avait su que répondre à cette originale déclaration d'amour. Pour cette raison elle n'avait pas cherché à l'appeler. Qu'aurait-elle pu ajouter à un merci ? Elle ne se sentait pas prête à s'investir à nouveau dans une relation passionnelle, ni à faire confiance à un homme. Pourtant, en ce moment, elle se trouvait au pied du mur. Après quelques plaisanteries et banalités d'usage, un silence, lourd de sous-entendus et de questions sans réponses, ne manquerait pas de s'installer entre eux.

C'est d'ailleurs ce qui se produisit. Un "alors ?" laconique, prononcé à la va-comme-je-te-pousse par un Augustin pantelant, laissa Sylvia sans voix. Dans un geste d'impuissance elle haussa les épaules.

— Ne me dis rien pour l'instant, reprit très vite le journaliste comme pour l'empêcher de parler. Lorsque tu seras certaine que je ne suis pas l'homme qu'il te faut, tu m'enverras des roses rouges sans les têtes. Je comprendrai alors que tu as perdu la tienne… D'accord ?

— Compris… répondit Sylvia, des larmes dans la voix.

— En attendant le désastre, poursuivit Augustin, du même ton dégagé, on reste bons copains. Hein ?

Et pour signer ce pacte amical, le journaliste serra la main de la voyante et la secoua comme s'il s'était agi d'essorer un cœur de laitue.

Toutefois cette poigne virile rendit tout son naturel à Sylvia et les deux amis devisèrent gaiement jusqu'à ce que la jeune femme n'aborde la mort de Térésa Le Roux.

— J'ai appris, lui confia le journaliste, que son mari, ton ancien client, reste prostré chez lui depuis qu'on lui a annoncé cette terrible nouvelle. Il refuse de voir quiconque et à même envoyé balader les flics. A travers la porte, il a déclaré, à une voisine inquiète, qu'il ne ressortirait de chez lui que jeudi, pour l'enterrement de sa femme. Tu te rends compte !

— Pauvre homme… murmura Sylvia. Il aimait tant sa Térésa ! Mais c'est tout de même curieux qu'on ne l'enterre que jeudi !

— Paraît-il que non… L'autopsie n'a pas pu avoir lieu tout de suite.

— Sais-tu si l'assassin a couché avec elle avant qu'elle ne meure ?

— Tu penses encore à ton Jean-Marc ? C'est ça ? lui demanda-t-il d'une voix un peu triste. D'après les premières investigations *post-mortem*, il semblerait que non.

Puis, histoire d'intéresser Sylvia à sa propre personne, Augustin Lafargues parla un peu de lui et de son soulagement d'avoir récupéré sa voiture chez les flics. L'usure des pneus ne présentait pas les mêmes défauts que ceux des empreintes laissées dans l'enclos de Jeanne Le Pape. Pas un cheveu compromettant sur le siège du passager ! Michel Le Fur s'était montré de fort méchante humeur à son égard lorsqu'il s'était agi de lui rendre son véhicule. Le petit rondouillard supputait que le journaliste possédait deux jeux de roues et qu'il avait fait exprès de nettoyer sa voiture de fond en comble. Bref, cette restitution, en bonne et due forme, allait lui permettre de promener sa fiancée mercredi soir.

— Tu vois toujours Philippine alors que…

Spontané, ce début de phrase avait franchi les lèvres de Sylvia. Elle regretta aussitôt d'avoir prononcé ces quelques mots. Après tout, la vie sentimentale d'Augustin Lafargues ne la regardait en rien. Qu'il ménage la chèvre et le chou était son problème.

— Mais pour qui me prends-tu ? s'étonna le journaliste. Me crois-tu capable d'aller conter fleurette - et c'est le cas de le dire - à une femme alors que je vivrais avec une autre. Je ne m'appelle pas Jean-Marc, moi !

Il eut honte de ce coup bas. Sylvia lui avait fait confiance quand elle lui avait livré son secret. A présent, le menton de la jeune femme tremblait un peu comme si elle allait se mettre à pleurer.

— Excuse-moi, Sylvia. Je suis un piètre camarade… Mais je te jure que je vais apprendre ce rôle par cœur. Sache, même si cela t'est égal, que j'ai rompu avec Philippine. Quand je te parlais de “ma fiancée”, ce petit terme affectueux désignait Madeleine. Elle rend visite mercredi à une amie couturière, sur le port de commerce. Elle doit me rejoindre vers dix-neuf heures aux “Mouettes”. Ensuite, j’emmène madame dans des lieux de si mauvaise vie que tes chastes oreilles rougiraient si je te les nommais.

— Eh bien ! Bravo Madeleine ! répliqua Sylvia en riant. Elle va prendre des goûts de luxe, notre princesse, à fréquenter tous les bons restaurants de la région !

☆

Mercredi 6 Novembre.

La demie de neuf heures avait déjà sonné à l’église de Saint-Marc lorsque Sylvia arriva place Georges-Perros. Tard, la veille, elle avait dû avoir recours aux somnifères pour réussir à s’endormir. La voyante répugnait, d’habitude, à utiliser ce type de narcotiques mais la visite de Jean-Marc, alors qu’elle dînait seule chez elle, l’avait laissée fébrile. Elle fut tentée de lui claquer la porte au nez mais le chien, qui avait deviné la présence de son maître, s’était précipité sur lui, jappant et caracolant sur le palier. Sylvia avait donc accepté de recevoir le jeune homme cinq minutes.

Une heure plus tard, il était encore là.

Alors qu’elle refermait sa voiture à clef, la voyante tentait de se souvenir des détails de cette soirée. Jean-Marc et son pitoyable sourire, ses supplications, ses tentatives d'explications, ses promesses de ne plus jamais recommencer si Sylvia l'acceptait à nouveau pour un autre tour d'essai. Pénible... Une fois à terre, ce dieu des mers perdait tout amour propre. L'eau et ses fluctuations, son caractère changeant, insaisissable et glauque, voilà l'élément qui convenait le mieux à Jean-Marc. Il l'aimait, soi-disant. Sans doute, à sa façon... Avant sa visite, Sylvia se sentait sûre d'elle-même. Rien n'est aussi confortable que de se savoir assuré de son bon droit. Si dans deux camps ennemis, il y avait d'un côté les bons, de l'autre les méchants, il n'y aurait jamais de guerre. Jean-Marc avait dévoilé les fissures de son âme, lorsque, sanglotant comme un enfant, il avait tenté d'expliquer sa conduite. Toutes ces femmes qui le payaient pour se donner l'illusion d'être encore désirables, le dégoûtaient. Mais le fait qu'elles le rémunèrent pour recevoir en échange un peu d'amour satisfaisait le jeune homme et vengeait le gamin de douze ans qu'il avait été quand sa maman avait fui le toit conjugal pour ne jamais revenir, les laissant, lui et son père, désemparés et cassés. Seules quelques cartes postales distillées aux anniversaires et les premiers jours de l'an prouvaient qu'elle n'était pas véritablement morte mais ravivaient, de façon sadique, les blessures de deux cœurs jamais cicatrisés.

Sylvia pouvait enfin comprendre et donc pardonner à celui qui avait partagé sa vie. Toutefois, lui faire à nouveau confiance pour repartir sur de nouvelles bases était une autre affaire...

Un second sujet de préoccupation attendait la jeune femme dans l'entrée du petit immeuble où elle travaillait.

Elle se heurta au facteur et, plutôt que de redescendre, choisit de patienter jusqu'à ce que le préposé ait fini son tri pour prendre aussitôt son courrier. En montant les marches, elle parcourait une à une les suscriptions quand une enveloppe retint toute son attention. D'emblée, elle avait reconnu la qualité du papier et les particularités des caractères typographiques. Les mains de la voyante tremblaient quand elle décacheta le pli. Cette fois-ci, nul recours ne viendrait de son amie Hélène. La fleuriste avait quitté Brest pour Rouen la veille, sitôt après avoir déjeuné.

Sylvia avait beau s'attendre à trouver dans l'enveloppe ce nouveau faire-part d'une mort annoncée, le choc n'en fut pas moindre.

Comme la veille, elle téléphona à l'inspecteur Le Gwen qui arriva, accompagné de Michel Le Fur.

Aussitôt, la voyante soumit à l'attention des policier un détail insolite : la date figurant au dos de la lame.

— Etrange, en effet, marmonna Le Gwen. Les fois précédentes, notre assassin nous donnait un délai d'une semaine entre la réception de la carte et le meurtre. Là, il ne nous laisse même pas une journée… Pourquoi ?

— Je pense qu'il doit se sentir cerné, réfléchit Sylvia. Où alors, une occasion unique se présentait à lui aujourd'hui. A la dernière minute, il a changé ses plans.

— Ne perdons pas de vue, renchérit Le Fur, que ce maniaque du coupe-papier bosse régulièrement. D'habitude, il occit le week-end, pour se délasser, comme d'autres tondent leur pelouse. Aurait-il pris une journée de congé aujourd'hui pour s'adonner à son sport favori ?

— N'oublie pas, Michel, qu'il a jusqu'à ce soir minuit.

Puis, pour la quatrième fois au cours de cette détestable enquête, Quentin Le Gwen se tourna vers Sylvia et s'enquit de la signification de cette nouvelle carte.

— La lame VII du Tarot de Marseille, appelé le Chariot est l'une des meilleures cartes du jeu, expliqua Sylvia. Elle symbolise la réussite d'une entreprise, le triomphe, la récompense. Notre assassin va la placer en maison IV, en bas de son jeu en croix. C'est-à-dire que cet arcane donne la réponse aux autres cartes. Il est donc certain de sa victoire.

— C'est ce qu'on va voir ! grommela Le Fur.

— Si vous vous mettez à la place de ce tordu, pouvez-vous nous éclairer sur l'ensemble de son jeu à présent que toutes les cartes sont à leur place ?

Sylvia répondit volontiers à Quentin Le Gwen. Pour la jeune femme, le tueur se sentait mu par une force obscure. La carte du diable, en maison X, l'attestait. Sans doute possédait-il des talents de voyant. Il avait l'esprit d'entreprise : le Bateleur, à sa gauche le révélait. Contre lui, témoins : la Papesse et la Maison-Dieu, les deux lames qui faisaient face au Bateleur, se profilait l'ombre d'une femme malheureuse. Sylvia conservait toujours l'intuition selon laquelle cette femme avait été tuée jadis par son fils. Enfin, dans le dessein qu'il s'était proposé d'accomplir, l'homme était persuadé d'arriver à ses fins sans se faire prendre.

— C'est donc, aujourd'hui, son dernier meurtre… murmura Le Gwen.

— Pas sûr, inspecteur. Tout dépend s'il fait la synthèse

des cartes placées. Là encore, nous avons deux cas de figures, ajouta la voyante en prenant un papier et un crayon.

Sylvia exposa alors son idée. Si l'assassin projetait de tuer une cinquième fois, il devait faire la somme de quatre cartes. Or, son jeu en possédait cinq. En effet, incapable de choisir entre la Papesse et la Maison-Dieu, il avait placé les deux lames sur le corps de Jeanne Le Pape. Pour faire la synthèse, il se trouvait dans l'obligation de trancher. C'était soit la Papesse, le deuxième arcane majeur, soit la Maison-Dieu, le seizième. S'il optait pour la première lame citée, la somme totale obtenue équivalait au nombre 25, c'est à dire 2 + 5, étant donné qu'il n'y avait que vingt-deux lames majeures dans le jeu de Tarot.

— Or si nous additionnons 2 à 5, poursuivit Sylvia, nous obtenons le chiffre 7, à savoir la carte du Chariot déjà présente dans le jeu. Je pense donc qu'il va plutôt choisir la Maison-Dieu. Cela nous donne : 15 + 1 + 7 + 16.

— 39 ! claironna l'inspecteur Le Fur, plus rapide que les deux autres.

— Exact. 3 + 9 font 12… La lame du Pendu !

— Vous pensez que pour son bouquet final, composé exclusivement de mandragores, ce naze projette de pendre quelqu'un ! s'exclama Le Fur en se caressant la gorge.

— C'est à craindre… en effet. Et par le pied gauche, encore, s'il suit à la lettre l'exemple du Tarot. Je vous laisse imaginer l'interminable agonie de la victime…

Un silence éloquent se fit dans le bureau de la voyante. Il fut rompu par Quentin Le Gwen, tracassé par l'imminence du quatrième meurtre. Du moins, espérait-il que ce fût le dernier.

— Si l'on se place à présent du côté de la victime, que représente en ce cas le Chariot, Sylvia ?

— Les chevaux-vapeur ont remplacé les attelages… Cette lame symbolise les déplacements, la vitesse, les déménagement, les voyages. C'est tellement vaste ! murmura la jeune femme, découragée. Ce fou peut s'attaquer aujourd'hui à un représentant de commerce, un déménageur, un agent de voyage, un concessionnaire automobile ou un pilote d'avion. Que sais-je encore ? Ou alors, il peut se servir de cette carte comme d'un simple vecteur. Dans ce cas, il poussera quelqu'un sous un train ou écrasera un piéton…

— Vous n'auriez pas un petit flash de derrière les fagots, pour nous aider ? ne put s'empêcher de demander Le Fur.

— Hélas non… inspecteur. Si vous croyez que cela vient comme ça, à la commande…

Tous trois parlèrent un moment encore ensemble. L'inspecteur Le Gwen avait du mal à cacher son désappointement et son angoisse face à la peur de toute une ville en ébullition. Il n'était plus possible de contenir les journaux. Chacun d'eux se lançait dans d'interminables diatribes contre la police.

Même Augustin Lafargues, que Quentin Le Gwen avait eu au téléphone, ne réussissait à calmer le jeu au sein de son équipe.

— A propos, Sylvia, auriez-vous eu récemment des nouvelles de notre journaliste ?

— Il est passé me voir hier, en effet.

— Parce que moi aussi, reprit Le Gwen, j'ai reçu ce matin au commissariat une petite missive le concernant.

Sous les yeux étonnés de l'inspecteur Le Fur, qui ne devait pas être au courant de l'histoire, Quentin Le Gwen sortit de sa poche un papier plié en quatre.

— Ce n'est qu'une copie, dit-il. Intéressant néanmoins.

Il tendit le papier à Sylvia. Les lettres, en caractères d'imprimerie, cherchaient à masquer l'identité de l'expéditeur, anonyme.

Sylvia lut avec dégoût la prose indigeste suivante :

« Demandez donc au journaliste Lafargues de quelle façon est morte sa mère… ».

— C'est dégueulasse ! fit-elle pour tout commentaire.

L'inspecteur Le Fur prit des mains de la voyante le billet et le lut à son tour.

— J't'avais dit, Quentin, que ce type n'était pas clair !

— C'est peut-être ce qu'on veut nous faire croire… murmura Quentin.

Puis se tournant vers son collègue, il ajouta, pince-sans-rire :

— Je me méfie parfois de tes jugements, Michel. Tu as une furieuse tendance à détester tous les hommes qui ont du charme. Et je me demande bien comment tu arrives encore à me supporter…

*

En quittant son amie Marianne, Madeleine choisit la voie oblique pour rejoindre, au Café des Mouettes, Augustin Lafargues. Elle délaissa donc les larges trottoirs bordant les entrepôts et fit un crochet par les quais. La nuit s'apprêtait, nimbant, telle une coquette, la bleuité de son ciel de traîne de volutes parfumées. Cette brume légère, imprégnée d'essences marines, flirtait avec les clapotis de l'eau, empêchant l'onde de manifester de façon trop ostentatoire les reflets de sa moire.

Madeleine tourna au coin des magasins de marée. Face à elle, de l'autre côté du bassin, les vedettes en partance pour les îles attendaient, amarrées aux pontons, leurs prochaines escapades diurnes. Déjà, à sa droite, les rumeurs du quai parvenaient aux oreilles de Madeleine. La ville commençait là. Elle s'arrêta un instant de marcher, embrassant le port de son regard d'amoureuse. Selon son habitude, elle remercia Dieu de ces petites joies simples que la vie ne manquait pas de lui accorder à présent qu'elle lui avait offert en sacrifice son mari et leurs deux enfants.

La voyante reprit sa marche, craignant de faire attendre Augustin Lafargues. Elle avait besoin de lui parler. Quelque chose lui trottait dans la tête depuis un ou deux jours... Une idée idiote, peut-être. Toute à ses réflexions, Madeleine n'entendit pas, derrière elle, le bruit d'un moteur.

*

Elle était là, prise dans les rais de ses feux de croisement, telle une mouche dans une toile d'araignée. C'était le moment. Avant qu'elle n'atteigne les quais... Elle lui facilitait même la tâche en marchant au milieu du môle, comme une reine. La parade touchait à sa fin. Ne pas oublier la carte. Il entrouvrit sa vitre et appuya, à fond, sur la pédale d'accélérateur.

Madeleine chercha des yeux l'appartement de Sylvia. La jeune femme était rentrée chez elle. Deux rectangles lumineux trouant la façade de son immeuble l'attestaient. Elle perçut alors clairement le vrombissement d'un moteur. Quelque jeune, sans doute, voulant épater une galerie inexistante. Comme le bruit se rapprochait, elle tourna la tête. En une fraction de seconde, Madeleine comprit qu'il était l'heure pour elle, de rejoindre les siens. Le bolide n'était plus qu'à deux mètres ; le conducteur n'essayait pas de freiner. Madeleine fut projetée en l'air, comme un pantin désarticulé.

Elle vivait encore lorsque la voiture, dans un crissement de pneus stoppa. Le visage collé contre le bitume, le corps disloqué, Madeleine aperçut deux nouveaux feux s'allumer. Les yeux rouges du diable… Il faisait marche arrière. Elle ferma alors les paupières et attendit le coup de grâce. Elle n'eut pas peur de mourir.

Quelqu'un, sur les quais, hurla.

*

Environ dix minutes plus tard, la sirène d'une ambulance et les gyrophares de voitures de police alertèrent Sylvia qui se préparait à prendre un bain. Elle s'approcha de la fenêtre. D'abord, elle ne remarqua rien, puis elle aperçut un attroupement de badauds faisant cercle autour de quelque chose. Lorsque des policiers en tenue firent reculer les passants, la jeune femme distingua juste une jambe repliée de façon peu orthodoxe. Aussitôt, Sylvia s'éloigna de sa fenêtre, peu encline à ce genre de spectacle. Elle s'autorisa un petit apéritif - une fois n'était pas coutume - et commença à se déshabiller. Elle cherchait son peignoir de bain lorsque la sonnette de sa porte tinta. La barbe ! Elle n'irait pas ouvrir. A pas de loups, pour ne pas signaler sa présence dans l'appartement, elle entra dans la salle d'eau. Son peignoir blanc en éponge l'attendait, posé sur le lavabo. Elle testait de son pied la température de l'eau quand les coups de sonnette devinrent impérieux. Comme si ce barouf ne suffisait pas, l'importun se manifestait à présent en tapant du poing contre la porte. Furieuse, Sylvia s'enveloppa dans son peignoir et partit ouvrir à ce malotru, s'apprêtant à l'arroser d'injures. Quelle ne fut pas sa surprise quand elle tomba nez-à-nez sur l'inspecteur Le Gwen ! Lui, d'habitude si courtois !

— Allez vite vous habiller, Sylvia. Je vous attends en bas.

Sans la moindre explication, le policier tourna ensuite les talons.

Quelques minutes plus tard, Sylvia le rejoignait, cette fois-ci un peu inquiète. Cent mètres plus loin, c'était toujours la même effervescence sur le quai, le même ballet de gyrophares.

Quentin Le Gwen prit le bras de la voyante.

— Venez avec moi, Sylvia. Il va vous falloir beaucoup de courage…

Mais pourquoi l'entraînait-il vers ces gens ? Mon Dieu, qu'était-il arrivé ?

— Un accident ? réussit-elle à prononcer d'une voix blanche.

— Non, pas vraiment… Il y a une carte à dix mètres du corps.

— Le corps de qui ? hurla-t-elle.

A peine le policier eut-il prononcé le prénom de Madeleine que Sylvia, sans l'attendre, s'élança vers l'attroupement, écartant à tours de bras les badauds. Une couverture cachait à présent le cadavre, recroquevillé sur lui-même. Au mépris des policiers, Sylvia se rua sur le corps. Lorsque Quentin Le Gwen arriva à son tour, la jeune femme, en sanglots, berçait son amie, caressant le visage ensanglanté de la morte.

— Sa fille sans doute, entendit-on dans la foule.

Deux brancardiers enlevèrent le corps de la pauvre Madeleine que Sylvia enlaçait toujours. Au moment de poser la civière dans l'ambulance, ils firent un signe de tête à Quentin qui prit fermement la jeune femme par les épaules et l'entraîna vers une voiture de police où il la fit asseoir.

— Elle allait vous voir, sans doute ? murmura-t-il.

— Non... Elle avait rendez-vous avec Augustin, aux Mouettes.

Aussitôt, Quentin Le Gwen alla donner un ordre à un policier avant de revenir vers elle.

— Si cela ne vous fait rien, Sylvia, je vous conduis au commissariat. J'ai besoin de votre témoignage et celui de Lafargues, si tant est qu'on le trouve...

Malgré son profond chagrin, Sylvia fut sensible à l'intonation sibylline du policier. Que sous-entendait-il ? Et comment allait réagir Augustin ? Il était si attaché à Madeleine, lui aussi...

La jeune femme n'allait pas tarder à le savoir. Une demi-heure plus tard, alors que dans le bureau de Quentin, on apportait à Sylvia une légère collation, la porte s'ouvrit à nouveau sur un inspecteur accompagné du journaliste dont le visage défait témoignait d'un total désarroi. Avant de s'asseoir, il s'approcha de Sylvia et lui caressa les cheveux dans un geste tendre mais timide.

— Je pense beaucoup à toi, tu sais.

Michel Le Fur glissa à l'oreille de son coéquipier :

— Il nous la joue romantique, ton pote, ce soir. C'est un comédien hors pair…

Interrogé sur l'objet de son rendez-vous avec Madeleine, le journaliste déclara que la voyante lui avait téléphoné l'avant-veille. Elle désirait lui demander quelque chose. Quoi ? Il n'avait pas réussi à le savoir. Aussi l'avait-il invitée à dîner afin de joindre l'utile à l'agréable. Ils devaient se retrouver aux Mouettes, vers dix-neuf heures.

— Qui d'autre était au courant de ce rendez-vous ? s'enquit Le Fur en se lissant les moustaches.

Augustin Lafargues regarda Sylvia.

— Mais personne… à part toi. Tu en as parlé à quelqu'un ?

La jeune femme secoua la tête négativement.

— Comment expliquez-vous alors que le tueur se soit trouvé là, au moment précis ? insista Le Fur. N'allez pas me dire qu'il s'agit d'une coïncidence !

— Madeleine ? suggéra Sylvia. Madeleine a pu prévenir elle-même quelqu'un.

— Tss, tss… Ça ne colle pas… C'est autour de vous, Sylvia et non de Madeleine qu'il faut chercher… A moins d'une connaissance commune, comme monsieur Lafargues, ici présent…

— Qu'est-ce que vous voulez insinuer ! gronda le journaliste à l'adresse de Le Fur. Que j'ai entraîné Madeleine dans un guet-apens pour la tuer ? Vous êtes immonde ! J'aimais Madeleine presque comme… ma mère.

— Eh bien, justement… Bonne pioche ! rétorqua le petit inspecteur, impitoyable. Parlons-en de votre mère !

Ils furent interrompus dans cette houleuse altercation par un policier en uniforme. Le commissaire Benoît désirait voir à l'instant soit Le Gwen, soit Le Fur. Ce fut ce dernier qui sortit, accordant par là même quelque répit au journaliste.

— Pourquoi laisses-tu déblatérer toutes ces saletés ? demanda-t-il à son ancien copain de faculté. Et qu'est-ce que ma mère vient faire dans tout ça ?

— Le Fur connaît son métier. C'est un bon flic. Quant à ta mère, regarde ce que j'ai reçu au courrier de ce matin.

Quentin Le Gwen présenta alors le billet à Augustin.

— La garce ! fut l'unique commentaire du journaliste.

— De qui parles-tu ?

— De Philippine… Je reconnais son écriture, la manière de former ses "E". Elle m'en veut depuis que j'ai rompu avec elle. Mais de là à…

Augustin Lafargues ne termina pas sa phrase. Décontenancé, il cherchait ses cigarettes dans son veston quand il se rappela les avoir laissées sur le comptoir du bar. Sylvia lui proposa l'une des siennes. Lorsqu'il eut inhalé quelques bouffées, il parut moins tendu.

— Je ne tiens absolument pas à parler de cette histoire, ajouta-t-il d'une voix rauque. Si tu veux savoir comment est morte ma mère, consulte les archives…

Sur ces entrefaites, Michel Le Fur revint dans le bureau, passablement excité. On venait de retrouver la voiture ayant servi à tuer Madeleine. C'était un break bleu, de marque Peugeot. L'assassin n'avait même pas cherché à le cacher et l'avait abandonné, portière grande ouverte, non loin de là, près d'un bassin de radoub. Sans doute, avait-il fui dans une autre voiture…

— On sait à qui appartient le véhicule ?

— Devine un peu… à notre ami, Raymond Le Roux.

*

Cet intermède profita à Augustin Lafargues et à Sylvia qui se retrouvèrent une demi-heure plus tard, libres de leurs gestes, sur le trottoir du commissariat. Le journaliste proposa à la jeune femme de venir boire un verre avec lui dans un bar voisin. Elle accepta, malgré son cafard. L'idée de se retrouver seule, hantée par le visage ensanglanté de Madeleine, lui était intolérable.

Ce fut l'un des plus tristes tête-à-tête que connut Sylvia. Occultant l'un à l'autre leur chagrin dans un recoin sombre du café, les deux amis se turent d'abord. Puis, tout naturellement il fut question des chats de Madeleine. Qui allait se charger d'eux ? Avait-elle de la famille ? Régler des questions matérielles les aida à surmonter le premier choc de l'absence, le plus facile… Peu à peu, les mots pour parler d'eux-mêmes revinrent, avec leur cortège de doutes et de souffrances.

— Je déteste ce petit flic. As-tu remarqué la façon dont il m'observait ? Il me croit coupable… Cela ne fait pas un pli. Et pourtant, je le comprends… L'étau se resserre autour de moi, sans que je ne puisse rien y faire…

— Pourquoi dis-tu cela, Augustin ? Je sais bien que tu n'aurais pas pu tuer Madeleine.

— Toi, oui… Mais les autres ? Regarde les choses en face, Sylvia. Qui d'autre que nous deux savait que je retrouvais Madeleine ce soir. Cela ne s'est décidé qu'avant-hier. Tu n'as reçu la carte du Chariot que ce matin. L'assassin n'a eu que deux jours pour tout manigancer ! Il a voulu profiter de l'occasion offerte… Je me trouve donc aux premières loges des suspects possibles.

— Non ! protesta Sylvia. Comme je le disais tout à l'heure, Madeleine a pu téléphoner à quelqu'un. Elle n'a peut-être pas su cacher à cette tierce personne qu'elle la soupçonnait. Pris de panique, celui-ci a décidé d'accélérer le mouvement en la supprimant.

— Tu penses à quelqu'un de précis ?

— Oui, à Hugo de L'Astre… Mais je n'ai pas de preuve. L'autre jour, à Rennes, au regard de Madeleine, il a dû comprendre qu'elle n'était pas dupe de ses agissements. Et il s'est servi de Raymond Le Roux.

— Mais c'est ton client à toi ! objecta le journaliste. Pas celui d'Hugo de L'Astre !

La jeune femme répondit que, dans le domaine de la voyance, la fidélité à un médium n'allait pas de soi. Déçu par Sylvia, Raymond Le Roux avait pu aller s'épancher du côté d'Hugo de L'Astre. A cela, Augustin Lafargues objecta que c'était lui-même qui avait appris à la voyante que le représentant de commerce, depuis la mort de sa femme, ne sortait plus de chez lui ! Rien de plus facile alors que de lui "emprunter" sa voiture pour quelques heures.

— Mais pourquoi, diable retournes-tu tous les arguments contre toi ? On dirait que cela te fait plaisir de te savoir suspecté !

— J'essaie simplement de te répondre comme le feraient les flics…

Tous deux semblaient d'accord sur un point. Alors que la police s'excitait sur le break de Raymond Le Roux, les jeunes gens, persuadés de l'innocence du représentant de commerce, tentaient d'éclaircir un mystère. Qui d'autre qu'eux savait que Le Roux refusait de sortir de chez lui ?

— Comment l'as-tu appris ? s'enquit Sylvia en buvant la dernière gorgée de son grog.

— Au journal… Je ne sais plus par quel collègue, parti l'interviewer après la mort de Térésa.

— C'est donc un secret de polichinelle…

La voyante et le journaliste en restèrent là de leurs réflexions. Le bistrot fermait et le patron vint lui-même à leur table afin de les prier de sortir.

Sur le trottoir, tandis qu'on baissait le rideau de fer, le journaliste, d'une façon gauche, se planta devant Sylvia et, de l'index, lui releva le menton.

— Tu restes avec moi, cette nuit ? chuchota-t-il.

La jeune femme eut envie d'accepter. Le regard troublé de cet homme provoqua dans son ventre une onde de désir. Seulement, il était amoureux d'elle… Après une nuit de plaisir, il en réclamerait deux, puis trois. Elle ne se sentait pas prête pour cela… Sans un mot, elle l'embrassa au coin des lèvres et s'enfuit bien vite.

☆

Vendredi 8 Novembre.

Le feu vert ayant été donné par le juge d'instruction, Quentin Le Gwen et Michel Le Fur se rendirent très tôt ce matin-là au greffe du tribunal de Rennes où les attendait le commissaire Biolchini, à présent à la retraite, mais qui avait été chargé, vingt ans plus tôt de l'enquête sur le meurtre de Monique Barrot. Cet entretien se révéla fructueux. En effet, la confrontation du rapport légiste de la voyante rennaise et ceux des meurtres perpétrés à Brest offrait une étrange similitude. Les deux armes utilisées dans les deux villes, à vingt ans d'intervalle, avaient les mêmes particularités : longues de treize centimètres d'après les hématomes laissés par la garde, elles possédaient une largeur identique et étaient biseautées d'égale façon, compte tenu du déchirement des chairs. Tout tendait à prouver qu'il s'agissait d'une seule et même arme, en l'occurrence un coupe-papier, d'autant plus qu'on n'avait jamais retrouvé cette arme sur les lieux du crime rennais. Seule, différait la manière dont on s'était servi d'elle. Tandis que l'assassin de Monique Barrot s'était acharné sur le corps tel un sauvage, les coups de lame du sadique brestois faisaient montre de précision et d'efficacité.

— Je me rappelle encore cette histoire… fit le commissaire Biolchini en soufflant sur les verres de ses lunettes pour les nettoyer. Une véritable boucherie… Le crime n'a jamais été résolu. Deux suspects parmi ses clients… Mais impossible de prouver quoi que ce soit. Ils avaient un alibi en béton.

— Il me semble que cette femme avait un fils, demanda Quentin Le Gwen, se fondant uniquement sur les prédictions de Sylvia.

— Oui, en effet… Attendez, tout est là, dans l'autre dossier. Voilà : Jean Barrot, âgé de douze ans au moment des faits. Je me souviens de lui, à présent. Nous étions déjà sur les lieux du crime, alertés par un client avec qui Monique Barrot avait rendez-vous, lorsque ce jeune garçon est entré, deux paniers à la main. Je vous laisse imaginer son effarement lorsqu'il nous a tous vus autour du corps en sang de sa mère qui lui avait demandé d'aller faire les courses. Il a hurlé comme une bête, le pauvre gamin et s'est jeté sur le témoin qu'il connaissait de vue, le bourrant de coups de poing et le traitant d'assassin. Le médecin a dû intervenir pour le calmer.

— Hum ! répondit Le Gwen, laconique. Et ce jeune garçon n'a jamais été soupçonné ?

Le commissaire Biolchini marqua un temps d'arrêt avant de répondre, dévisageant son interlocuteur comme s'il avait posé une question saugrenue.

— Grands dieux, non ! Je vous dis qu'il était totalement désespéré. Bien sûr, il a été interrogé… mais d'après l'enquête de voisinage, c'était un enfant docile qui adorait sa mère. Il aurait fait n'importe quoi pour elle.

— Et savez-vous ce qu'il est devenu ? intervint Le Fur.

Le commissaire Biolchini eut une moue dubitative et pria les lieutenants de le suivre dans un autre service où l'on pourrait les renseigner.

Une heure plus tard, les inspecteurs descendaient les marches du tribunal, contents de leurs investigations. Ils avaient appris que Monique Barrot avait eu deux enfants dont la cadette, une petite fille, était morte accidentellement, à l'âge de trois ans en tombant par la fenêtre de l'immeuble où vivait la famille. Cinq ans après, c'était au tour de la mère de disparaître, dans les conditions atroces que l'on savait. Elle laissait donc, à sa mort, un fils de douze ans : Jean Barrot. Trop âgé pour être adopté, l'enfant qui n'avait plus aucune famille, si ce n'est une grand-tante du côté paternel, avait été placé dans une famille d'accueil à Monfort-sur-Meu, non loin de Rennes, chez une certaine madame Buisson.

Forts de ces renseignements, les deux policiers faisait route vers cette bourgade lorsque le téléphone portable de Quentin Le Gwen sonna. Tout en conduisant, il prit l'appel. Quand il coupa la communication, son air soucieux alerta Michel Le Fur.

— C'était Sylvia, à ce que j'ai cru comprendre ? Que voulait-elle ?

— Elle vient de recevoir au courrier une nouvelle carte. Elle avait raison… Ce salaud fait la synthèse de son jeu macabre. Il lui a adressé la carte du Pendu à consommer sur place, aujourd'hui même. J'ai peur ! Il faut faire vite, Sylvia est en danger…

— Pourquoi elle ?

— Parce qu'elle est au centre de ce drame. A chaque fois l'assassin la prévient de ses intentions. Le coup de maître lui revient de droit, j'en suis certain… N'as-tu pas remarqué comme les crimes, au fur et à mesure, se resserraient autour d'elle ? Elle ne connaissait ni le forain ni Jeanne Le Pape. Elle savait par contre, qui était Térésa

Le Roux, même si elle ne la fréquentait pas. Son mari, lorsqu'il venait la voir en tant que client a sûrement dû lui parler d'elle et de leur couple. Quant à Madeleine, elle était l'une des meilleures amies de Sylvia. Alors, je te demande, qui reste-t-il ?

— D'autres personnes qu'elle a à la bonne : le véliplanchiste à sa mémère ! Elle ne manque jamais de le défendre celui-là, même s'il gagne ses sous à la sueur de son bas ventre. Il y a aussi le bellâtre de journaliste ou sa copine fleuriste dont un régiment de mercenaires en campagne depuis six mois, ne voudraient même pas pour le prix d'un demi !

— Michel, tu exagères. Tu as vraiment un problème avec le physique des gens.

— Non, avec le mien… bougonna l'inspecteur en se calant dans son fauteuil. Et comme un bonheur n'arrive jamais seul, les jumeaux sont le portrait craché de leur père. De vrais clones.

Quentin Le Gwen réprima une envie de rire pour ne pas augmenter les problèmes "mégaphysiques" de son coéquipier.

Bon an, mal an, ils arrivèrent à Monfort-sur-Meu. Michel Le Fur avait l'art, bien involontaire d'ailleurs, de dérider Quentin Le Gwen lorsqu'il était trop anxieux. Ils n'eurent pas de mal à trouver la rue où habitaient monsieur et madame Buisson, non loin d'un abattoir industriel. Mais là, surprise totale… Au lieu du pavillon de banlieue qu'ils s'attendaient à découvrir, le numéro cinq de la rue Joseph Haydn n'était plus qu'un tas de cendres et de gravats. L'âcre empyreume qui se dégageait des décombres était suffisamment fort pour que l'on puisse penser à un récent incendie. Stupéfaits, les policiers sonnèrent chez un voisin. En mal de confidences, ce dernier leur apprit que le couple avait été sauvé in extremis, dans la nuit de mardi, alors que les flammes léchaient déjà l'étage de la maison de bois. Si les Buisson étaient quittes pour une grande frayeur, en revanche ils n'avaient rien pu soustraire au feu.

— Ils ont tout perdu, les pauvres… continua le vieil homme. Paraîtrait qu'c'est criminel. Les pompiers ont retrouvé deux bidons d'essence à proximité. Vous voulez que j'vous montre ? C'est-y-pas pour l'assurance ? Y'a un gars qu'est passé pour ça, déjà…

— Non, monsieur… C'est gentil de votre part. Sauriez-vous, par hasard, où se trouvent monsieur et madame Buisson à présent ?

— Pour sûr. M'sieur Le Maire les loge à l'auberge du Lion d'Or, en ville, aux frais d'la princesse. Si vous v'lez, j'grimperais volontiers dans votre automobile et j'vous montrerais.

Navré de décevoir le retraité qui ne ferait pas sa petite balade en voiture, Quentin Le Gwen prit congé de son informateur.

Le policier, excité par les révélations qu'il venait d'entendre, ne réagit pas aux suppliques de son coéquipier pour qui, dépasser le quatre-vingt-dix kilomètres à l'heure, équivalait à participer au rallye de Monte-Carlo.

Par pur sadisme, il fit même crisser ses pneus lorsqu'il pila net sur la place de l'église.

— Allons ! Dépêche-toi, mon gros. Tu n'étais pas

obligé de te saucissonner dans deux tours de ceinture de sécurité !

La bonne odeur de cuisine familiale qui parfumait la coquette auberge rendit l'appétit à l'inspecteur Le Fur. Sans demander son reste, il choisit une petite table devant la fenêtre et s'assit.

— Non, mais ! Qu'est-ce que tu crois, Michel ? Qu'on est venu ici pour manger ? Allons, lève-toi !

Totalement sourd aux injonctions de l'inspecteur Le Gwen, Michel Le Fur déplia sa serviette, la noua, selon son habitude, autour du cou, et entreprit la délicate opération de beurrage de tartines qu'il disposa ensuite tout autour de son assiette.

La cause était perdue. Quentin Le Gwen le savait par expérience. Aussi, laissa-t-il son acolyte à ses préoccupations apéritives et s'enquit-il, auprès du patron, du couple Buisson.

En montant l'escalier qui menait aux chambres, l'inspecteur jeta un dernier coup d'œil sur le profil de Michel Le Fur. A présent, le bougre dévorait la carte du regard.

Monsieur et madame Buisson semblaient dépaysés dans cette chambre d'hôtel pourtant avenante. L'incendie de leur maison avait aussi ravagé le moral de ces pauvres gens, démunis devant ce coup du sort. Plus encore que le sinistre en lui-même, c'était le fait de son origine criminelle qui les tracassait. Quelqu'un leur en voulait. Pourquoi ? Ils ne trouvaient aucune réponse plausible à leurs doutes.

Quentin Le Gwen se garda bien de leur livrer ses pressentiments face à cette affaire. Il aviserait plus tard, lorsque le temps lui serait moins compté. Il restait pourtant persuadé que l'incendiaire n'était autre que l'assassin qu'il tentait de débusquer. Il en vint donc aux faits assez vite. La police recherchait un dénommé Jean Barrot, un garçon âgé d'une douzaine d'années quand la DASS l'avait confié au couple vingt ans auparavant. Aussitôt, madame Buisson s'inquiéta du sort du “petit”.

— Qu'a-t-il fait ? Il n'a pas d'ennuis au moins ?

Quentin Le Gwen inventa sur le champ une sombre histoire d'héritage. Un grand-oncle du “petit” venait de décéder, le faisant légataire universel de sa fortune. Encore fallait-il qu'on le retrouve…

Le policier apprit alors que l'enfant était resté chez le couple durant trois ans. Il lui arrivait assez souvent de fuguer pendant cette période ; quelques heures de liberté volées à l'école… rien de plus sérieux. Aussi furent-ils chagrinés quand l'enfant décida un beau jour de les quitter. Il venait d'avoir quinze ans et demi. Bien sûr, on entreprit des recherches… en vain. Volatilisé. Un de leurs voisins crut le reconnaître, trois années plus tard, dans un endroit mal famé de Paris. Depuis lors, plus aucune nouvelle.

— Quel genre d'enfant était-il, madame ? s'enquit Quentin.

— Gentil… serviable, mais très réservé.

— Taciturne, plutôt, Henriette, corrigea son mari. On ne savait jamais à quoi il pouvait penser, ni ce qui le rendait triste ou gai… C'était comme si les événements glissaient sur lui. Te rappelles-tu son quatorzième anniversaire ?

— Oui, admit la femme dans un triste sourire.

Puis, s'adressant à Quentin :

— Nous avons cru remarquer, mon mari et moi, que Jean admirait, dans la vitrine du magasin de cycles du village, un beau vélo de course rouge. C'était un achat très coûteux pour nous, mais malgré tout, nous avons fait cette dépense pour son anniversaire. Eh, bien… il nous a remercié très poliment mais ne s'est jamais servi du vélo…

— Hum… je vois. A quoi jouait-il alors ? Avait-il des copains ?

— Non… il était solitaire. Un jour, on l'a surpris dans le grenier. Il s'amusait avec les vieilles poupées de nos filles aînées. Nous n'avons fait aucun commentaire. Mon mari a simplement descendu la caisse dans le séjour. Du moment que quelque chose semblait l'intéresser… poupées ou petites voitures… peu nous importait.

— Auriez-vous une photo de lui ? demanda alors Quentin qui brûlait de poser cette question vitale depuis le début de l'entretien.

Madame Buisson prit un air navré en regardant son mari.

— Hélas, monsieur ! Nous avons tout perdu dans l'incendie, les photos aussi. C'est comme si on nous avait brûlé notre mémoire…

Quentin Le Gwen, à part lui, fut de l'avis de la vieille dame. C'était exactement le but recherché par l'incendiaire. Il possédait à présent l'intime conviction que ce dernier et l'assassin ne faisaient qu'un. Pris de panique pour X raison, cet homme avait, de façon délibérée, mit le feu à la seule maison susceptible de dévoiler ses secrets. Déçu, le policier allait prendre congé du couple, lorsque monsieur Buisson interpella sa femme.

— Mais j'y pense, Henriette. Ta sœur Marie doit avoir des clichés du petit, il aimait beaucoup aller là-bas en vacances. Même si elle ne possède pas d'appareil, ce serait bien le diable, qu'à une occasion quelconque, personne n'ait tiré une photo de lui !

— Oui, c'est vrai… approuva sa femme. Et du moment que c'est pour rendre service à Jean, je vais téléphoner à Marie.

Madame Buisson quitta la chambre, suivie de son mari et de l'inspecteur, persuadée que, grâce à elle, le "petit" toucherait son héritage. Quand elle eut fini de parler à sa sœur, Henriette Buisson passa la communication à l'inspecteur Le Gwen.

Quelques minutes plus tard, ce dernier rentrait dans la salle à manger et se frottait les mains, signe, chez lui, qu'il allait pouvoir agir. Michel Le Fur terminait alors ses hors-d'œuvre. Ragaillardi, Quentin Le Gwen s'assit en face de son collègue.

— J't'ai attendu pour commander mon plat de résistance.

— Je vois… commenta Quentin sobrement.

Malgré lui, il compta les tartines restant tout autour de l'assiette de son camarade. L'ogre en avait avalé six pour pousser ses œufs durs mayonnaise.

— Et alors ? Qu'est-ce que ça a donné ? dit-il pour montrer à Quentin qu'il ne se désintéressait pas tout à fait de son métier, pendant les heures de repas.

Ils furent interrompus pas la serveuse. Calepin en main, elle venait prendre la commande. L'inspecteur Le Gwen choisit une entrecôte grillée accompagnée d'une salade. Après mûre réflexion, Le Fur opta pour une andouillette. En option, il demanda à la jeune fille de l'arroser de beurre fondu.

— Et comme accompagnement, monsieur ? fit-elle, la mine dégoûtée. Salade ? Haricots verts ? Frites ?

— Non ! Une choucroute… Et pouvez-vous me mettre quelques saucisses en garniture ?

A voir le visage décomposé de la serveuse qui notait pourtant avec bravoure la commande, Quentin Le Gwen réprima un sourire. Lui, il connaissait l'animal…

— M'est avis qu'elle est patraque, s'inquiéta Le Fur. Anorexique ou enceinte ; j'sais pas.

Lorsque le petit rondouillard fut un peu rassasié, Quentin Le Gwen put lui raconter son entretien avec les Buisson. Si le couple avait tout perdu lors de l'incendie de leur maison en revanche, une certaine Marie Gérard, sœur de madame Buisson, possédait une photographie de Jean Barrot à l'âge de treize ans. Le cliché avait été pris par un cousin, lors d'une réunion familiale. Avec un peu de chance, ils pourraient reconnaître dans les traits de l'enfant, l'adulte qu'il était devenu. Cette femme habitait les Côtes d'Armor, dans un lieu-dit situé non loin de Tréguier. Elle attendait les policiers dans le courant de l'après-midi. Aussi, quand Michel Le Fur aurait fini de se pourlécher les moustaches de son second chou à la crème, ils songeraient à demander l'addition et à se mettre en route…

Au même moment, à Brest, Sylvia regagnait son bureau. Elle venait de déjeuner d'un frugal sandwich au fromage au bar-tabac de la place Georges-Perros. Son premier et seul client de l'après-midi n'arriverait qu'à quinze heures trente. Elle avait annulé, le matin même, deux rendez-vous, désirant, avant tout, avoir le temps nécessaire pour s'occuper des obsèques de Madeleine qui devaient avoir lieu le lendemain. Alors qu'elle ouvrait sa porte, le téléphone sonna. Elle eut juste le temps de se saisir du combiné avant que son interlocuteur ne raccroche. C'était Augustin Lafargues. Il désirait la voir.

— Non, Augustin. Pas ce soir non plus… J'ai vraiment besoin d'être seule en ce moment. Tu peux comprendre ?

L'amitié chaleureuse de Madeleine hantait l'esprit de Sylvia et ne laissait place à aucun autre sentiment. A présent que le choc de la nouvelle de sa mort s'était estompé, un long travail de deuil se mettait en place.

Elle eut du mal à se concentrer sur ses cartes. En face d'elle, l'anxiété de son client la rendait mal à l'aise. Affligé de bégaiements, le jeune homme n'arrivait jamais à conclure, de façon heureuse, un entretien d'embauche. L'espoir, pourtant, que Sylvia lisait dans son regard, l'obligea à balayer pour une heure, l'image de Madeleine et la carte du Pendu qu'elle avait reçue ce matin-là. A qui serait destinée celle-ci ? Elle n'en avait pas la moindre idée.

Peu après le départ du jeune homme, Sylvia essayait, pour la deuxième fois, d'appeler le numéro d'un fleuriste toujours occupé, lorsqu'un coup discret fut frappé à sa porte.

— Entrez !

Elle n'attendait personne. Aussi, la surprise mêlée de joie illuminèrent son visage lorsqu'Hélène entra dans son bureau.

— Ah ! C'est toi ! Si tu savais à quel point ton retour me fait plaisir !

Et elle se jeta, en sanglotant, dans les bras de son amie.

— Oui, je sais… chut… calme-toi. J'ai appris le meurtre de Madeleine par les journaux. Même en Normandie, on en a parlé. J'ai pensé que tu aurais besoin de moi… alors, me voici. Je débarque juste du train, le temps de poser mes valises chez moi.

Un peu remise de ses émotions, Sylvia raconta à Hélène la fin tragique de Madeleine. Les mots pour le dire s'embrouillaient dans son esprit. Elle passait du coq à l'âne, entrecoupant son récit de réflexions ou de détails anecdotiques.

— Calme-toi, Sylvia. Tu vas descendre chez moi où je vais te faire un bon café. Ensuite, nous discuterons de cela. Quant à la gerbe de Madeleine, ce n'est pas un problème. Je suis là, à présent pour m'en occuper. Nous lui confectionnerons ensemble, quelque chose de très joli…

Sylvia se laissa guider par la gentillesse énergique de son amie. Les quelques jours d'absence de la fleuriste avaient suffi à rendre froid et sombre son appartement. Deux valises traînaient sur la moquette. Hélène, pressée sans doute de retrouver Sylvia, n'avait pas pris le temps d'ouvrir les volets ni les doubles rideaux. Son premier geste fut d'allumer le chauffage et la lumière. Puis, elle se dirigea tout droit vers sa kitchenette, comme si préparer le breuvage favori de Sylvia eût été d'une nécessité absolue. La jeune voyante se laissa tomber sur le canapé, contente d'être enfin un peu dorlotée. Son attention fut captée par un énorme abat-jour qui pendait au plafond, tels ces globes de papier japonais à la mode dans les années soixante-dix. De couleur orange, la nouvelle acquisition d'Hélène parut hideuse aux yeux de Sylvia. Les deux amies n'avaient pas les mêmes goûts. En son for intérieur, la voyante pria pour qu'Hélène, ne lui demandât pas son avis sur l'objet. Elle aurait manqué de conviction en lui mentant pour ne pas la peiner.

Un “zut” retentit de la kitchenette suivi de l'apparition de la fleuriste.

— Je n'ai plus de sucre, Sylvia. Je cours en chercher à côté, au supermarché. Le temps d'aller et de revenir, je n'en ai que pour dix minutes.

La voyante offrit alors ses services. D'un coup de voiture, elle aurait vite fait son tour.

— Non, reste te reposer ma belle. Pendant ce temps, jette un coup d'œil sur le secrétaire, il y a là un livre d'art floral que je viens d'acheter. Lis attentivement la préface. Tu me diras ce que tu en penses tout à l'heure.

Sylvia obéit, s'assit devant le secrétaire, tournant par là même le dos à la porte d'entrée. Absorbée par sa lecture, elle ne s'aperçut pas que celle-ci était restée entrouverte après le départ de son amie qu'elle avait entendue dans l'escalier, dévalant les marches.

Elle finissait de lire le vaste article, se demandant quel détail avait pu intriguer Hélène, quand elle crut sentir derrière elle un léger courant d'air. Elle n'eut pas le temps de se retourner. Un violent coup sur le crâne lui donna l'illusion d'avoir reçu une décharge électrique. Elle sombra dans une nuit épaisse.

*

L'inspecteur Le Gwen venait de laisser sur sa gauche la patrie d'Ernest Renan. Il regretta de ne pas avoir le temps de s'adonner au tourisme. La même émotion s'emparait de lui lorsqu'il avait l'occasion, trop rare à son goût, de se rendre à Tréguier. Cette ville-écrin renfermait l'un des plus beaux joyaux de l'architecture française ; la gothique et rayonnante cathédrale Saint-Tugdual. La majesté de cette cité devait en avoir inspiré plus d'un, car paraît-il, Tréguier était la ville de l'hexagone qui - toute proportion gardée - avait enfanté le plus grand nombre d'agrégés.

Aidé du plan que lui avait griffonné monsieur Buisson, Quentin Le Gwen n'eut aucun mal à dénicher le lieu-dit où habitait sa belle-sœur, Marie Gérard. Les volets kaki de sa maison le renseignèrent mieux que les borborygmes et éructations sonores dont souffrait Michel Le Fur, tout entier tourné vers une méditation digestive ; apparemment difficile.

— Bon, Michel, quand tu auras fini ton rototo, on pourra peut-être descendre de voiture ! Et ne t'avise surtout pas à te plaindre !

— J'dis rien... geignit le chevalier à la triste figure.

— Ton corps n'est qu'un plain-chant, mon pauvre bougre ! Ou, si tu préfères, un concerto pour flatulence et percussions...

Le Gwen laissa là la métaphore musicale et se dirigea

vers la maison blanche, suivi de loin par Michel Le Fur.

Marie Gérard, une femme vive et âgée, devait surveiller leur venue, car elle ouvrit sa porte au moment où Le Gwen s'apprêtait à sonner.

— Entrez, s'il vous plaît. Je vous ai préparé un far !

Quentin Le Gwen regarda de biais son acolyte et eut le plaisir sadique de constater qu'à l'émission de certains mots, son teint prenait une jolie coloration verte…

La femme installa ses hôtes dans la salle-à-manger et partit chercher la photographie de Jean Barrot.

— Je n'ai trouvé que celle-là ! Elle est un peu floue mais j'espère qu'elle vous conviendra malgré tout.

L'inspecteur Le Gwen s'empara aussitôt du cliché…

Effectivement, les traits de l'adolescent n'apparaissaient pas de façon nette. Il semblait plutôt petit pour son âge. La tête un peu penchée, il donnait l'impression de fuir l'objectif plutôt que de poser. Il tenait à la main un ours en peluche qui avait dû connaître bien des guerres tant il paraissait triste, amputé d'une patte antérieur. Quentin Le Gwen revint au visage du jeune garçon. Cheveux châtain clair. Avec l'âge, ils pouvaient avoir foncé. Un nez assez fort. Il tenta alors de rechercher dans ce visage, certaines expressions d'adultes qu'il avait sans doute déjà observés. Qui se cachait derrière ce minois effarouché ? Raymond Le Roux ? Hugo de l'Astre ? Jean-Marc Vautier ? Incapable de répondre à cette lancinante question, Quentin Le Gwen passa la photo à Michel Le Fur.

— Tiens ! Il a un faux air d'Augustin Lafargues. Tu ne trouves pas ?

— Sûrement pas ! répondit Quentin d'un ton vif.

Sans qu'il pût dire pourquoi, la remarque de Michel Le Fur l'avait agacé. Il reprit le cliché des mains du policier et ausculta à nouveau la silhouette du garçon. Quelque chose lui était familier. Mais quoi ? Il aurait été incapable de répondre à cette question. Un détail, pourtant, lui semblait flagrant. A la manière d'un individu qui cherche, sans le trouver, le nom d'une personne qu'il connaît bien cependant, la mémoire du policier lui faisait défaut, et cela l'exaspérait. Dès son retour à Brest, il montrerait la photographie à Sylvia. Sans doute, la jeune femme arriverait-elle à pallier ses manques.

Michel Le Fur déclina, d'un regard théâtral, l'offrande de son hôtesse qui lui proposait un morceau de far.

— Ne fais donc pas de chichis, Michel. Je sais que tu adores ça.

Il était énervé et avait hâte de rentrer à présent.

— Madame Gérard, quel genre d'enfant était Jean Barrot. Avez-vous gardé un bon souvenir de lui ?

— Oh... dame ! oui... fit la femme en s'asseyant sur le rebord d'une chaise. Il ne se plaignait jamais. Même qu'une fois, il a failli mourir chez nous... Une péritonite. Heureusement, mon cousin infirmier était là ! Il a tout de suite reconnu les symptômes. Le petit vomissait, son ventre était dur comme un caillou, mais il ne disait pas qu'il avait mal... Je crois qu'il ne voulait pas aller à l'hôpital. Il aimait beaucoup venir ici... Enfin, j'en ai l'impression. C'était très difficile de savoir ce qui lui faisait plaisir ou non... Toujours d'accord avec ce qu'on lui proposait, pour ça, il ne faisait pas de caprices.

— A-t-il fugué lorsqu'il était chez vous ?

— Non… jamais. Ma sœur a eu moins de chance de ce côté-là.

*

La première impression de Sylvia quand elle émergea des eaux profondes fut une douleur fulgurante au crâne. Elle tenta d'ouvrir les yeux. En vain. Tout son corps tanguait comme un bateau pris dans la furie d'une tempête. Il fallait quitter le port… Le danger venait du quai. Pourquoi l'amarre ne cédait-elle pas ? Le sifflement du vent à ses oreilles… C'était elle le navire… Elle sombrait… L'amarre tenait toujours… Des bouillons de sang envahissaient la cabine du capitaine. Elle criait pour qu'on largue les amarres ! Elle plongea à nouveau dans les abysses rouges…

*

— Ecoute, Michel, s'il faut s'arrêter toutes les demi-heures on n'est pas sortis de l'auberge !

— Arrête tes jeux de mots à la con ; veux-tu ! Et ouvre-moi la portière de cette bagnole. Je me tire !

— Très drôle… fit Quentin, bon public.

Il était dit que la voie express, ce jour-là, en verrait de toutes les couleurs. Le corps plié en deux sur le bas-côté de la route, le moribond rendait l'âme, les œufs mayonnaise, la choucroute et l'andouillette. Les choux à la crème feraient partie, il fallait le craindre, d'un autre convoi. Sans indulgence pour son coéquipier qui expiait ses péchés mignons, Quentin Le Gwen profita de cette troisième étape gastronomique depuis leur départ de Tréguier pour appeler Sylvia de son portable.

Personne à son bureau… personne chez elle… C'était curieux. Le policier regarda sa montre. La voyante devait sans doute préparer les obsèques de son amie. Heureusement, il avait le temps pour lui. Si jamais comme il le redoutait, l'assassin s'en prenait à elle, il n'agirait pas en pleine journée. Il attendrait la nuit comme les fois précédentes. Ils arriveraient à Brest vers dix-huit heures… enfin, à supposer que Gargamelle ait terminé avec ses gargarismes, songea Quentin Le Gwen en jetant un coup d'œil sur le malheureux inspecteur. Comme ce dernier, à nouveau, rendait gorge, l'inspecteur Le Gwen, mû par une idée subite, appela Augustin Lafargues à son journal. Une standardiste lui répondit que le journaliste avait pris son après-midi pour convenance personnelle. Aussitôt, Quentin pensa que Sylvia et lui devaient être ensemble pour s'occuper de la cérémonie funèbre de leur amie commune.

*

De l'eau lui coulait sur le visage. Curieusement les gouttes ruisselaient du menton vers les paupières. Elle tenta de les essuyer. Impossible. Quelque chose lui retenait les mains derrière le dos. Elle voulut bouger. Tout son corps oscilla comme un pendule. Boire… un peu d'eau. Sa langue était sèche, bloquée. Un foulard… Elle était bâillonnée.

Alors Sylvia décida d'affronter son mal. Elle ouvrit les yeux mais les referma aussitôt. Son cœur allait exploser. Sa cheville gauche lui faisait mal. Quand elle se rendit compte qu'elle était pendue par le pied, au plafond de la haute pièce, par un système de poulies, elle sut que la mort rôdait autour d'elle. Tête en bas, ligotée et muselée, elle chercha des yeux celui qui allait la sacrifier. Quand elle le vit, à l'envers, comme une image figée sur un daguerréotype, alors, elle se mit à pleurer de désespoir.

Il se leva du canapé éclairé par une petite lampe de chevet et s'approcha d'elle, à pas doux… Il lui caressa les cheveux, flottants comme des algues.

— Alors ma belle… on se réveille ? Pas trop tôt… Tu as le visage rouge, ma pauvre petite… Pas étonnant depuis plus d'une heure que tu es pendue comme un lapin. Mais rassure-toi, tu ne souffriras plus très longtemps. Je te jure que je ferai ça proprement. Regarde par terre, tu vois la bâche de plastique ? Je récolterai ton sang et je le boirai. Ce sera mon expiation.

Sylvia eut un hoquet. Elle devait impérativement s'empêcher de vomir. Sinon, elle mourrait étouffée, la bouche comprimée par le bâillon. Il s'agenouilla à côté d'elle. Elle sentait son haleine sur sa joue.

— Tu ne peux plus rien faire, chuchota le fou à son oreille. Je me suis débarrassé d'Hélène. Elle ne viendra pas te sauver… Ces idiots de flics, non plus. Je suis certain qu'ils croient que je ne tue qu'après le coucher du soleil… Mais c'est faux ! Tu sais… pour ma maman… il était midi. Comme elle va être contente de te voir là-haut ! C'est la cinquième carte qu'elle va retrouver grâce à moi… Elle disait toujours que je touchais à tout…

Des pas dans l'escalier. Le voisin d'Hélène ? Non. Ils montaient au second étage… Mon Dieu… Faites que quelqu'un s'inquiète de moi… Il frappait à son bureau… Au secours… Je suis en bas. Les pas redescendaient les marches… Ne partez pas. Je vous en supplie… Le fou se taisait à présent, attentif aux bruits du palier. Il sonnait chez Hélène… Oui ! Je suis là ! Restez, s'il vous plaît ! Faire du bruit pour le retenir… Comment ? Le pied pendu à la corde, Sylvia se contorsionna, lançant sa jambe droite, restée libre, en avant, essayant ainsi de provoquer un mouvement de balancier. La poulie ne grinça même pas… Elle crut que son dos allait se déchirer.

Les pas repartaient… Le fou souriait. Oh ! Comment faire revenir Hélène ? Elle ne voulait pas mourir. Capter l'attention de l'autre. Le faire parler. Gagner du temps… Facile, quand on n'est pas bâillonnée…

Sylvia chercha son regard. Surtout, garder le contact. Mettre dans ses yeux toute l'incompréhension du monde. Le plan de la jeune femme sembla marcher.

— Tu veux savoir, pourquoi ma belle ? Je te dois bien ça… Ainsi, tout à l'heure, quand tu vas mourir, tu diras à maman ce que j'ai fait pour elle… Elle comprendra, ne sera plus fâchée. Tu es la meilleure voyante que je connaisse, Sylvia… avec elle. Vous aurez beaucoup de plaisir à tirer les cartes ensemble, tu verras… Il faudra que tu lui expliques que je ne peux pas lui envoyer dans l'au-delà, d'un seul coup, les vingt-deux lames du tarot… Grâce à ta mort, elle en aura six. C'est un bon début, tu ne trouves pas ? Les autres viendront plus tard… dès demain, lorsque j'aurai déménagé.

Sylvia ne le quittait pas des yeux, même si elle ne reconnaissait pas, dans ce visage d'illuminé, les expressions qu'elle avait aimées, naguère. Peut-être, parviendrait-elle à faire rejaillir dans son regard de fou, une étincelle de raison. Si seulement, elle pouvait lui parler ! Pour l'instant du moins, il semblait perdu dans ses songes…

— Tu sais, Sylvia, continua-t-il d'une voix douce, j'avais une petite sœur que maman appelait Léna. Elle avait trois ans, lorsqu'un jour, elle est grimpée sur une chaise pour regarder la rue de la fenêtre ouverte. Maman était partie faire une course et me l'avait confiée… J'ai juste voulu voir si ce que disait maman était vrai… Elle me racontait toujours que chacun avait son destin, qu'on ne pouvait rien contre l'appel de Dieu. Alors, j'ai laissé faire… Je ne me suis pas approché de Léna. Je te le jure ! Je l'ai simplement regardée enjamber le parapet. C'était la volonté de Dieu, non ? Et puis, j'ai su ce que le destin attendait de ma petite sœur. Bien sûr, je n'ai rien dit à maman quand elle est rentrée. Je faisais semblant de faire mes devoirs dans ma chambre. Mais depuis ce jour, maman a préféré les morts aux vivants…

Après cette atroce révélation, Sylvia comprit enfin le cheminement de ce pauvre égaré…

*

Quentin Le Gwen et Michel Le Fur venaient d'arriver au commissariat de Brest. Le commissaire Benoît les invita aussitôt dans son bureau, pour faire le point. C'est alors qu'un policier entra. Quelqu'un demandait à voir l'inspecteur Le Gwen à propos de Sylvia Nathan. C'était urgent, paraît-il.

— Faites-le monter.

Il arriva, rouge et essoufflé. Sans préliminaire, il s'adressa à Quentin.

— Écoute, je m'affole peut-être pour rien, mais je suis inquiet au sujet de Sylvia. Je suis passé chez elle et à son bureau. Je ne la trouve nulle part. La cinquième carte qu'elle a reçu ce matin ne me dit rien qui vaille… J'ai peur que l'assassin ne s'en prenne à elle.

— J'ai tenté de te joindre aujourd'hui, moi aussi, répondit Le Gwen. Nous avons réussi à obtenir une photographie de ce fou. Tiens, regarde…

Quentin Le Gwen scruta attentivement le visage du journaliste quand il lui tendit le cliché. Nulle réaction d'Augustin Lafargues. Le policier eut alors un soupir de soulagement. Si son ancien camarade de faculté avait été coupable, il n'aurait sûrement pas eu ce regard aussi serein, d'autant plus que le meurtrier était persuadé d'avoir brûlé toutes preuves de son ancienne vie.

— Ce garçon ne me dit rien du tout… J'essaie de lui coller un visage d'adulte mais, désolé, je ne vois pas.

— Pourtant, il y a quelque chose qui me chiffonne dans cette photo, insista Le Gwen… Un détail que je ne suis pas foutu de me rappeler…

Le Fur grommela à ce moment-là, essayant de faire comprendre à son coéquipier qu'il ne devait pas faire confiance aussi vite, au journaliste.

Ce dernier s'en amusa et le lui dit clairement :

— Vous me croyez toujours coupable, inspecteur ? Ce que vous pouvez être ours !

— Nom de Dieu ! hurla alors Le Gwen. Mais c'est ça ! Regardez l'ourson que tient le gamin ! Je l'ai déjà vu quelque part, mais où ? Il est pourtant reconnaissable à son air triste et à sa patte amputée.

Soudain, il se tut, tentant de rassembler ses souvenirs. Il paraissait si tendu que les autres n'osaient le troubler. Puis, un éclair brilla dans ses yeux. D'une voix étrangement calme à présent, il demanda à Le Fur de lui passer la photocopie du rapport que lui avait confiée, à Rennes, le commissaire Biolchini.

— Qu'est-ce que tu veux voir, au juste ? fit Le Fur, s'empêtrant dans les papiers.

— La fiche familiale d'état civil de Monique Barrot.

Quand l'inspecteur la lui remit, une joie féroce illumina le visage de Quentin Le Gwen.

— Regardez ! Madame Barrot a eu deux enfants, dont le garçon que nous recherchons. Comment s'appelait la petite fille, morte en bas-âge ?

— Hélène, marmotta Le Fur.

— Et dis-moi, mon gros. Où son frère Jean aimait-il passer ses vacances, après le décès de sa mère ?

— A Tréguier… Écoute, moi les devinettes…

Augustin Lafargues réagit plus vite que l'inspecteur.

— Hélène Tréguier… L'amie de Sylvia ? L'assassin que nous cherchons serait donc une femme ! s'exclama-t-il.

— Mais elle ne conduit pas… objecta Le Fur. Sylvia nous dit l'avoir amenée au train…

L'esprit encore embrumé de l'inspecteur l'empêchait de voir clair. Une réflexion d'Augustin Lafargues le tira de sa léthargie digestive.

— Comment cela ! Elle ne conduit pas ? Un jour, je suis passé à son magasin. Elle avait laissé son sac à main par terre. Sans faire exprès, je me suis pris le pied dans les lanières et tout le contenu du sac s'est déversé. Elle était exaspérée… A présent, je comprends mieux pourquoi elle m'a arraché ses affaires des mains alors que je tentais de réparer ma maladresse. Eh, bien ! Je peux vous certifier que, parmi elles, se trouvait une contravention… Pourquoi garde-t-on des contredanses si on ne possède pas de voiture.

— Il faut faire vite, décréta le commissaire Benoît. Elle peut s'en prendre à mademoiselle Nathan plutôt qu'on ne le croie.

— Mais où ? rétorqua Augustin Lafargues, pris de rage. Je vous rappelle que je viens de passer place Georges-Perros. Les rideaux de fer du magasin de la fleuriste étaient baissés, les volets de son domicile fermés. J'ai même frappé chez elle…

— Elle doit pourtant être là-bas, répondit Le Gwen. Elle attend le moment pour agir, faisant croire qu'elle est ailleurs… Mais c'est bien sur son canapé que j'ai vu cet ours en peluche, entouré de poupées. Allez, pas un instant à perdre. Prends ton arme, Michel…

*

Il venait de se saisir d'un coupe-papier que Sylvia n'avait jamais vu et jouait avec. Quand il lui caressa le cou de la lame. Sylvia crut défaillir. Les bourdonnements de ses tympans ne cessaient de croître. Elle mourrait sans doute avant qu'il ne l'égorge ou l'éventre. Combien de temps pouvait-on tenir ainsi, la tête en bas ? Elle voulut se résigner, fermer les yeux pour qu'enfin il l'immole. Augustin… Pourquoi avait-elle refusé de le voir aujourd'hui… Tout doucement, les choses essentielles prenaient leur place, mais il était trop tard… Elle pensa à Madeleine. Elle eut l'impression que la voix perdue de son amie la suppliait de tenir encore un peu.

Alors, elle ouvrit grand les yeux, guettant les gestes de son bourreau. Il s'était tû. Mon Dieu… Le faire parler encore ! A tout prix, le faire parler.

Du regard, elle passa de la carafe d'eau au visage de l'homme.

— Tu as soif, ma belle ? Après tout… je peux bien faire cela pour toi. Je soulève ton bâillon, mais si tu cries…

Il ne termina pas sa menace. Sylvia l'avait comprise, de toute manière.

Pour la faire boire, il lui souleva un peu la tête. Alors qu'il s'apprêtait à la bâillonner à nouveau, Sylvia, d'un filet de voix lui demanda :

— Comment as-tu fait pour qu'on ne te reconnaisse pas, Hélène ?

— Ne m'appelle pas, Hélène ! hurla l'homme… Je suis Jean… tu entends, Jean ! J'ai tué Hélène… Jean prend sa place. Elle ne reviendra pas, Léna, comme l'appelait maman. A moi, elle ne m'a jamais donné un diminutif affectueux… Alors, j'ai voulu être gentil comme Léna. Et elle est venu habiter mon esprit… Mais tout le temps, c'est trop difficile… Jean a droit à sa place, aussi !

Sylvia observait les traits du fou… Sans son chignon - une perruque sûrement - et son maquillage outré, son visage était curieusement plus féminin que celui d'Hélène. Pourtant, à présent, la ressemblance était frappante entre son ancienne amie et son double maudit. Il avait une peau presque glabre. Sylvia se souvint alors avoir aperçu, dans l'armoire à pharmacie de la fleuriste des bombes à raser... Dire qu'elle avait cru qu'Hélène avait un amant !

— Et la voiture ! murmura Sylvia. C'est bien toi que j'ai vu un soir, rue de Siam, dans une twingo blanche ?

Jean Barrot, alias Hélène Tréguier, sans doute content de pouvoir enfin raconter son œuvre, avait omis de rebâillonner Sylvia.

— Oui, c'est Jean... Hélène ne conduit pas. Jean a un autre appartement, avec garage, dans le quartier de Bellevue. Tu es ici chez sa petite sœur.

Le faire parler... encore et encore... Ne pas commettre d'impair...

— Mais dis-moi, Jean. Comment étais-tu au courant de mes faits et gestes et ceux de la police ?

Ravi de se justifier, Jean Barrot eut un grand sourire.

— Mais ce n'est pas compliqué, Sylvia ! J'ai d'ailleurs conçu mon plan lorsque tu es venue aménager au-dessus de chez Hélène.

Il s'approcha alors de la cheminée et donna un coup de pied à l'immonde boule orange de papier qui lui avait servi à masquer le système de poulies du plafond.

— Regarde, Sylvia. Lorsque je passe la tête dans le conduit de la cheminée, j'entends tout ce qui se passe chez toi ! J'ai passé des heures ici... Rigolo, non ?

La voyante comprit alors que les secrets de ses clients étaient piètrement gardés. Elle se rappela aussi avoir vu plusieurs fois des traces noires sur le visage d'Hélène. De la suie...

Soudain, Sylvia crut entendre des bruits feutrés de pas sur le palier. Jean Barrot aussi. Un éclair de panique traversa son regard. Il enfouit dans la bouche de la jeune femme son mouchoir et leva le coupe-papier.

Un coup de feu fit exploser la serrure.

ÉPILOGUE

Cinq jours plus tard, Augustin Lafargues attendait son invitée dans une grande brasserie du boulevard Clemenceau. Quand il la vit s'avancer, moulée dans une robe noire, sa gorge se serra. Sylvia Nathan venait de passer quelques jours à l'hôpital, en observation. Plus de peur que de mal. Il s'en était fallu de peu. Après avoir fracturé la serrure, l'inspecteur Le Fur avait dû tirer sur Jean Barrot qui allait poignarder la voyante. Blessé à l'épaule, il avait été, malgré tout, difficile à maîtriser. D'après les premiers rapports psychiatriques, son cas semblait désespéré…

— J'ai perdu deux amies, Madeleine et Hélène, murmura Sylvia. Pour elles deux, j'éprouve tellement de peine ! Tu comprends ?

— La mort psychique d'un être est aussi terrible que sa mort physique, répondit Augustin. Et tu n'y peux rien…

— Une chose me désole, reprit la voyante. Je me sens responsable du meurtre de Madeleine. Si je n'avais pas insisté auprès d'Hélène pour qu'elles se rencontrent, Madeleine serait encore en vie. Hélène a eu peur du don de Madeleine qui aurait pu déceler son imposture. Dire que je n'ai jamais soupçonné qu'elle puisse être un homme !

— Quand on se sent habité par le sexe opposé, je suppose que l'autre personnalité vous colle comme une double peau. Moi-même, je n'y ai vu que du feu. Certes, Hélène paraissait masculine, mais de là à penser qu'elle n'était pas ce qu'elle prétendait être... Tu as vu avec quel naturel elle arrivait à contrefaire sa voix...

Ils parlèrent ainsi longtemps de l'affaire. Une chose tracassait Sylvia : l'acharnement de Le Fur à penser qu'Augustin Lafargues était coupable...

— C'est sans doute à cause de la lettre "anonyme" envoyée par Philippine au commissariat, répondit le journaliste. Comme ton instinct t'avertissait que le meurtrier avait tué sa mère...

— Qu'est-il arrivé à la tienne ? murmura Sylvia en plongeant son regard dans celui du journaliste.

— Je n'en ai jamais parlé à quiconque... mais à toi, je peux bien le dire, balbutia-t-il.

Et, pour la première fois, Augustin Lafargues raconta le drame de sa vie. Il avait un frère de deux ans son aîné. Ses parents ne s'entendaient plus. Au moment des faits, sa mère voyageait pour affaires aux États-Unis. Elle était décoratrice pour un grand magazine de mode. Les deux frères étaient restés avec leur père, dans une grande maison aux environs de Nantes. Un samedi matin, au mois de novembre, Vincent, le grand frère d'Augustin, alors âgé de neuf ans, était parti, non loin de chez lui, pour chercher des champignons. Un copain l'accompagnait. Quand survint l'accident. Un chasseur, ivre mort, d'après le témoignage ultérieur du camarade de Vincent, se trompa de cible et tua d'un coup de fusil le grand frère d'Augustin. Aussitôt, le chasseur, dans un sursaut de lucidité s'enfuit. Pendant ce temps, le petit camarade de Vincent, affolé, allait chercher du secours. Un homme fut arrêté deux jours plus tard, d'après le signalement de l'enfant. Issu de la très haute bourgeoisie nantaise, cet homme nia les faits. Il était venu passer quelques jours de vacances avec deux amis dans sa résidence secondaire. Ses amis, connus pour leur vie débauchée, lui servirent d'alibi. Ce fut donc son témoignage contre celui d'un enfant de neuf ans qui n'en démordait pas. Le procès eut lieu, malgré l'absence de preuves matérielles. Sur ces entrefaites, Anita Lafargues revint de New-York après avoir appris la mort du fils aîné qu'elle adorait. Elle ne voulut pas assister au procès, restait prostrée dans l'ombre de cette grande maison, le regard naufragé, murée dans sa douleur. Malgré les caresses de son cadet, elle ne sortait de sa torpeur que lorsque le petit copain de Vincent, à sa demande, venait lui rendre visite.

L'homme fut relaxé, au bénéfice du doute. Apparemment cette atroce nouvelle pour une mère blessée, glissa sur Anita Lafargues. Mais six mois plus tard, elle disparut de la maison. Augustin ne devait jamais la revoir.

Comme la voix du journaliste s'étranglait, Sylvia le prit par la main.

— Il faut que tu te libères, Augustin. Que s'est-il passé ensuite ?

— La vengeance d'une femme implacable… mûrie pendant de nombreux mois. Mon père n'a appris la vérité qu'après sa mort. Dans la petite maison de pêcheur qu'elle avait louée sur l'île d'Houat, pour la circonstance, elle a laissé ses confessions posthumes. Il faut te dire que ma mère était une très belle femme… Anita Lafargues s'était arrangée pour lier connaissance avec le meurtrier de son fils et le séduire. Il ne la connaissait pas. Homme à femmes, il fut immédiatement conquis par cette brune mystérieuse, aux yeux un peu sauvages. Elle l'entraîna dans cette maison isolée de l'île d'Houat. Là, elle le fit boire. L'entreprise n'était pas difficile. Quand il fut complètement ivre, elle l'assomma, le déshabilla et le ligota sur le lit à barreaux. Elle attendit alors deux jours, refusant même de donner à boire à son prisonnier. Durant ces heures interminables, elle lui expliqua qu'elle avait donné la vie à Vincent, qu'il la lui avait ôtée. En un sens, ils étaient tous deux liés au destin de ce petit mort, plus que quiconque. Le troisième jour, elle se déshabilla à son tour et sortit de son sac un revolver qu'elle s'était procuré. L'homme hurla, supplia… Dans cette retraite du bout du monde, seuls les goélands, seigneurs de la lande, pouvaient l'entendre. Anita Lafargues se lova contre l'assassin de son fils, corps contre corps, peau contre peau. Elle lui serra la nuque, se plaqua contre lui et…

— Je te laisse imaginer, Sylvia, le premier instant de soulagement de ce type, quand il vit que ma mère n'avait pas tiré sur lui mais qu'elle s'était suicidée…

Et l'horreur totale, lorsqu'il finit par comprendre le sort qu'elle lui avait réservé… Je suppose qu'il essaya de se dégager de ce corps nu, en vain… Ma mère avait loué la maison pour trois semaines. Quand le propriétaire arriva sur les lieux, il découvrit deux morts enlacés sur le lit, la femme, en état de putréfaction avancé. L'homme, toujours attaché aux barreaux du lit, avait la bouche et les yeux grand ouverts à jamais figés dans une expression de terreur. Il n'était mort que depuis deux jours. Voilà…

La voix d'Augustin Lafargues se brisa. Sylvia calma d'un geste apaisant le tremblement de sa main. Mais le journaliste avait besoin de se délivrer du poids de ses ombres.

— J'aurais pu avoir le même destin que celui de Jean Barrot, Sylvia. Peu de choses séparent en fait un assassin d'une victime de la vie. Quand maman était encore à la maison, après la mort de Vincent, je l'ai suppliée pour qu'elle s'intéresse un peu à moi… Je lui en veux d'être partie ainsi me laissant seul avec mon chagrin et mon incapacité à me faire aimer… Oui, Sylvia après tout ce temps, je suis encore en colère ! Comment peux-tu croire en Dieu ! Cela me dépasse…

Sylvia caressa la joue de l'homme qu'elle aimait, et d'une voix, à présent sereine, lui dit :

— Je vais te raconter une courte parabole, Augustin. Je ne sais plus si je l'ai lue dans la Bible ou le Coran. Peu importe du reste. Un jour un homme révolté meurt et se trouve confronté à son juge suprême. Loin de se soumettre, l'homme révolté laisse éclater sa colère et interpelle Dieu.

— Comment se fait-il, dit cet homme, que lorsque tout allait bien pour moi, que mes champs étaient riches de blé mûr, ma femme belle, mes fils vigoureux, je voyais toujours sur le sable du chemin, les empreintes de tes pas dorés ? Tu marchais à mes côtés. Et puis, il y eut les années de grêle, la ruine de mes espérances ; ma femme mourut de fatigue, mes fils s'exilèrent. J'ai eu beau regarder le sable à mes côtés, je ne voyais plus les empreintes de tes pas dorés. Tu m'avais abandonné !

Alors Dieu, dans son amour infini, lui répondit :

— Mais non… je ne t'avais pas abandonné. Seulement, tu ne pouvais plus me voir à tes côtés puisque je te portais !

Sylvia se tut et regarda Augustin. Pour toute réponse, le journaliste hocha la tête en signe d'assentiment. Il faisait froid ce soir-là, mais il savait que la nuit leur serait douce.

Quadri Signe - Editions Alain Bargain
125, Vieille Route de Rosporden - 29000 Quimper
E-mail : editions.alain.bargain@wanadoo.fr
Site Internet : perso.wanadoo.fr/editions.bargain

ÉDITEURS DE BRETAGNE

Dépôt légal n° 4 - 2e trimestre 1999
4e tirage - Dépôt légal n° 6 - 3e trimestre 2003
ISBN 2-910373-63-0 — ISSN 1281-7813
Imprimé en France